醫仙地主婆 1

風文創 203

月色如華 著

目錄

序言

月色如華

小時候就愛看書，長大後因為生活環境，更愛看有趣的書，然後便想，或者自己可以寫，於是便寫了。

那時我因身體原因已不再工作了，宅在家裡。初初寫時，很快樂，一個故事浮出水面，那些人物的生命與性格在我的手下開始生成，真是一件令人欣喜的事情，尤其是看到讀者對於人物的各種評價，彷彿他們真的存在一般，十分奇妙。

但是，很快地就感覺到吃力，這些人物不再栩栩如生、不再活靈活現。當初的感覺是我將一個故事記錄下來而已，並且記錄的過程是那樣輕鬆有趣；可後來我開始感到創造與虛構的壓力、生澀，我無法想像自己能把這個故事完成，很想放棄。

這時，是我的編輯的鼓勵與讀者的支持，讓我有了繼續下去的力量。到現在，我仍充滿著感激。在我從一個書蟲到作者的過程中，是他們給了我無限的勇氣。

這本書講的是女主角穿越到古代後，發達致富、收穫美好愛情的故事。男主角被女主角的狗救了，兩人在相看兩厭後就擦肩而過，而後都各有自己的生活與愛情。原是看起來永遠不會交集的兩個人物，然而緣分發生了，誰也阻擋不了。他們誰都料不到，對方與自己是同一顆天命之星，更料不到，多年後，對方才是自己最終的姻緣。

對於男女主角的愛情，我寫得反而比較淡。我的初衷是命定的姻緣，不用多麼強烈，更想表達他們的宿命，在這個宿命裡，自然就產生了愛，不需要理由與原因的，哪怕當初他們是那麼討厭對方。

當然，對於男主角的描寫，還有許多不完整的地方，女主角的性格也一直沒有昇華。

儘管與之前想好的故事大綱有著太多的出入，也有著太多的遺憾，但終於將書完成了後，才突然發現男女主角及各個人物，仍然有了自己完整的命運與性格。他們的一言一行、喜怒哀樂，竟然也有著他們自己既定的軌跡。

終究這個世上的事情都不是圓滿的。

這樣想，便也釋然了。

然而遺憾不是釋然就可以不存在的。儘管書完成了，書中的人物也完成了，但這些人物仍在告訴我，他們本可以更加飽滿與真實，是我不曾認真精心地把這些都一一記錄下來。

我懷著愧疚的心寫下這些，那些人物仍在我的腦海中，書是完本了，但他們的命運仍在繼續。

第一章

概括林小寧的一生，平平淡淡，X中醫大畢業，然後在X市中醫院任職。醫大時也應景談過戀愛，到底是年輕，激情總歸是存在，也是瘋狂過一陣，畢業後各奔東西，戀情也就不了了之。

工作時再度談過戀愛，仍然無疾而終。

要說林小寧長相不差，生得眉清目秀，極為靚麗，但就是沒桃花。幾次戀情未果後，對戀愛之事也淡然處之，惹得不少同事感嘆，好一朵淡菊，卻不知道是哪個男人採得。

工作多年，這朵淡菊眼角也生出了淡紋，竟步入而立之年了。

不知道從何時起，林小寧這位醫院出名的老姑娘，大約是對愛情不抱幻想，懶於打扮，鬈髮嫌打理麻煩，就弄直了，清湯掛麵了好一陣還嫌不夠，就乾脆把頭髮綰起來，乾淨地貼著她的腦袋，腦後用髮夾固定著，每天隨著衣著變化髮夾的顏色與款式。同事們看到林小寧做這婦人打扮，心中生出無限想像，就紛紛熱情給她介紹對象。

林小寧一是不便拒絕同事們的熱情，二是心下倒也願意去相親，如今相親這玩意並不土，有同事做中間人，至少知根知底，無論成功與否，不用擔心騙財騙色吧。

相親對象是同事太太的上司，離婚無子，有房有車，大了林小寧六歲，年紀倒是合適，看起來同事一家是對她的婚姻大事是上了心的。

見了面，男人長相看起來很是舒服，咖啡廳的燈光模糊了男人臉上的歲月痕跡，竟然讓林小寧有些恍惚，彷彿回到大學時光。

同事與太太看著他們兩人樂不可支，不到十分鐘就識趣地找了個藉口離開。結束時，林小寧與男人互留了聯絡方式。男人要送，林小寧不讓，說初次見面，還是點到為止的好。男人寒暄了兩句，就各自開車回家。

未料林小寧在回去的路上，就出了車禍。

獵戶林家的女兒是在河邊洗衣時不慎摔到河裡，被村民救起來的。

但醒來的卻是另一個林小寧。

有著現代靈魂的林小寧裝著一肚子的秘密發呆。

林小寧醒來三天就發呆了三天，她慌亂不已，不得不接受自己已成了另一個林小寧的事實。

這副十二歲的身體有些黑瘦，但還算健康，可能長期勞作也是變相的鍛鍊。她看到右手腕內側的淡褐色花形胎記，想起自己前世也有相同的胎記，應該是這因緣才占了這身體，從三十歲回到了十二歲，逝去的青春是賺到了！

然而現實永遠是殘酷的，這戶人家現況著實令人擔憂。

林家是獵戶，沒有田地，家裡的經濟來源就依靠著爺爺和爹打獵維持。這裡的山又高又深，連著好幾座山頭，物產豐富，但也因為山太高太深，普通村民只敢到靠村的這座山周邊採些野菜野果回家，而爺爺與爹藝高膽大，憑著打獵也讓一家人吃得飽穿得暖。

奶奶早些年就去了，前些年爺爺腰上的舊傷犯了，時時疼痛難忍，身手不如從前，爹就不再讓爺爺打獵，並帶著大哥進山。娘除了家務之外，做些繡活貼補家用，銀錢雖少，但也聊勝於無。

這樣的生活還算是美滿的。

然而兩年前，爹與大哥上山打獵時遇到大熊，這大熊站起來有兩米高，爹拉著大哥就跑。大哥跟著爹打獵時日不長，因為慌亂，硬是被路邊的矮樹枝勾住了衣服，越急越掙不開，眼看著大熊撲過來，爹情急之下往另一個方向跑著，一邊朝大熊放箭，引開了大熊。

等大哥把爹殘缺的屍身揹回來時，娘尖叫著暈死過去，連最小的弟弟也嚇傻了，從此癡癡呆呆，不言不語。

爹的喪事辦完，娘又倒下，開始了漫長的病痛生涯，拖了小半年，終究還是去了。

連續去了爹與娘，小弟弟還傻了，家裡的情況慘不忍睹。爺爺只得重操舊業，拉上年僅十四歲的大哥每日上山狩獵，以養活一家五口，但不再進深山，只在周邊獵些野雞、野兔等小動物過生活，就這樣勉強維持溫飽過了兩年。

目前，這家人口情況是：五十出頭的爺爺，名叫林成材；十六歲的大哥名叫林家棟；林小寧排行老二，十二歲；下面還有十歲的妹妹林小香，六歲的傻弟弟林家寶。

這個朝代叫大名朝，村子叫桃村，全村約三十來戶人家。

之所以叫桃村，是因為本朝十年前，北邊旱災，難民湧到本地，當地縣令是個好官，請來少量災銀，又有弘法寺相協，在富戶之中求得一些善款，劃了這塊極偏遠的山下荒地給災民，開荒拓地，安置於此。取村名「桃」，為「逃」的諧音，意為逃災而來的災民所建之村。

到了現在，雖然桃村談不上風水寶地，但也不至於饑寒交迫，畢竟當初的荒地不要錢，只是要自己開荒。雖是按人頭數量分地，但荒地不算貧瘠，又免收五年賦稅，給了災民們喘氣及建設的時間。只因位置偏遠，古代交通不便，儘管村裡的「優惠政策」很好，但那之後也只有少數外來人家來此村落戶。

林小寧的爺爺是後來落戶的，因為是獵戶，沒有開耕地，選了村裡最近山的西邊蓋了屋子，在屋後開了兩塊菜地，自給自足。

慌亂不已的林小寧發呆了三天，終於把心思放下。既來之則安之，頂著這林小寧的名，又占著她的身，那就得好好活才對。再活一世，是天大的福呢！

這邊想明白了，那邊，妹妹小香就在西邊廚房扯著喉嚨尖叫。「姊，妳什麼時候能好啊？這都犯傻好幾天了，家裡的糧不多了，爺爺和哥上山去了，不知道今天能打到什麼，中午還是吃菜粥嗎？」

這便宜妹妹嗓門可真尖。林小寧一邊想著，一邊走進廚房。「看妳這嗓門大的，中午還是菜粥吧，等爺爺與哥回來，晚上再做乾的。」

小香衝林小寧笑著。「姊，妳可知道說話了，這幾天我嚇死了。」灶邊坐著的家寶斷斷續續地說：「吃乾、吃乾……」臉色蒼白，瘦得嚇人，眼神呆滯。

林小寧看著一頭黃毛，瘦瘦乾乾的妹妹小香，還有呆呆傻傻的小弟弟家寶，說不出的難過。雖然自己也同樣又乾又瘦，可重要的是她現在是他們的姊姊，可能還要做一輩子他們的姊姊。

林小寧輕輕拉過兩人，和顏悅色地說：「乖小寶，晚上等爺爺與大哥回來後再吃乾的。小香，妳來燒火，我來煮粥，吃過飯，妳跟我去把後面的菜地收拾收拾。」

菜粥沒有米，只有少量的麵，放了一堆野菜，煮得有些糊。林小寧放了點鹽壓住糊味，口感也提升了。小香與小寶喝得唏哩嘩啦的。

小香一邊喝，還一邊口齒不清地說：「還是二姊做的粥好喝。」

「是妳的火燒得好，這粥才這麼好吃。」林小寧喝著難以下嚥的糊菜粥，誇著小香，心中暗道：以後這家務得跟著小香一起做，自己慢慢學著才不至於露餡。

小香聽到誇獎，有些羞澀地笑笑。

收拾菜地只花了半個時辰，除草、澆水，林小寧與林小香一起賣力，事半功倍。期間，小寶就坐在菜地邊上，呆呆地盯著一些不知名的小飛蟲。

自爹娘去了後，屋子空了出來，在林老爺子的安排下，讓林小寧搬到了爹娘那間房，爺爺還是住主屋，小寶與哥哥一間，林小寧搬出去之後，小香也單獨一間了。

林老爺子為何讓孫女而不是長孫搬到爹娘的房間呢？林小寧不得其解。

收拾完身上，林小寧與小香也各自回屋休息。家裡好像真的沒什麼事可做，除了那個菜園子，就只是打柴。柴房也很滿，有的是林老爺子與林家棟打獵後順帶砍的柴。

家裡也沒養個豬啊鴨啊什麼的，只有一條黃狗，叫大黃，以前是跟著林家人上山打獵的，算不上獵狗，但很會識路，有危險時也能提醒。

大黃前陣子才生育，相好是里正家那條漂亮的公狗。大黃懷孕時去找相好，被里正轟趕時踢到肚子，產下的兩隻狗寶寶都沒活，便有些神志不清，成天不幹正經事，只一門心思到處找活物餵奶，好好的一條狗就這樣廢了。林老爺子不忍殺了吃肉，暫且養著。

這到底是個什麼樣的家喲……林小寧暗自嘆息，弟弟是傻的，連條狗都傻了。

林小寧找出一件乾淨的衣服換上，摸著手腕上的花形胎記，尋思著：這身體的原主死了，所以我的靈魂才能過來……這麼想著，手腕上的胎記疼痛不已。

林小寧眼前一花，發現自己已站在一塊地裡，周圍雲霧繚繞，如仙境一般，身後是一間木屋，她滿腹疑竇地走進屋子。這難道就是所謂的「空間」？

屋子很大，擺設簡單，只一床一檯，床上沒有鋪蓋，窗下是一張梳妝檯，檯上也沒有任何物品。

繞到屋後面，倒是有一張石桌與四把石凳。不遠處，有一座桌子高的粗大石墩，上端凹下去的部分有一汪湧泉，不斷湧出泉水，順著石墩流下來，沿著石墩根部的石溝，匯聚在邊上的石潭裡。

石潭是圓的，約有兩米多的直徑，裡面有許多石頭，一派清水映石的風景。

林小寧忍不住掬起一把墩上的泉水喝下，清甜潤喉，又嚐了嚐石潭裡的水，甘美可口。這樣不就可以坐在桌前取泉煮茶了嗎？林小寧樂了，心裡開了花。

林小寧逛著、看著、審視著，又擔心外面的時間，在裡面待了這麼久，外面是什麼時辰了？這一想，人就回到了屋裡，推門看著日頭，與剛才進屋時沒什麼兩樣，便又轉身就進了空間。

林小寧歡天喜地地細細審查空間的各個位置，心中做著規劃。

地裡可以種些藥，自己一身醫術，可以掙些銀錢。種藥如果能成氣候，家裡富足也就指日可待了，但得想法子與家人解釋自己的醫術。

還有，那邊的小湖裡可以養殖水產，養殖前，先洗個澡吧。

林小寧痛痛快快地洗著澡，胡思亂想著。不知道在裡面待了多久，最後拎了個面盆到空間石墩那打水，把廚房的大缸灌得滿滿的，才算消停。

林小寧美美地睡了個覺，等林老爺子與大哥林家棟回來時，她才被院裡的動靜吵醒了。

院裡陽光還是烈，有點偏西，應是申時。林小寧在這強光中走出來，林老爺子看到她神清氣爽的樣子，叫著：「寧丫頭，今天咱爺孫倆運氣不錯，獵物不少呢。」

林老爺子與大哥林家棟今天收獲很豐富，兩隻又大又肥的野兔和一隻野雞，都是一箭入胸，全沒氣了。

林家棟看到林小寧的精神好，心頭一喜。「大妹，妳休息了幾天可是好了，我可擔心死了，生怕妳像小寶那樣……」

「好了，現在沒事了，瞧我這精氣神，好得很呢！」林小寧笑吟吟地回答。

林老爺子嗔怪著。「臭小子說什麼呢？你大妹天生貴命，哪能有什麼事呢？」

林家棟憨憨地摸摸腦袋，說：「那倒是，妹妹可是天生貴命呢，不會有事的。」

關於這貴命一說，林小寧後來才明白。原來是自己八歲時，一家老小才落戶桃村，爹娘帶著家人去弘法寺燒香，遇到和順法師主動給林小寧批命，說：「命格太貴，身分太賤。」因而贈其一名：「寧」。

「寧」為當今名朝皇上嫡親六弟的封號，封號來源是因為其出生當天，西北邊關戰爭大捷，那時皇上還是太子，他的母后剛誕下幼弟，父皇聽聞捷報，大喜，賜幼兒「寧王」封號，意為其出生帶給邊關安寧。

這寧王也是本朝立朝百餘年來，第一個出生當日賜封號的皇子。

要說這寧王也是神奇，生得帝王之家，皇后所出，太子是嫡親大哥，因大他十三歲，對他極為愛護，但他從小不好文只好武，酷愛兵書、耍刀弄劍，十五歲就自動請纓，掛帥上陣去邊關。那時皇上繼位不久，內憂外患，頭痛不已，被寧王纏得也只得應了，但派出二十高手隨身保護，另派鎮國大將軍掛主帥。

寧王初生之犢不畏虎，不以身分自居，與士兵們同飲同寢，全無半點貴族之劣習，帶得軍心大振，殺敵無數，靠著實力、勇氣與半吊子的功夫換來了個「安國將軍」的稱號。

那年，林小寧家人遇到和順法師。

聽到和順法師用這個「寧」字，林家人都有些心虛，不敢吭聲。這字太貴，平民人家哪敢輕易用得。

和順法師說：「不礙事，本朝不禁這個，你們且給這女娃用這名，或可壓壓她的命，不致夭折。」

看來這便是林老爺子讓林小寧搬到去世爹娘房間的原因了。然而這個天生貴命的林家孫女終究還是離開了這世間。

休整片刻，林老爺子與林家棟喝水時大讚。「今天的水真甜！」

林小寧有些心虛，說：「哪是水甜了，是爺爺你心情好，才覺得水甜。」

林老爺子笑得合不攏嘴。「就是就是，我寧丫頭好了，吃土都是甜的。」

林小寧心情複雜。這林老爺子真是疼長孫女。

「水缸是滿的，是大妹去打水的吧，不是讓妳等我回來打嗎？」林家棟臉上滿是愧疚。

「嗯，打個水沒什麼大不了的。」的確沒什麼大不了，林小寧是從空間打出來的水，輕鬆得很。

小香興奮地翻動著三隻獵物，嘴裡嚷著：「家裡糧不多了，這三個肥東西能換不少糧呢！」

小寶則呆呆地咬著食指流口水。林小寧皺著眉問：「爺爺，這小寶的病，大夫說治不了嗎？」

「嗯，給城裡的大夫看過，說治不了了，就只能這樣了。」

「爺爺，小寶就是爹走時受了驚，失了心神，就是俗稱的失心瘋啊。不過小寶還有些脾腎兩虛，心脾失調，但是有希望治癒的。」

「寧丫頭，妳怎麼知道這些？」

「我當然知道啊，一看就知道啊！」林小寧完全忘記了自己的身分，脫口而出後便愣住了。

林老爺子與林家棟也愣住了。頓了會兒，林老爺子問：「寧丫頭可是說真的？」

林小寧完全不知道該怎麼回答，只好低頭不語。

爺孫倆對視一眼，林老爺子竟然一臉了然地說：「寧丫頭是貴命，和順法師說過，丫頭如若活過十二週歲則貴不可言，那懂瞧病也自然是對的。按寧丫頭的說法，小寶這病還有得治？」

這就算是過關了？這麼容易？林小寧不敢相信地想，只好回答道：「當然有得治。不過小寶拖得時間久了，有些麻煩，身體又極虛，不可用藥，只能慢慢先調養身體，體質好了再下藥試試，應該是有希望的。」

林老爺子一聽神色又黯然。「咱家太窮，若是富人家，或有機會試試。」

「爺爺，先別想這些了，等咱家有錢了，一定會治好的。」林小寧安慰著，心想小寶的病自己慢慢想辦法治，但得要時間，只是錢的問題……只要有錢，有錢就行。

晚飯前大黃回家了，小香嘟囔著：「臭狗，成天不幹活，滿山亂跑，到了飯點就回來，殺了吃肉也是好的，省得浪費米糧。」

「小香！」林家棟低聲喝道：「不可這樣對大黃，大黃是好狗，以前有牠，我們在山裡從沒迷過路。」

「那牠現在除了亂找活物餵奶還會什麼？又不跟你們進山了，一點用也沒有。」小香低聲嘀咕著。

晚飯是林小寧做的，小香負責燒火，林小寧前世是三十歲的老姑娘，廚藝也還說得過去，糙米飯與白菜用了空間水做的，米飯不澀，白菜香甜。

林老爺子說：「寧丫頭今兒個燒的飯菜好吃著呢！」

林大哥說：「是好吃，白菜可甜呢。」

小香與小寶什麼也不說，只知道埋頭吃。

大黃的破陶碗裡是中午的菜粥與晚上的米飯，加了一些白菜湯進去，被吃得乾乾淨淨，而牠又沒影了。

林老爺子嘆氣。「唉這個大黃啊，又去找活物了。」

林小寧倒是想笑，沒見過這麼有意思的狗。

桃村一到晚飯後，村裡就家家戶戶互相串個門，然後各自回家休息。鄉下就這樣，沒半點娛樂。

林家住在村西邊，離山近，但離村民遠，很少與村民走動。夜幕垂下，能聽到蟲鳴。

林小寧把院子廚房收拾好就急急回屋，心中還惦著那個空間，忽聽小香興奮地尖叫。

「大哥快，快打死牠——」

林小寧從屋裡竄出來，看到院子中間一小灘血跡，一隻巴掌大的山鼠四腳朝天，腦袋砸得稀巴爛。原來是大黃把山鼠叼回來當寶寶餵奶，給林家棟與林小香逮個正著，一鋤頭打死了。

大黃在一邊，眼神極度憂傷，然後黯然地回了柴房。

林小寧看著大黃的背影，說不出話來。

小香歡天喜地地拎起山鼠。「明天烤著來吃，山鼠肉可香呢，小寶，有肉肉吃嘍！」

林家棟笑呵呵的，幾下就把山鼠徒手剝去了皮。

看到血肉模糊、粉紅色的一團，林小寧噁心得想吐。這到是一家什麼人啊？除了爺爺正常些，血腥的大哥、要吃老鼠的妹妹、癡癡呆呆的傻弟弟，還有把老鼠當孩子餵奶的狗！

晚上，林小寧在房間裡偷偷掉了幾滴眼淚，心底一片死灰。

第二日，林家棟一早進城賣獵物換米糧，林老爺子進山。

林小寧賴在床上不起，淒涼地打量著破舊不堪的土屋。木床板墊的是稻草，蓋的是一堆補丁的爛被子，裡面也是草！這還是全家最好的一條被子，給了她蓋，這日子要怎麼過呀？不行，她得馬上發財，得行醫看病去，在空間裡種些藥材，能賺點錢吧？

小香小心站在門口問：「姊，妳可是餓得不舒服了？起來吃點粥吧！」

林小寧搖搖頭。「小香，我問妳，村裡可有大夫？」

「有啊，村長就是大夫，村裡人有啥病都找他。」

「村長看病收多少錢？」

「不花錢，給幾顆菜就行。」

「藥材不要花錢嗎？」

「藥材不用花錢，山上找就行，有啥病，村長就說找哪種藥草，扯一把回來給村長看看對不對，煮著喝水就能治病。要我說啊，吃啥藥呢，一碗米飯下去，啥病都好了。姊，妳問這些幹麼？這些妳應該都知道的呀……」

林小寧一躍而起，跑到院子打水洗漱，含糊不清說道：「小香妳收拾下，帶上小寶，跟我進山。」

山上還真的有草藥，只是野外生存，三三兩兩的不成氣候，全是金銀花啊、野菊花、馬齒莧、龍膽草等常見草藥，清熱解毒的。莊戶人家泥裡幹活，病痛多是熱毒之病，又少有吃藥，小毛小病搭著草藥多半能好，怪不得扯一把煮水喝就能治病呢。

林小寧每樣採了一些，都未傷根，帶著土挖出來。這些要移植到空間去種，若能在空間長成氣候，可換錢，也是一筆收入吧！

小寶不言不語地跟在她們身邊。他的身體需要一些溫補的藥材，這些都不合適，再看看有沒有其他的。

再往裡頭走，她竟然發現有蘑菇！雖然只是一小片，小香幾下就採光，喜孜孜道：「今天運氣好，平時這東西很難找著，一長出來就被人給採了，咱們晚上可以做個湯。」

就這幾朵做個湯？這個小香三句不離吃的。林小寧苦笑。

又採到幾顆小指頭大的野草莓，分了給小香與小寶吃。

林小寧挖了一株放在背簍裡。

周邊的物產已經不多，但凡是能吃的果子之類的，都被上山撿柴的孩子們採光了，林小寧有些失望。如果真要採到好物，恐怕要進山中才行，那地方深，怕迷路，下回帶著大黃來吧。

不知不覺就到了中午，小寶臉色微微發青，是累到了。林小寧早上沒吃，這會兒肚子餓得咕咕叫，就帶著小香、小寶回家，順手撿了些柴。

中午，小香非要吃昨天打死的山鼠，林小寧不做，小香就在院子裡搭了一小堆柴烤了起來。小香是天生的吃貨，但凡是遇上吃的就手腳麻利得很。

小香與小寶這兩個沒有憂愁的貨色，吃完就去睡午覺了。

林小寧乘機偷偷跑去柴房拿了鐵鍬與鋤頭，溜到空間去了。林小寧就像種花一樣挖個小坑，把枝枝草草的全栽種進去，再澆上泉水。

林小寧伸了個腰，又跳到湖裡洗澡，空間的溫度是暖的，湖水也是暖的，一身的疲脹都洗掉了，這個空間真是個寶物。

林小寧撫手大笑，而後靈光一閃，馬上出了空間，把廚房大缸打滿來自空間的水，又叫小香起來燒火。

唉，老是叫小香燒水，以後也得好好學學才行。

林小寧與小香燒了一大鍋水給小寶洗澡。

小寶瘦小蒼白的身體站在院裡的木澡盆裡，讓人看了就心疼。林小寧拿著木瓢，不停地給小寶身上澆熱水，沒多久，小寶的面色就紅潤了。

林小寧問：「小寶，難受不？」

小寶搖頭。

又問：「舒服不？」

小寶點頭。

這樣大約澆洗了一刻鐘，她把小寶擦乾抱出來。小寶看起來精神相當不錯，林小寧高興極了。這兩次在空間的湖裡洗澡後都感覺非常有精神，再者給小寶洗澡的水還是石潭那兒的泉水，效果應該會更好。

林小寧笑著抱著小寶回房，輕聲問道：「小寶，聽得懂大姊說話不？」

小寶點頭。

「喜歡大姊不？」

點頭。

「那親大姊一下。」

小寶還是點頭，沒有任何動作，但林小寧已經非常滿意了。

第二章

申時，林老爺子哈哈大笑地回來了。「寧丫頭、香丫頭、小寶，出來看看，看爺爺今天打到什麼好東西了。」

「獾！」小香尖叫著撲了過去。

林小寧好奇地打量著那隻斷了氣的死物。這就是獾啊？好大個頭，比大黃還大，但更加肥胖，長得怪模怪樣，頭扁、鼻尖、耳短、頸粗，四肢短而粗壯，也是一箭穿肚，不由嘆道：「爺爺，您的箭法真準。」

林老爺子自豪地說：「可不是嗎？我的箭法是神箭，妳大哥也不錯，得了我的真傳，咱家好運來了，這兩天都沒空手而回。」

「晚上能吃肉嗎？爺爺。」小香問道。

「妳就知道吃，這是要換錢的。」林小寧覺得這個妹妹實在是太饞了。

「獾拿去換錢，明天我們買豬肉來吃，一家人好好吃一頓。」爺爺笑咪咪地看著孫子孫女們。自從寧丫頭掉到水裡又醒來後，兩天就沒空過手，要是能天天這樣，這日子就有過頭了，有了銀子，小寶的病就說不定能治好……

沒多久，林家棟也回來了，揹著一大口袋的糧，進屋就喊：「渴死了，快快打瓢水來。」

林小寧殷勤地打水遞去。

林家棟一臉憨笑。「今天送貨到仙客來，認得一個有錢人家的管事，把我的貨要走了，給了一百一十文錢，說是少爺今天請客吃野味，還讓我以後獵到稀罕獵物時送去他家，說他家少爺好稀罕野物。我買了糙米與雜麵，花了七十八文，還有三十二文，爺爺給你。」

林小寧心道：這個大哥雖然只有十幾歲，又血腥地徒手剝鼠皮，但他會算術，又口齒清楚、處事機靈，還真不像是莽漢。

林老爺子笑容滿面。「這個價給得不錯，那個東家是個大方的，家棟你過來，看看爺爺我今天打著了什麼？」

林家棟驚訝地叫著：「爺爺，這物給你打著了？牠皮滑，可難打呢！這可能換不少銀子，夠我們家吃上好久，我明兒個就進城給那管家送去。要稀有獵物就馬上打來了。」

「是啊，都是你大妹的功勞，自她掉入河中醒過來後，這兩天都沒空過手。」

「那倒是，大妹貴得很。」林家棟開心應道。

這爺孫倆真是一對活寶，真夠迷信的。林小寧暗笑。

天未亮，林家棟揹著獾又進城了，帶回二兩銀子，還有兩斤豬肉和一大塊板油。林家飄出久違的肉香，引得小香、大黃團團轉，小寶站在廚房裡呆呆地流口水。

晚飯是林小寧做的，蘿蔔紅燒肉，雖然調味料不多，放了二勺不知存了多久的醬油，拍了一塊薑丟進去，燉爛了起鍋，足足一大盆子，又炒了一大盤油渣白菜。空間水燒製的，那個滋味美啊，真是只應天上有，人間難得幾回嚐。

林老爺子說：「寧丫頭炒菜越發好吃了呢，舌頭都要被吃掉了。」

林小寧笑說：「爺爺，其實炒菜就是剁碎煮熟，是咱家太久沒吃肉了，三月不沾肉，是塊肉就是香的。」

「哈哈哈！」爺爺大笑。「寧丫頭說得對，三月不沾肉，是塊肉就是香的。」

大黃也吃到肉了，林小寧心疼大黃，偷放了幾塊肉埋在大黃的飯裡，又澆了一些紅燒肉汁，大黃吃得甩著尾巴示好，吃飽了，頭一回沒溜走，窩在林小寧身邊不停蹭著。

幾天後，林小寧學會了燒火，小香就興奮地要炒菜。小香對炒菜很有天賦，果然吃貨對吃有天生的創意。以前沒讓小香炒菜，主要是家裡也很少用炒的，村裡人有主食能吃飽就是小康人家，水煮個青菜就行，要是炒菜，那就是小資了。小香只會煮粥、做餅、蒸饅頭和燒火，如今能沾上鍋灶炒菜了，是如魚得水，一上手就有模有樣，很有色香味俱全的感覺。

從此之後，就換成林小寧燒火，林小香炒菜。

而空間裡的藥材，這幾日也由稀稀疏疏的幾株，長成了茂盛一片，那叢草莓繞在地間，結了密密的一片果實，如同荔枝那麼大，咬一口就汁水直流，甜美可口。

林小寧看到這樣豐收的奇景，歡快地採了一大籃子出來，小香、小寶吃得滿臉汁液，一個貪婪無比，一個呆傻無比。這兩個吃貨，只要有吃的，哪在乎是不是來歷不明。

林老爺子與林家棟回來看到這麼漂亮壯觀的草莓，一臉驚奇。林小寧只說是拾柴時採的，兩人竟然一點懷疑也沒有，拿起就吃。

之後，她便隔三差五地採一些給家人吃，但不拿多，不然小香與小寶這兩個管不住嘴的傢伙，會吃壞肚子。

林小寧每晚都要進空間做藥農，因為藥材長得實在是太快了，才收一批，第二天又長出來。草莓是慢些，採一次要好幾日才再結果，好像空間對藥材有奇效，其他作物成長得都不如藥材快速，而且空間還有個妙處，就是裡面不管是長在土裡，還是採下來的，都不會壞掉。

草莓雖然是由當初的一株長成，隔幾日才結果一次，只得一籃，慢慢也積得很多了。

林小寧讓林家棟每回進城賣獵物時，帶一籃草莓去賣，一斤五文，竟然賣得奇好。一籃子能裝個十斤的樣子，每回進城時，就能多換五十文錢回來。後來給那「稀罕獵物」的少爺送去一小籃，說給少爺嚐個鮮，另又給管家一小籃，以表心意，管家不客氣地收下，一會兒出來，笑咪咪地說少爺吃得高興，賞了兩百文錢。

林小寧每天的生活就是拾柴、燒火、打空間水、管理菜地、給小寶洗澡，然後就是收藥。看著木屋外堆得小山一樣的藥材，彷彿看到一堆小山樣的錢。

藥材先不急著賣，都是賤物，換不了多少錢，但勝在量大，得找個機會進城，瞭解一下這個朝代，看看這裡藥鋪的情況，還得想法子找些人參之類的貴重藥材來種，才能真正發財。

林小寧算計著，心裡覺得幸福。這個家真得不錯，爺爺、大哥都疼她，饞妹妹、傻弟弟那麼可愛，大黃那麼有趣……

她突然回憶起當初看到小香與大哥打山鼠時的心情，真是覺得人活著只要有希望，看什麼都順眼了。

林小寧堅持每天下午給小寶洗澡，眼見著小寶的氣色越來越好，主動說話的時候越來越多，眼神也不那麼呆滯。

林老爺子欣喜不已，日子越來越好，小寶的身體見好，肯定是寧丫頭的功勞，這丫頭醒來後就會瞧病，還時時能採到那麼多大個兒頭的草莓換錢，不管了，這丫頭是貴命，和順法師都說「貴不可言」，那咱就不言也不問了。

香丫頭越來越勤快，還會炒菜，寧丫頭越發水靈，一臉貴氣，家棟越來越壯，自己腰上的舊疾也一直沒犯過，精神還越來越好，感覺像年輕好幾歲。這日子有盼頭呢！

日子一天天過去，天氣漸漸涼爽。

大黃還是成天不見影，每日脹著奶而出，空著奶歸家吃飯。林老爺子與林家棟天天早出晚歸進山，得多打獵物存些錢才能過冬。

這天，林老爺子與林家棟空手而回。

自林小寧穿來到現在有一個多月了，雖然像獾那樣的稀罕獵物後來再沒打著過，但每日都能打到幾隻山雞、野兔之類的小物，這是頭一遭空手回來。

林家棟一回來就神神秘秘地對林小寧說：「我們今天帶回一隻活物。」

林小寧、小香、小寶都被林家棟的口氣勾起了好奇心。

林家棟從另一個背簍裡挪開蓋在上面的幾把青草，一隻小貓般大的淡灰毛小狐狸正安靜地躺在背簍裡，眼睛濕漉漉、可憐兮兮，很是虛弱的樣子，身上有許多傷口，但都是淺層傷口，嚴重的是一隻後腿被陷阱的尖木刺穿了，血淋淋的很是嚇人。

林小寧立刻被這隻小狐狸給吸引，說話都小聲了，彷彿大聲一點就會嚇著這個可憐的小傢伙。「哥，這小傢伙掉到咱家陷阱裡了？」

「嗯，用藥給牠敷上，說不準能好呢。這小東西太小，值不了錢，我和爺爺就尋思給妳養著，妳從小就愛這些活物。」林家棟說。

林小寧雙手小心翼翼地托起小狐狸，擁到懷中，一路小跑到堂屋內，仔細觀看小狐狸的傷口。後腿雖然刺穿了，但沒傷到骨頭與動脈，家裡有現成的傷藥與止血藥，活下來估計沒問題。

她歡快叫著：「小香、小寶，去做個小窩！」

林老爺子與林家棟呵呵笑著。

林小寧把小狐狸放在椅子上，打了些廚房的空間水給牠清洗了傷口。小狐狸的傷口一沾泉水就緩過勁來了，呼吸有力多了。這時林老爺子遞來不知道從哪找出來的乾淨布條，小香手上拿著藥盒，小寶蹲在邊上目不轉睛地看著。林小寧感覺自己怎麼像在進行現代的外科手術，身邊圍著助手與護士？

她麻利地給小狐狸上藥、包紮傷口。林老爺子樂呵呵地回屋去了。

小香嘰嘰喳喳地問：「牠痛不痛？會死嗎？姊，妳能救活牠嗎？牠要是活了，會咬人嗎？要是不咬人，我能抱牠嗎？姊……」

面對小香這個話嘮，林小寧有些頭大。

「乖，你們兩個去找些草來，再找個小籃子，小狐狸受傷怕吵呢。」林小寧哄著。

兩人出去後，林小寧拿著一只小碗餵小狐狸喝些泉水，小狐狸的眼睛一下子就清亮起來，喝飽後，竟然還舔了舔林小寧的手，然後蜷成一個小團兒呼呼睡去。

小狐狸這示好的舉動，讓林小寧不敢相信自己的眼睛。

窩做好了，最終還是林小寧自己動手做的，用一把稻草墊在小竹籃裡。

小香與小寶早被林家棟殺雞給吸引住了，把小狐狸與窩忘得乾淨。小香歡快地燒熱水，摩拳擦掌，看著林家棟飛舞著拔毛，開膛剖肚，想像著晚上做紅燒雞肉的香味。

小寶則蹲著邊上，目不轉睛地看著剝得光光的雞，神情癡迷。

他臉上頭一回有了表情，那麼顯而易見的癡迷，林小寧暗喜。長此以往，小寶的病不用藥材也說不定能好呢……

晚上，小寶吃太多，有些腹脹，林老爺子與林家棟帶著小寶去外面消食，林小寧與小香收拾廚房的事物。

回來時，林小寧給小寶洗漱，哄著睡了。

林小寧惦記著小狐狸，進屋去看。小狐狸的窩被她安置在自己床腳邊的地上，好方便她夜裡起來照顧。

她進屋就聽到小傢伙奶聲奶氣的叫聲，只見大黃正在舔著牠，一直把牠往肚皮下面拱著。小狐臉上的表情充滿不屑，吱吱掙扎著要出來，大黃仍堅持不懈地用嘴把小狐往肚皮底下拱進去，眼神充滿了期待。

林小寧心頭一軟，輕輕撫著大黃的肚皮說：「大黃，這不是你的寶寶，只是一隻小狐狸。乖大黃，不要再餵奶了，大黃是好狗，會認路，以後要帶我進山呢，我要去山裡採些好藥材回來種喔。」

大黃看著小狐狸片刻，失望地轉身走了。

小狐狸掙開了大黃，跳進竹籃，趴在竹籃邊上，眼睛圓溜溜地睜著。

林小寧實在是覺得小狐狸剛才對大黃餵奶的不屑眼神太有人性了，忍不住對牠說話：「小傢伙，餓不餓啊？我煮點麵糊給你吃，好不好呢？」但也不指望小狐狸回答，只是試探地去摸牠的腦袋，小狐狸竟然不反抗，任她各種親密地撫摸，還瞇起了眼睛，一臉享受的模樣。

林小寧又問：「小傢伙，我去做麵糊，放些雞湯，好不好呢？」

小狐狸聽了，好似懂了一般地看著她。

不知道是不是錯覺，林小寧覺得小狐狸點了下腦袋，極輕的。

林小寧飛快地煮了一小碗麵糊，放了雞湯與空間水。現在家裡所有的水都是用空間水。

小狐狸把麵糊吃得乾乾淨淨，精神好得很，吱吱亂叫。

林小寧笑道：「你叫我也聽不懂啊，但我知道你是在說話。你是不是想要留在我身邊呢？我也喜歡你呢，你這麼有靈氣，就叫『脈望』吧，我以後叫你望仔好不好？」

望仔點頭，是真的點了頭，林小寧看得清楚分明。

林小寧狂喜。這真是靈狐啊！又說：「望仔啊望仔，你能助我成仙是吧？」

望仔沒點頭，眼睛烏溜溜的。

林小寧想想又說：「唉，不成仙了，在人間多有趣，望仔能讓我在人間快樂似神仙對嗎？」

望仔又點頭了。

林小寧現在已經快樂似神仙了。這個望仔真是靈狐！她高興地抱起望仔在床上打起滾來。

望仔跳到林小寧胸前，兩隻前爪抱著林小寧的胳膊輕輕抓著，林小寧有些反應過來了，試探著問：「是要尿尿了？」

望仔歡快地叫了聲表示贊同。

「望仔，我治了你的傷，給你喝的，還餵你吃了，今後你就是我的了，明白嗎？」林小寧循循善誘。「你是我的狐狸，就表示以後你要聽我的，不能跟人家跑掉，也不能自己私自跑掉，你答應我，我就帶你去一個秘密之地，好不好？」

事實上，林小寧根本不指望望仔能聽得懂「你是我的」的意思，但她喜歡這樣說，覺得「你是我的人啊、狐啊」這種話很帶勁，讓她說得也帶勁，就不斷地重複著。

「哈哈，你是我的小狐了，是我的望仔。」她抱著望仔閃進了空間。

望仔在空間地裡排泄完，還甩甩不夠蓬鬆的小尾巴。

林小寧對著望仔說：「這就是我對你說的秘密之地，望仔，等你以後傷好了，我就天天讓你來這兒玩，喜歡吧？」

望仔這時根本不聽林小寧說話，只是歡快地吱吱尖叫，臉上的表情極度興奮忘形，又跳到草莓地裡亂啃。

林小寧任望仔吃個夠，再抱起他逛空間，像巡視自己產業的地主婆一樣驕傲，並自豪地說著自己的未來規劃。「這塊地將來要種人參，那塊地將來要種靈芝，現在種的藥材都是賤物，不大值錢……」

一不留神，望仔從身上溜了下來，一拐一拐地朝著木屋後的那個石潭蹦跳而去。

「好東西逃不過你的眼啊，望仔厲害喔。」林小寧跟在後面得意地說。

望仔到了石潭邊上，一頭扎進去，又喝個夠，然後兩隻前爪伸進去水中，再出來時，就捧著一塊雞蛋大小、黑漆漆的石頭，獻寶似的一拐一拐地送到林小寧面前。

林小寧蹲下來摸了摸牠。「望仔喜歡這石頭？」

望仔吱吱叫了幾聲，低頭用牙啃咬著石頭，一會兒就出現一條縫，又叫了幾聲。

林小寧鄭重地拿起石頭細看，被望仔啃咬過的地方露出了潔白脂色，瑩瑩的流光轉動，令人炫目。

這是玉石！林小寧快窒息了。多麼漂亮的白玉啊！

她抱起望仔，沒頭沒腦地親著，口不擇言。「我的望仔，我的好望仔，你真旺啊！我們家馬上有錢了，我的夢想有著落了！」

林小寧活了兩世，沒見過這麼漂亮的玉石，白脂裡還透著五彩的光芒。她想著，以後爺爺與大哥再也不用進山打獵了！買些荒地，開了荒後租給人家種，做個小小的地主，家裡也再不用成天吃那些菜糊與糙米，要頓頓有肉吃。

既然穿到了這兒，就有義務把家人的生活改善！

而且，裡面的石頭是不是還有玉？

林小寧很快從狂喜中清醒過來，撈出幾塊石頭。「望仔，再啃啃，看看是不是玉。」

望仔扭開腦袋，不搭理那幾塊濕淋淋的石頭。

「到底有沒有玉？望仔。」林小寧托起小狐，討好地媚笑著。「咬咬這塊嘛，來，我最最親愛的望仔。」

望仔扭開腦袋，對著石頭一臉不屑。

林小寧只得小心翼翼地裝好那塊玉石，又不死心地把那幾塊也帶上，出了空間。她懷著激動的心情，簡單收拾了下，去了林老爺子屋裡。林家棟也在屋裡，兩人商議著明日進城賣獵物之事。

林小寧平復氣息，鬼鬼祟祟地掏出那塊玉石說道：「爺爺、大哥，你們看，這玉能值多少銀錢？」

屋裡油燈很暗，玉石掏出來後，就只有那條縫隙裡冒出一絲瑩瑩之光。

林老爺子大驚，湊近燈前仔細瞧，又喊：「快，家棟，拿匕首！」接過匕首，順著石塊上那道縫隙一層層地刮著，一會兒，玉石的表面就露出來了，滿室生輝。

林老爺子按捺住心情。「寧丫頭，這是從哪來的？」

「望仔找著的。」

「望仔？」

「就是那狐狸，我給牠取名叫望仔。我帶牠去尿尿，牠就跑了，一拐一拐地還跑得滿快。我追到山腳邊，牠就找著這塊石頭給我，這條縫是牠咬的，我才知道是玉，不敢耽誤，抱著牠就回來了。」林小寧面不改色地撒謊。

空間這種事很難理解，根本說不清。

「這石頭可是塊好玉，家棟，我明日隨你一塊進城。寧丫頭也去，讓小香在家帶小寶，這石頭應該能換不少銀錢。」林老爺子一臉春風。「望仔這名真是不錯，真是旺，真是好狐，咱家以後要善待牠，以後我們可就不用再受窮了。」

林家棟愣愣的，半天說不出話來，好容易才擠出一句：「和順法師說得一點也沒錯，大妹真貴。」

林小寧懶得糾結原主貴不貴的問題，她對原主貴命的這段經歷一點記憶也沒有，爺爺與大哥老說她貴，貴就貴吧，有那空間能不貴嗎？爺爺與大哥這麼迷信，把她的異常行為都理解為貴，倒是好事。

不過現在她只關心另外幾塊石頭裡有沒有玉。她說：「爺爺，那石頭的邊上還有幾塊石頭，但望仔好像很看不上那幾塊石頭，我也帶來了，你們刮刮看是不是也有玉？」

林老爺子與林家棟一人一把匕首，用力刮著石頭，林小寧無限期待地盯著兩人的動作。玉啊，那是銀子啊！林小寧在心中深情地盼望著。

對於銀子的渴望，是人就會有，林小寧前世人淡如菊又如何，現下只說現下的話，只要不是以無恥卑鄙手段得來，銀錢是最有實力的象徵。望仔帶來的好運使得林小寧渾身上下充滿了溫暖的銅臭味，那直白渴望的眼神，全然不像靈魂已經三十歲的老姑娘。

一屋三人，神情複雜。林老爺子與林家棟動作飛快，匕首刮石頭的聲音此起彼伏，在林小寧聽來如同天籟，無比動聽。

但四塊石頭裡都沒有玉。

林老爺子平靜地說：「沒有也好，意外之財到底不是正途，人總得勤勞才能致富守富，這一塊就夠我們家翻身了，已是天大的喜事，寧丫頭莫要難過。」

林家棟也安慰說：「大妹，妳放心，我一身力氣，不會讓你們吃苦的。」

林小寧汗顏，活了三十年，受過高等教育，竟然忘了這個道理，臉上露出羞赧。「爺爺，是我貪了。」

林老爺子正色道：「是家裡太窮了，人窮久了，自然就對錢財貪。」

爺爺的話一針見血啊！林小寧心中感慨。

林老爺子一臉老家主做派，安排著明天進鎮事務，家裡要購買什麼，油鹽醬醋、米麵布疋要多買存著過冬等等，又謹慎地從床頭的木箱子裡拿出一個木匣子，鄭重打開，裡面是一些銅錢與散碎銀兩，還有一根銀簪及一對銀耳墜子。

林老爺子清清喉嚨說道：「如今你們倆也都大了，家棟快到說親的年紀了，我也把家底給你們透露一下，這些銀兩是家裡這陣子攢下的，有四兩多呢。寧丫頭，這首飾，是妳娘留給妳與香丫頭的。」

林小寧看著林老爺子骨節粗大的手在財物上無意識地撫摸著，莫名心酸。

林老爺子又道：「那塊玉石，我估摸著能值不少銀子，幾十兩都說不準。你們倆明年就可以議親了，小寶的病也可以去治了，家裡也可修葺一下……」

沒等林老爺子說完，林小寧就睜著發亮的眼睛，神采奕奕地說：「爺爺，小寶交給我，你就別操心了，我擔保他能好起來，比村裡哪家孩子都棒。咱家換了銀子買地，做地主吧！不就是開荒種田嗎？不懂的話找村裡人請教下就是了，我們再買一頭牛，這樣咱家做個小地主，一家人豐衣足食，快樂似神仙。」

林老爺子與林家棟互看一眼，又望向林小寧，異口同聲遲疑地問：「做地主？」

林小寧肯定地回答：「對，咱家做村裡的地主。」

林老爺子與林家棟兩人沈思起來。

林小寧暗道：爺爺還真是地道獵戶，一有銀子，就只想到說親與修屋子，一點發展建設的思考都沒有，這房子雖然是破舊，但也能遮風避雨啊，還很寬敞，根本不急著修葺，再說議親用得著這麼早嗎？大哥才十六，自己才十二就說親，早得有害身體健康了，怪不得古人壽命不長。

很顯然，地主這個詞極具魅力，轉眼間，林老爺子與林家棟眼中也發亮了。

林老爺子說：「家棟啊，寧丫頭說得對，咱們家以後不再做獵戶了，雖然比種幾畝地銀錢來得輕鬆，但……」林老爺子說不下去了，林小寧知道他想起了自己的爹娘。

林家棟說話很憨。「爺爺，家裡的事你說了算，那個……做地主也滿好的。」

林小寧笑出了聲。大哥這句「做地主滿好的」，真是憨到了極致。

林老爺子也被大哥這句話逗笑了，一掃剛才想到兒子與兒媳的陰霾心情。

林小寧回房後，抱著望仔就在空間的木屋裡睡著了。

這一覺睡到自然醒，整個人精神飽滿。望仔的腿傷好像一夜之間就好了，蹦蹦跳跳極為靈活，林小寧解開牠包紮傷口的布條，裡面的傷口都癒合了，只是傷疤還有些明顯。

她帶著望仔出了空間，聽到院裡有動靜，出了屋門，是繁星滿天，小香竟在廚房忙碌著，灶臺上是一籃才蒸好的饅頭，大鍋裡正煮著粥。

林小寧吃驚問道：「小香，怎麼起這麼早做飯，也不叫我燒火？」

「爺爺昨天吩咐我早起做飯的，說是你們今兒個要進城呢，路上辛苦，讓妳多睡會兒。」

「小香真好，都知道心疼姊了。」林小寧摸摸小香的頭。

小香湊過來小聲說：「姊，給我和小寶帶糖葫蘆回來哈？」話語間充滿濕漉漉的口水聲。

吃過早飯，收拾了一竹筒清水、一些饅頭在包袱裡，林老爺子帶著孫子、孫女上路了。林家棟揹著小背簍，裡面全是獵物，一家人就這樣步行進城。

天已放亮，朝日升起，風景秀美，鳥兒鳴叫。

但林小寧走得腿都快斷了，心中只有一個想法，一定要買牛！還有買馬車！還有這條該死難走的路，一定要修！等將來有錢了，這些都是要做的事，怪不得村裡地那麼多，條件也好，卻難有發展，就是交通問題。俗話說：想要富，先修路；路好走了，交通便利了，發達致富才有希望。

林小寧越走越慢。怪不得爺爺讓小香早起做飯，說路上辛苦，是真辛苦啊。

林老爺子把林家棟的背簍接過來，林家棟二話不說，蹲下身就要揹起林小寧。林小寧的確走不動了，半推半就地趴了上去。林家棟的背上又寬又硬，一趴上去就感覺到他的健康與活力。

這下就像小跑，爺孫倆獵人腳力比農夫可快得多，加上這陣子吃喝空間水，身體越發壯實，根本不知累。

林小寧趴在林家棟的背上昏昏睡去。

進城時是巳時，林家棟喚醒林小寧，三人停下來休整了一會兒，吃了饅頭，喝了水，就把獵物送去「仙客來」。

仙客來是縣城有名的酒樓，也是林家多年來賣獵物建立的關係，雖然收的價比集市賣價要便宜些，但可以一次賣掉。

林老爺子帶著林小寧坐在小酒樓下的凳子上等著。林小寧環視著號稱鎮上最大規模的酒樓，只覺也不過爾爾，只是乾淨些、寬敞些，餐桌方方正正沒有破損，或許樓上雅間會精緻許多，但就從樓下來說，很一般。

看了一下牆上掛的菜牌，就是繁體字，林小寧前世中醫出身，繁體字認起來還是輕而易舉，就是不大會寫。這個發現讓她歡喜，因為家裡沒看到任何書籍與紙張，村裡也沒有學堂。

林小寧不想讓一家人做個目不識丁的地主，心中泛起漣漪，問：「爺爺，你認得字嗎？」

「認得幾個，不多。」

「不多是幾個呢？」林小寧窮追不捨。

「嗯，就是算數的那些字。」林老爺倒是有些不好意思。獵戶出身的男孩從小都是教授打獵功夫及算術，哪會想到要送去讀書啊？

林老爺子疼愛地撫著小寧的頭又道：「寧丫頭想要學認字嗎？可村裡沒有學堂，就算有，也不收女娃。」

林小寧只是笑笑，心下已有算計。

只消一會兒，林家棟就出來了，很滿足地笑著。「獵物賣了一百六十文。」

林小寧一行三人站在鋪子門口，看著金光閃閃的牌匾。周記珠寶。

林老爺子深吸了一口氣，闊步踏進去，林家棟與林小寧跟隨在後。櫃上擺滿琳瑯滿目的珠寶首飾，林老爺子目不斜視，朗聲問：「夥計，你們收玉不？」

「你們去當鋪吧，我們只收上等好玉。」一個夥計看著粗衣補丁的三人，眼裡的輕蔑溢於言表。

林老爺子巴掌在櫃上一拍，大聲喝道：「叫你們掌櫃出來，不是上等好玉哪會進你們鋪子？」

林小寧見爺爺如此做派，暗笑：到底是老獵戶啊，瞧這氣場強大的。

小夥計被驚得一跳。「就去就去，您老稍等片刻。」眼神示意一下，另一個夥計撩起布簾就進了後屋。

不到一盞茶工夫，布簾掀開，一個約莫二十來歲，紅光滿面、腦滿腸肥的矮胖公子，手搖摺扇、昂首挺胸走來，身後還跟著兩個面無表情的彪形大漢。

「誰膽子那麼肥，敢在我家鋪子撒野？」矮胖公子手中扇子一收，正宗紈袴子弟的風度。

如此人物、如此陣勢、如此對白，林小寧忍俊不住，笑得發抖。

矮胖公子見林小寧發笑，莫名地惱羞成怒，扇子指著林小寧。「臭丫頭，笑什麼？」

林家棟上前一步。「我家妹妹沒見過世面，又有些癡傻，看到東家如此氣派，大開眼界，開心而笑，請東家不要介懷。」

林小寧更想笑了，沒想到一向憨實的大哥，說起場面話如同順口溜一般。

「我們前來並無惡意，是有家傳寶玉要出手，怎麼就說是來撒野了？」林老爺子神情鄭重地道，眼神嚴厲地掃過兩個夥計。

「寶玉？像你們這樣的人家，能有什麼寶玉？」小夥計狐假虎威地嚷著。

矮胖公子沒作聲。

矮胖公子沒作聲不是因為他脾氣好，而是被林老爺子掏出來的玉石吸引著視線，如同獵物吸引獵犬一般，眼神牢牢地黏在林老爺子手中的玉石上。

「這算不算上等好玉？」林老爺子有些得意地問道。

「沒眼色的東西！」矮胖公子低聲喝斥著夥計，接著恭敬地對林老爺子說：「後面請，老人家。」

結果，矮胖公子開口就是一千兩銀子，比林家心裡價位高了不知多少。

但林小寧信奉著無商不奸，生怕老爺子出手，急急尖叫著：「太賤了，不賣不賣！」

林老爺子也圓滑得很，起身作勢就要走。

矮胖公子急忙攔著，然後一番討價還價，最終以兩千兩銀子成交。

成交時，林老爺子說：「是祖上傳下的寶物，一直沒捨得賣，實在是孫子、孫女們大了，才想著賣掉湊些聘禮與嫁妝，這個價我們是虧了，但賣這個價是為了保個平安，少東家可否成全？」

「老人家言重了，請老人家放心，我周記百年老號，鋪子全國都是，從不幹齷齪勾當。」矮胖公子一臉正義。

送了林家三人走後，矮胖公子欣喜若狂地抓著玉石，愛不釋手地把玩。

「恭喜少爺，賀喜少爺，才兩千兩就淘到這麼個希罕玩意，那戶人家可真是愚笨之極。這樣的極品玉石要是在京城，至少是這個數……」一個老僕邊奉承邊比劃了個手勢。

「噓……」

「要不要派人去查下這戶人家？」老僕問。

「不必，人家說了賣這個價是為了平安，咱們賺了銀子，可不能失了信譽。」

「如果那戶人家還有這等寶物，錯過了，豈不可惜？」

「你才愚笨之極！如果他們還有這等寶物出手，放眼這城裡，也就本少爺能收得起，如果不想出手，少爺我更不能強買，周記百年老號不能在我手裡砸了。」

第三章

作賊似的繞來繞去，確定沒人跟著，又到成衣鋪子買了五件衣裳，雖然也還是布衣，但新衣讓人精神爽，林家三人改頭換面地出了鋪子。

林老爺子懷裡揣著厚厚一疊銀票，包袱裡還有近五十兩現銀，感覺自己真像個老地主，帶著孫兒、孫女出門。

林家棟神采飛揚，長這麼大沒見過這麼多銀子。

一家人去米糧鋪子，買了上等白米、中等白米、白麵……去雜貨鋪子買了油、鹽、醬、醋、黃酒、白酒等調味料，去點心鋪子買了甜點、鹹點多種點心，又去布莊買了各種布，再去書鋪買文房四寶、便宜紙張、學堂裡啟蒙的書本一本、遊記幾本。為何買這些書？地主家都有這些，擺著好看的。

路邊吃碗麵條，然後直奔牛市。

林家人現在一看就是有錢的莊戶人家，牛販子們起勁地大聲吆喝著自家的牛好，挑挑揀揀，七兩銀子買了一頭兩歲多的黃牛。

一行三人牽著牛去米糧鋪子、雜貨鋪子、布莊取回存放的貨物。雜貨鋪子送了兩個巨大的竹筐子，牛身左右各一個，貨品放在裡面，用成衣鋪子裡換下的舊衣嚴嚴實實地蓋住，一家人滿載而歸。

回程的路上，林老爺子還買了幾斤豬肉、板油、兩根大骨，扔到林家棟的背簍裡。林小寧不忘捎上了四串糖葫蘆，外加一朵俗氣的大紅頭花。

坐在牛背上，看看自己與家人，林小寧怎麼看怎麼覺得像暴發戶。

咕，我們就是暴發戶！她趴在牛背上偷笑著。

林家三人一身新衣，一頭牛，兩大籮筐東西回村，引來不少村民的竊竊私語、交頭接耳。

「林老漢，你家買牛啦？」有人問道。

「是啊。」林老爺子響亮地回答。

「林老漢你真捨得，這頭牛的錢，能給家棟娶個媳婦呢！」

「家棟不著急娶媳婦。」

「林老漢，那大籮筐裡是什麼啊？」

「糙米和雜麵。」

「林老漢……」

到了家門口，小香、小寶出門來接，一見大黃牛還有兩個大籮筐，驚得大張著嘴。

林小寧不失時機地拿出糖葫蘆，小香拉著小寶尖叫著撲過來。

關上院門，林老爺子與林家棟把籮筐裡的貨物一一拿出。

小香、小寶新衣各一件，廚房用品全部收拾歸整，生活用品則分配好，由小寶送去各自房間——現在小寶能依照吩咐做些小活了。

文房四寶是林小寧的，那朵俗氣的大紅花是林小寧特意為小香準備的。點心開了一包給小香與小寶嚐嚐，望仔溜出來叼走一塊，大黃也蹭過來，林小寧趁人不注意，偷偷丟了一塊到大黃嘴裡。

從沒吃過點心的小香與小寶如同吃珍寶似的，用舌頭小心地舔著，細細享受著甜蜜的粉末在口中化開的感覺。林小寧看著，有說不出的難過，把剩下的點心分給了他們。

其餘的物品都抬到了林老爺子的房間。

晚上，小香做飯格外賣力，那朵俗氣的紅頭花還戴在頭上，在廚房都不捨得摘下來，還熱烈地問著城裡的事與物。

小寶在廚房守著，看著林小寧與小香在廚房忙碌。

林老爺子的房門關得嚴嚴的，林小寧能想像屋裡一老一少正鬼鬼祟祟地藏著財物。

一大盆紅燒肉，大盤炒肉，大盤青菜，一鍋白米飯，林小寧幸福地嘆息，地主家也不過如此了。

因為有了各種調味料，還有空間水，今天的菜滋味更是妙不可言。每道菜做出來，林小寧就讓小寶率先品嚐，小寶每嚐完後還知道挾一筷子餵給林小寧。

林家一派溫馨和睦，生機勃勃。
才布好碗筷，就聽到有人敲門，小香勤快地跑著去開門。是村裡的張嬸，手中還侷促地抓著個小布袋。
林老爺子招呼著。「吃飯沒？沒吃就坐下一塊吃吧。」
「謝謝林老漢，不了。」張嬸看著一桌豐盛的菜色，眼中羨慕，遲疑地開口：「林老漢，我想借點糙米行不？聽村裡人說你們今天進鎮買了許多。」
「有啥不行？家棟，給你張嬸子裝米去。」
「多謝多謝，唉，我家的情況你們也知道……」張嬸子說著就抹起淚來。
林小寧笑問：「張嬸子會做衣裳不？」
「會，村裡哪家不會。」
「妳張嬸針線活可是村裡有名的。」林老爺子說。
「爺爺，咱們不是扯了些尺頭嗎？不如讓張嬸子給小香、小寶做一身棉衣過冬，這米就算工錢可好？」
「行啊。」林老爺子樂了，幾年沒做新衣，都忘記兒媳一死，家裡就沒人會做衣裳。
「那可真是太好了！」張嬸子眼睛一亮，說話都有些不利索。
林家棟裝得滿滿一袋糙米，張嬸子抱在懷裡，連聲道謝。林小寧又裝了一碗紅燒肉遞過去。

肉。

張嬸子不安地看著那碗肉。「這……這怎麼好……」口裡推辭著，眼睛卻一直看著那碗肉。

「沒事沒事，誰家沒過過窮日子，拿著吧。以前妳也不來我家走動，寧丫頭她爹娘去得早，妳以後沒事就常來走動走動，教教兩個丫頭。」林老爺子笑呵呵地說道。

晚上收拾完畢，林老爺子招呼林家棟與林小寧到房中，三人關門密談許久。

第二日，林老爺子與林小寧辦理買地的相關事宜，林家棟找村裡李木匠商談做牛車。

村裡謠言四起，口口相傳著林家打獵時挖到百年人參，發了橫財，買牛買地了。大家都羨慕得緊，可誰敢入深山啊？村民們各懷心思，家家戶戶蠢蠢欲動，不時三三兩兩進山，希望著在周邊也揀到一株人參。

林家住在村西，離村民較遠，有點離群寡居，離最近的張嬸家也要一刻多鐘才能走到。張嬸收了林家的米後，第二日就來取布，說好一家五口人，五套棉衣褲。

林家最後選中的是河對岸那一大片的荒草地，一條細長的小河彎彎曲曲的，正好把桃村從中隔斷，所有的村民都聚在河這邊，對岸一直沒有人煙。

選這塊地是因為望仔的原因，出門看地時，望仔都窩在林小寧懷裡不肯下來，走了大半天了，望仔都沒有反應。林小寧自玉石事件後也長了心眼，觀察著望仔的表情，一直搖頭。

村長走了那麼久，又累又渴，喉嚨都啞了，心裡憋著火。買塊荒地而已，用得著這樣挑剔嗎？

最後在河邊，望仔吱吱叫著。

林小寧問：「望仔是喜歡對面嗎？」

望仔又叫。

林小寧說：「村長，我家就要對面這塊地。」

村長氣得半死，沒見過這麼沒譜的主，買塊地還抱隻狐狸，竟然還讓那狐狸來挑地！村裡那麼多地不要，本來住得就離村民遠，買塊地還挑了這河的對岸，以後種個地還要過河，這林家打獵打得腦袋出問題了！

「可是真的要這塊地？」

「嗯，是的，我們家要五百畝。」

「村裡不計哪兒，都是一兩一畝，五百畝就是……多少，你們家要多少？」村長冒汗不止。

「五百畝。」林小寧再次確認。

「林老漢，你家真是挖到人參了？我當村裡人瞎說呢。」

「是挖到了一株，換了一些銀子。」林老爺子大大方方承認。

村長心如刀割，羨慕又嫉妒。村子裡家家戶戶都在種田，也沒哪個能在土地裡刨出棵人參來。這林老漢是獵戶，一塊地都沒有，竟然山上挖一株人參就發財了。

他心情複雜，帶著林老爺子與林小寧去找里正。這是大買賣，這些年，里正讓他鼓勵大家買地，地價兩成可撥給村裡。

里正也是心如刀割，羨慕又嫉妒。五百畝地就是五百兩銀子啊！自己好不容易才做到里正，在這個破地方窩著，竟不如林老漢挖一株人參來得痛快。五百畝地啊……幾輩子都掙不回五百畝地。

眾人約好第二日一起去縣衙登記，交銀子辦地契。

牛車還沒好，他們跟老趙頭家借了牛車，套在牛身上。里正、村長、林老爺子、林家棟、林小寧便出發了。

坐自家的牛進城，多得意啊。

從當年申請災款、建設桃村的那個縣令離任後，其間換了兩任，如今是第三任。林小寧現在才知道縣城名原來叫清水縣，上回進城時，她睡著了沒看到。

城門的「清水縣」三個字有些模糊，看起來很吃力。縣衙在城東，縣衙大門朱紅色的油漆陳舊斑駁，門口兩座石獅，其中一頭還缺了鼻子，真是清水縣的清水衙門。

縣令大人姓胡，骨瘦如柴、獐頭鼠目，還有一撮山羊鬍子，約四十歲樣子，但乍一看就像個小老頭，聽到有人要買桃村荒地五百畝，不動聲色地翻著土地簿，沈思不語。

林小寧有些緊張。這傢伙城府太深，買地又不犯法，用得著這樣裝腔作勢嗎？

里正、村長、林老爺子與林家棟也一臉凝重，不知道哪兒不對了。

胡縣令拿起桌上的茶盅喝水，突然嗆著了一頓狂咳，咳完後一直喘氣，臉頰嫣紅，林小寧一看就知道他是痰蒙心包。

胡縣令看著林老爺子說：「你要買地五百畝？」

「是的，大人。我家買地可是有不對的地方？」林小寧搶著回答。

「桃村一個小小的獵戶人家，何來銀兩買五百畝地，可是不義之財？或是……」

胡縣令話說至此，村長便哈哈上前。「回大人，是林獵戶家不久前挖到野山參一株，賣了些銀兩，此事村人眾所皆知。」

胡縣令一拍桌子。「野山參？鎮上哪家藥鋪收之，多少銀兩收之？我看你村長、里正是做糊塗了，百年山參高價不過二、三百兩，又何足銀兩置五百畝地？我清水城良民集結，雖說貧窮，卻也安分守已，區區一個桃村小小獵戶家，出了雞鳴狗盜之事，若真是不義之財，你村長難脫干係！」

胡縣令句句擲地有聲，村長聽了頓時覺得自己見識太淺，雖說林獵戶一家素來忠厚，但忽然冒出天大一筆銀兩，也確實可疑，只恨當時沒調查清楚，想到這裡，他面色煞白，冷汗淋漓。

林老爺子一聽，饒是再年長多識，也終究只是個平民獵戶，不禁直呼。「大人！冤枉啊！我林老漢是地道的老實人，怎麼會有不義之財……」腿一軟，就要跪下。

林小寧上前攔住，腦中百轉千迴，搶過話道：「爺爺別跪，大人心如明鏡，我們還是直說了吧。」

她轉身向胡縣令。「大人胸有謀略，心如明鏡，請聽小女子一言。我林家銀兩來得清白，並非不義之財，野山參只是村民猜測，我家不想節外生枝便也默認。有句俗話說富不過三代，窮不過四輩，哪戶窮人家祖上不得一個富豪，哪個富豪家祖上不出一個乞丐？」

胡縣令見眼前這小丫頭身形瘦小，卻是口齒清晰、面色沈靜、毫無懼色，當下便極有興趣，不禁點頭。

「林家雖是獵戶，但祖上也曾有達官貴人，也有一塊稀世傳家之玉。這傳家玉世代相傳，連我爺爺都不知從哪一輩開始，只知道這傳家玉極具靈氣，不可變賣，否則便是辱沒家門。可如今，林家已窮了三代，我爺爺已過天命，忽然明白這物是死的，人是活的，空守著寶玉，家將不家，何以傳承？決定變賣此玉。傳家玉變賣於鎮上周記珠寶，大人可明察。」

胡縣令頗有深意地看著林小寧。這丫頭出身貧寒，年歲這麼小，竟是談吐不俗。

林小寧一番話出口，村長目瞪口呆。林老爺子喜得眼都瞇了。這天大的謊言、天大的道理，寧丫頭說出來是面不改色，怪不得和順法師說寧丫頭命貴呢，這就叫貴！

里正卻是一臉愣。桃村家家戶戶，均是目不識丁，大人也沒這麼能說會道的，不想這林老漢家的小丫頭如此伶牙俐齒，還真是小瞧了他們。

林小寧頓了一會兒，問：「我家買地，大人還有何疑問嗎？」

胡縣令露出無礙的微笑。「沒有，只是你家為何只買五百畝地？」

「買地要銀子啊，大人。」
「那我給妳算便宜些，妳可把那邊三千多畝全買下？」
「大人，開荒三千畝地得花多少時間，得費多少銀子，大人可算過？不當家不知道柴米油鹽貴，不光開荒的人力物力，還有養地的肥從哪來？」
「小丫頭有趣。」胡縣令撫著鬍子微微笑著，目露精光。「那妳算過沒，五百畝妳要費多少時間、多少人力物力才能開出來？」
「算過，」林小寧大方地說：「村裡每戶人家都有幾畝地，有的有十來畝，一家人通常就兩、三個主要勞力，算下來，三個人能種近十畝。如果只是開荒，不搶季節，一百人能開五百畝了，地開好了，可以租給人家種。」
「這是人力，那這一百人的費用呢？妳算過嗎？」胡縣令緊追著問。
「也算過，現在成年勞力，管著吃是一日十到十二文，一百人一天就是一兩二錢銀，加上吃食開支，合計一天二兩吧！開荒就兩、三個月時間差不多，後面養地那些的可以再僱十來個長工，慢慢養著。」
「林家老漢，你孫女可是個寶啊！」胡縣令捋著山羊鬍子，一臉奸笑。「地我賣你，不是五百畝，而是一千畝，只收五百兩銀子，另五百兩記帳，同時還給你們提供人力。但有一點，這些人把地開了後，你們要把地租給他們種。」
「大人不是說笑吧？」林小寧說：「衙門買地也能記帳的嗎？」

「能，我說能就能，這筆帳一年內付清，錢不必付給我，用屋子抵。」
「用屋子抵是什麼意思？大人。」
「就是說要在你們桃村蓋屋子給開荒的人住，抵那五百兩銀子的帳。」
反常必有妖，天下絕沒有免費的午餐。
林小寧婉言推辭。「大人的好心，林家感激不盡，只是大人說提供人力給林家，又要林家給他們蓋屋子，這些事我們得好好合計合計。」
「別合計了，過了這村就沒這店，是大人我與妳這丫頭一見投緣。師爺這就擬條約，辦地契，你們付了銀子，大人我帶你們看人力去，那全都是健壯的好勞力啊！」
「再問大人，這些健壯的好勞力是什麼人啊？」
「流民，都是壯年流民！」胡縣令斬釘截鐵地說。「你們開荒種地要人吧？要付工錢出去吧？流民們餐風露宿，食不果腹，你們把工錢吃食付給他們，這就叫各得其所，兩相其好。丫頭啊，這事乃大義舉，妳建屋子給他們住，租地給他們種，那就是給了他們活命的機會啊，可憐他們顛沛流離……一身力氣沒處使。」說到這兒，胡縣令的聲音有些顫。
「丫頭，本大人看妳是有善根之人，也看得出家裡妳是能主事的那個，今天得以相識是大緣，也是善緣，我與妳相談甚歡，不如結個忘年之交如何？」
看來這個胡縣令與當初建桃村的縣令一樣是難得的好官，這個清水衙門破窮成這樣，小老頭還惦著老百姓，在這種封建王朝，竟然還有這樣的一心為民的官！更難得的是還這麼有創意，這與現代企業讓失業員工再就業一樣，太了不起了！

林小寧看著胡縣令越來越順眼，越來越慈祥可愛，一時心癢難耐，便說：「大人，你身上有疾，平日可常心痛？」

胡縣令連連點頭。「是啊！」

「是否短氣，還喘咳不寧？」

胡縣令的頭點得像雞啄米了。

「今日我與大人有緣，給大人一帖方子，是祖傳的秘方，大人可敢一試？包管三日見效。」

「丫頭，我與妳結忘年之交，這是命定之緣，我倒真想吃妳的藥呢！」

村長口中嘀咕。「奶奶的，林家祖傳的東西真多。」

林小寧笑得璀璨如煙花，確定這乾巴縣令是痰蒙心包症，報出瓜蔞薤白酒湯的方子讓師爺寫下。

交談間，地契與合約也就送來了，一式兩份，衙門留存一份，地契兩張，分別寫上林家棟與林家寶的名字，由林老爺子鄭重地揣到懷裡。

城郊破廟，臭氣熏天。

林小寧發誓再也不相信封建王朝能有好官了！

騙子，大騙子！這個胡老頭子，是個十足十的大騙子！

眼前一大堆非洲難民似的歪瓜裂棗、蓬頭垢面、衣衫襤褸的老弱病殘，這哪是流民嘛，分明是乞丐，根本沒一個健壯！林小寧頭痛得很。

想說不要，但合約已簽，白紙黑字寫了提供人力，可沒註明是健壯的好勞力。她悔不當初，被這胡大騙子擺了一道，沒細看合約條款。

另外，看到這幫老弱病殘們的眼神，讓她心裡發緊。

林老爺子、林家棟、里正、村長也呆住了。

胡縣令與師爺鎮定自若地喊著：「你們以後的東家姓林，這是林老太爺，這是林家大少爺和林家大小姐。你們就要跟著東家開墾荒地，開出來的地租給你們種，還會給你們蓋屋子，你們的好日子就在眼前了，每天能吃得飽，穿著暖，一個月還有一頓肉！」

「老弱病殘」們大聲歡呼起來。「老太爺好，大少爺好，大小姐好！」

林老爺子與林家棟聽這尊稱，有些不自在，但地主的自豪感卻又油然而生。

師爺扯著喉嚨大聲說：「都出來、都出來，男的左邊，女的右邊，都排好。」

折騰老半天，一堆人才排好，其中還有好幾個是躺在地上的。師爺一個個數著。

「共計九十七人，個個壯勞力。」師爺面不改色說道。

「胡大人，還忘年之交呢，你騙我！」林小寧氣炸了。

「是善緣。」胡縣令捋著鬍子糾正道。

「可好歹也給我幾個壯年勞力啊！哪怕就只有幾個也行啊！一堆都是不能用的，用在他們身上的藥材都不止那五百畝荒地啊！我就是可憐他們、收留他們，可看看他們那樣子，能開荒嗎？」到這分上，林小寧語氣已經不客氣。

「那妳還要幾個壯年勞力？我還有，妳說個數……」胡縣令認真地問。

林小寧發著抖。「謝謝大人，這些足夠了，我這就去給他們買些吃的，帶他們回去開墾荒地，發達致富，讓他們從此跟著我家過上好日子，有田種，有屋住，一個月還有一頓肉。」

「好好好，太好了，這就帶他們回去，全帶回去，這地沒法住人，好人都住病了。」

「這些人這麼虛弱，桃村的路那麼遠，那麼難走……」林小寧氣急敗壞。

「不難走，回家的路哪裡會難走，你們說是不是這麼個道理啊？」胡縣令大聲問。

「是，我們要跟東家回家！」眾人大聲呼應著。

「大人，大人你先回吧。」林小寧欲哭無淚。「我現在要安排這九十七個壯勞力了。」

「好好好，妳安排吧，這些人餓壞了。喔，我真的還有壯勞力，妳不看了？」

「不看了大人，你快回吧，這些壯勞力足夠足夠了。」

「真還有兩個壯漢，不騙妳，一會兒讓師爺給妳送過來。」胡縣令丟下這句話就匆匆走了。

她買了一堆吃食，饅頭、燒餅，反正能買到的現成食物如小山樣一堆，一個一個地分發下去，林家與村長一行五人也餓得饑腸轆轆，吃了幾顆饅頭墊肚子，噎得很。

其中一個瘦得風吹就要倒的漢子說：「東家少爺，那邊有河，我帶你們去喝些水吧，再打些清水給病倒的人喝。」

林小寧有空間水，但沒法取，河水的泥味又腥又重，湊合吧。

又察看了一下病人情況，都是輕微發熱或嘔吐，是飢餓與環境惡劣造成的，沒有傳染病症。

她讓村長去買幾大包退熱的藥，林老爺子與林家棟去了市集，買了兩頭牛與米糧、粗布、針線以及十口大鍋、半隻豬。牛車就在牛市裡現買了，雖然貴些，但急著用。

林家棟招呼幾個人把病人放到牛車上，一些婦人則不捨地挑出一些能用的鍋碗瓢盆、鋪蓋隨身綁好。林小寧心中惻隱，但實在厭嫌那些顏色可疑、散發著異味的東西，讓他們扔掉，林老爺子卻阻止了，只說：「這是他們的家當，要扔也得是他們自己扔。」

師爺來了，身後跟著兩個壯漢，是貨真價實的壯漢，高大魁梧，長得還很英俊，一身麻衣雖舊卻沒有補丁，看得出有些來歷。

「這兩個壯漢是胡大人讓我送來的，一個二十歲，一個十七歲，他們有些功夫，會騎馬，能保家護院。」

林小寧回頭看看身後的「九十七個壯勞力」，那些都收了，這兩個貨真價實的壯勞力能不收嗎？

她遞去兩塊燒餅。「先墊肚子，待會兒要走兩個多時辰的路呢。」

一百多人浩浩蕩蕩地回桃村了。

回去足足花了近四個時辰。這些人太虛弱，多有病痛在身，腳力不行，婦人與孩子就輪著坐牛車上，回到家已是繁星滿天。

里正與村長這一天折騰下來累得快斷氣，但都敢怒不敢言，一回村就各回各家。

林家院門口架起了大鍋，沒病的婦人燒火做飯，男人們則打掃柴房先讓病人們先住下。

那兩個貨真價實的壯漢問林小寧：「大小姐有沒有稻草、木柴？」

「有，要這些做什麼？還有，別叫我大小姐。」

「先搭兩個茅屋，讓大家擠一擠，明兒個我們兄弟還能再搭幾間像樣點的出來。我們住的地方，大小姐不用擔心。」

「你們叫什麼名字？」

「王剛。」「王勇。」

「好名字。稻草、木柴還有，我再讓人去張嬸家借一些，如是要工具去找我大哥，讓他去借，先頂過今晚。」

林小寧揉著太陽穴進了廚房，關上廚房門，偷偷把水缸灌滿。

望仔送到空間去了。林小寧發現這時她不用進空間就能把水打出來，只要意念一動，水就順著手出來，一會兒就滿了。

小香做了晚飯，她和小寶吃過了，待在房間裡，還留著飯菜熱在鍋裡。

林小寧安排兩個婦人在廚房熬藥、燒水，這樣可以用空間水，有益身體，可省了大筆藥材銀子。

林老爺子吩咐人把鍋裡溫著的白米飯和青菜送去給病人先吃。

一個多時辰後，百來人終於吃到了熱呼呼的糙米飯、糙米粥，還有豬肉燉蘿蔔白菜，這是他們久違的美味。

眾人百感交集，多好的東家啊！

只有那兩個貨真價實的壯勞力看不出表情。

第四章

村裡像炸鍋似的沸騰了。

林家買了河對岸一千畝地，還帶了九十九個人過去開荒！

林家這時可沒工夫理會村民的問東問西，正忙得不可開交呢。

一早起床後，林小寧與爺爺、大哥稍加商量就開始分工。

首先由林家棟帶王剛，趕著兩輛牛車去城裡購買大量的棉花與粗布、更多的糧食，還有其他的物資及工具；林老爺子帶著王勇召集一幫能做事的漢子，上山砍些樹回來，搭出幾間像樣的茅屋，才能把近百人安排住進去。

林小寧則找到張嬸子，讓她帶著能幹活的婦人們，去村民家中再借些稻草，給搭茅屋的漢子們幫忙。當務之急是住的地方最重要，這幫人本就長期飢餓而體虛，有個牢固點，能遮風避雨的地方就是開心的。

張嬸子苦著臉回來了，說村人多半不肯借，說了半天好話才只借到幾捆。

林小寧火了。這些目光短淺的莊稼人，怎麼就不能看得長遠呢？這兩天她又累又上火，一肚子委屈，咆哮一聲：「張嬸，妳去把村長叫來！」

半個時辰後，村長跟著張嬸來了。

如今村長可是看出來了，這林家的大丫頭脾氣不小，本事也不小，與胡大人竟成了忘年之交，對胡大人說話都敢那樣不客氣的人可不能小瞧，更不要說這幫流民在林家手上。先不說那幫人老的老小的小，僅有的那些成年漢子都瘦得變形了，可胡大人對這些流民的態度那是看得分明，是要放在桃村落戶的，這下桃村可就成大村了，他這村長多神氣啊。

「唉，寧丫頭啊，這稻草的事張嬸與我說了，村裡人不肯借，我也沒法子啊。當初也只是因為我會瞧個小病小災的，讓我當上一村之長，可村裡哪件事情不是里正在管，我不過是個掛名的，也就給村人瞧個病，有個大事小事才上報給里正而已。」村長苦著臉說道。

「村長，這事我不想再說，你去給村民說一聲，家裡有稻草的，每家出兩大捆稻草，給一文錢，不夠再買！還有，村裡每家可安排一個成年漢子來給我搭茅屋，一天工錢二十文，不管飯。」林小寧果斷吩咐。

不到一個時辰，林家院門口的草堆成了山，村裡三十幾個壯漢子與流民們一起幹起活來，一天下來，十間結實的大茅屋就平地冒起，加上昨晚王剛與王勇搭的兩間，共十二間，裡面是大通鋪，鋪上了乾燥的草。

張嬸則帶著幾個婦人架起大鍋做飯、燒水。林小寧從空間取出大把金銀花來煮水喝，林家屋子邊一片人山人海。

村長看著一排茅屋，偷偷拉著林小寧到一邊，說：「丫頭，這茅屋搭妳家邊上，可占了不少地，這地……」

林小寧一句話也不說，一雙烏黑的眼睛裡蹭地竄出兩團惡狠狠的火苗。村長一溜煙就跑了。

林家棟與王剛趕著兩頭牛車，滿載而歸，有一百斤棉花、幾十疋粗布、兩百斤糧食及一些其他油鹽雜物等。

張嬸吆喝著大家一起卸貨，那勁頭好比是自家買了這些貨物。

張嬸是個熱心人，只可惜命苦，嫁個無賴說種地太苦，把當初開荒得來的三畝地賣了兩畝，去城裡學手藝。這一去，三年不返，丟下張嬸與兩個娃娃，家裡留的一畝地靠著她一個婦人家累死累活，一年收成不過兩百來斤穀子，打成糧後，根本不能餬口。

林小寧覺得她很有些能力，不管在什麼時候、什麼地方，總能找到活做，不讓自己停下來。這是多年的貧困生活讓她緊張得不敢停下來，養成的習慣。

茅屋搭好，村裡的三十幾個漢子東家長西家短地扯了幾句也就回了，一眾婦人們收拾齊整，看著寬敞結實的茅屋，喝著金銀花水，流民們個個滿面春風，連柴房裡那幾個病人也出來看。

「東家真是大善人，真是大善人啊……一百年也找不到這樣的東家……東家就是我們的大恩人……」這樣的言語就沒斷過。

林老爺子與林家棟極不自然，臉都紅了。

晚飯後，林小寧拿出上回進城買的紙筆，讓林老爺子點名對數。九十九人，除了王剛與王勇二人，共九十七人。

這九十七人之中，有的是單口，有的是一家人，共有二十九戶，都來自清水縣周邊三百里內的地方，大部分是因為租的田受了蟲害，沒收成，交不起租金。有的是乞丐，有的是生了病，人治死了家也治空了，反正林林總總的原因，這幫人就流落到了清水縣。

林小寧心下一算計，與林老爺子和林家棟耳語商量，完後，林老爺子清清喉嚨大聲說：「一共二十九戶人家，現在只有十二間茅屋，先擠擠。這幾天有病的先養病，女人會針線活的就縫衣做被，男人手腳靈活的編草蓆，不會的打打下手。趁著這天氣日頭還好著，過幾日休息好了，先跟著我上去砍柴、修橋、建屋子，是厚厚的土坯屋，蓋三十戶，戶戶有屋住！」

眾人一聽就大呼起來，一些婦老乾脆坐在地上抹起淚來。

眾人感激涕零道：「東家放心，老太爺放心，您收留了我們，給了我們這些人活路，對我們這麼好，我們定會好好給東家幹活，不讓東家有半點吃虧。我們以前種田時也是一把好手……」

林老爺看到這陣勢有些招架不住了，趕緊把林家棟推出來。

林家棟只好硬著頭皮說：「你們不必這樣，反正我家買了地，開了荒後，租給誰種都是種，你們也不是我林家的奴僕，只是開荒養地的時日，我家只管吃住，不發工錢，屋子、被子、衣裳就是你們的工錢，等到地能種了再租給你們。」

結果，眾人更是感恩戴德。

第二日，林老爺子與林家棟帶著王剛、王勇上山打獵去了，說是進城太不方便，去山上看看設的陷阱，再打點肉食。

林家爺孫倆一日不打獵就難受，當上地主了，還要進山，不過好歹也是為了找肉食，不是為了換錢。

里正匆匆忙忙來找，說胡大人吩咐了，流民登記名冊，他們的宅地由縣衙出，不占用林家的一千畝。先按一人一畝計算，造了名冊後，則按各家或各人實際占用宅地面積去辦理地契。

「九十九畝地蓋屋子，一人一畝，有零有整，胡大人是瘋了吧？一人一畝地讓我蓋房子，要是一家五口人，我豈不是要給他們蓋五畝地的房子？我家都沒這麼大呢，怎麼不把我林家人抓去賣了！讓胡大人來把我林家人都抓去賣了！」林小寧又怒了。

「是先按一人一畝計。不是還有前院後院，是不？」里正陪著笑臉。

「走！你馬上給我走，去告訴胡大人，我們林家知道了，不會讓那九十九個壯勞力餓著凍著，有我們林家吃的就有他們吃的！」林小寧這兩日的怒氣全部遷怒到里正身上。

「嘿……嘿……」里正賠笑走了，心裡不知有多委屈，又悲又憤，半輩子爬上里正這個位置，而今被個小丫頭吼叫，這是什麼世道……

里正走後，林小寧悲憤地自言自語。「還說一年內付清欠款，用屋子抵，地沒開，可屋子要先蓋啊，有這樣的道理嗎？有這樣的道理嗎？」

第三日，林家放出話來：村裡家有存糧的可送到林家，收價與城裡一樣。

林家門前排起了長隊，都是散碎的米袋，有的人家十來斤，有的人家幾十斤，也有上百來斤的，林老爺子與林家棟忙得不可開交，看糧、稱重、算錢、付錢、記帳……

第四日，草薦編好幾十張，棉被全部做好，棉花包著乾淨的草，一人一床，林家五口也換成新蓋被、新墊被、新草薦。

第五日，二十九戶流民與王剛王勇兄弟共三十戶，全部登記名冊，辦好落戶手續。

第六日，簡易的橋搭好了，十根粗壯的樹木並排橫跨河面，上面平放著寬大厚實的木板，是按林小寧的要求，要搭就搭得寬寬的、結實的，能過牛車。

第七日，年輕壯實的人挖泥打土坯，三頭牛車裝泥，速度快得很。小孩與老人的新衣也做好了。

自買地起，林小寧就開始記帳，她用阿拉伯數字記帳，直到第七天晚上，帳本被林家棟發現。

那天晚上，林老爺子、林家棟、林小寧關門談了許久。林老爺子與林家棟得知了林小寧自上個月落水醒來以後，不僅會瞧病，還會識字，更會一種奇怪的算術。那種記法太神奇，可又著實方便好記，而且一學就會，一共才十個數字，學會這個，多大的數字一算就清清楚楚……

林老爺子與林家棟終於深刻地明白和順法師的意思。「丫頭若是活過十二歲，就貴不可言。」又遺憾著如若她早些年就會瞧病的話，那兒媳就不會去了。

林小寧把算術與九九乘法表教給林家棟後，做起閒掌櫃，讓林家棟負責每天記帳，晚上由她對一下，看看有沒有算錯。林家棟這個大哥當真是聰明，一教就會，加上本來算術底子就好，一天下來竟沒一筆是錯的。

桃村林地主家的一切都在有條不紊地進行著。

又過了一日，才吃過午飯，大黃就回來要找吃的。這很少見，通常牠都是早出晚歸，而且林小寧還發現大黃身上的毛還沾了少許血跡。

小香看到大黃撇撇嘴說：「貪吃狗，現在中午都知道要吃的了，真是個飯桶。哪有狗與人一樣，一天吃三頓的，瞧瞧望仔多好，一天就吃一點點，多省糧。」

林小寧瞋了小香一眼。「小香消停吧，大黃怎麼就惹妳了，不就是餓了要吃的嗎？咱家現在的條件也不多大黃一張嘴，妳就那麼心疼那點米糧，說大黃貪吃，妳怎麼不說妳以前看見啥都吃，連老鼠都吃。」

「那不是老鼠，是山鼠，村裡人都愛吃呢，肉香著呢。」

「老鼠、山鼠都是鼠，以後不要吃了，看著噁心。」

「村裡人都吃山鼠，有啥噁心的？」

「好好好，不噁心，妳愛吃就吃，只要不是老鼠就行，那老鼠可不能吃，吃了會得病。」

「老鼠和山鼠長得是一個樣嗎？一看就知道。村裡也沒幾隻老鼠，都窩在城裡有錢人家的糧庫裡呢。我們村這點糧，老鼠還瞧不上，都不愛來，想吃也打不著呢。」小香打趣道。

「哈哈哈！」林小寧笑得肚子疼。「行了，小香，快去帶小寶睡午覺去。」

小香也笑著，牽著打著呵欠的小寶就進屋了。

「這丫頭的性子越來越開朗，說話也越來越逗。」林小寧摸著笑疼的肚子，給大黃盛了一大碗飯，加了幾塊肉，還澆了一勺子肉湯。

現如今，林家的小鍋灶裡是天天不少肉的，自從有了王剛王勇兩兄弟，隔天就上山「找肉食」，加上林家棟每回進城都會帶豬肉來，給她與小香、小寶吃，有多的則送到大鍋灶那兒讓娃娃與老人吃。

林小寧不好意思開小灶，而王家兄弟卻是一臉理所當然，說：「東家就是東家。」

大黃吃得飽飽的，輕舔著林小寧的手，臉上的表情充滿母性的溫柔，彷彿找著了歸屬一般。

林小寧忙了這些時日，心下放鬆，看著大黃的表情，還有身上沾的血跡，心裡酸酸軟軟的，覺得大黃命真苦，雖然是條狗，卻失去了寶寶，神志不清到現在也沒好。這與小寶的病症其實是一樣，只是大黃是狗，加上情況也特殊，這還不知道是從哪沾上的血呢……

頓時覺得自己因為有了望仔而忽視了大黃，深感內疚，用空間水好好給牠洗了一個澡，把牠洗得乾乾淨淨，期望這空間水對牠也有效果。

大黃洗得渾身舒服，洗完後，抖乾水，趴在地上瞇著眼，曬著秋天中午的太陽。望仔跑出來，跳到大黃背上。只要大黃不給望仔餵奶，望仔還是很喜歡大黃的，在大黃的背上嬉戲著。

看著一狗一狐親密無間，林小寧在正午的太陽底下，滿足地瞇起了眼睛。

正午是小香與小寶在屋裡休息的時間。小香才十歲就帶小寶，每天除了囉嗦著關於吃的話題，就是做姊弟三人的飯菜。小寶現在會說句子，看到林小寧回家時會叫：「大姊回來了，大姊回來了。」

而林老爺子與林家棟堅持在土坯工地上與大夥兒一起吃大鍋飯，一起休息與忙碌，這就是深入基層，體察民情，與群眾打成一片。

林小寧此時好像幸福就在這一刻變得有畫面了、具體了，是能摸得著、聞得著、看得著的，覺得心裡無限踏實。

她一下一下地摸著大黃，輕聲說：「大黃啊，一會兒你帶我進山去採藥好不好？我們家得種些好藥才能真正發財啊。還有，小寶過些時日，也可以用藥了，我想給小寶找些好藥來啊，去藥鋪買好藥得花多少銀子，雖說咱家目前能出得起，可如果能採著，不是省了銀子嗎？大黃，帶我上山吧，你識路最厲害的，好不好？」
大黃懶洋洋地不理不睬，望仔吱吱叫了幾聲，大黃馬上站了起來，討好地舔著林小寧的手，口裡嗚嗚叫著。
林小寧換上一身舊衣，找了個小背簍，拿了個小鏟子，這個小鏟子還是前幾日讓林家棟進城時捎回來的。她又和睡得迷迷糊糊的小香打了個招呼，就帶著大黃與望仔進山了。
這次進山的目的明確，直接到山中。大黃走得很快，望仔很威風地坐在大黃背上，林小寧在後面也快步跟著，雖然跟得有些吃力，卻也沒落後。
大約走了一個多時辰，已沒有路了，周圍只有密密的樹，還有各種草。按著前世的記憶，林小寧採著自己能確認的草藥。雖是中醫科班，但對於新鮮的草藥，認識的也只限於一些最常用好記的，不過幾十種。
林小寧採了柴胡、黃芩、附子、辛夷花等幾種草藥。再往裡走，那真是完全摸不著方向，周圍全是一個樣。
望仔從大黃背上跳下來，一溜煙就跑得沒影了。
「大黃，跟上望仔，別讓牠跑丟了，再往裡面怕有危險！」林小寧急叫。
大黃鎮定甩甩尾巴，帶著林小寧朝著望仔消失的方向走去。走不到一刻鐘，看到望仔正在一棵樹下吱吱亂叫。林小寧快步跑去抱起望仔，嗔罵著。「你這個調皮搗蛋鬼，嚇死我了，這麼深的山裡，你要跑丟了怎麼辦？都說了你是我的狐了，不能私自跑掉的。」

望仔在林小寧懷裡亂跳著，林小寧定睛朝望仔剛才待著的地方一看，一小團動人的紅色小果在地面上一片綠葉中綻放著。

是人參葉子！

林小寧心花怒放。「望仔是好望仔，大黃是好大黃！」她沒頭沒腦地朝兩個傢伙親了一番，按捺著激動亂跳的心臟，小心翼翼地拿著鏟子把人參挖了出來，喜不自禁地看著。

這是一株小指粗的人參。野參長這麼大，怕是有不少年頭了。

望仔又吱吱叫著，往前跳走。林小寧跟在後面，沒多久，又發現了幾株三七。

林小寧眼睛濕了。小寶要用的幾味主藥，已採到好幾種，再買一些其他的藥配上，及用針灸刺激一下，很快就會好了。小寶就能與村裡正常的娃娃一樣，要上學堂，要去考狀元……

又過了一刻鐘，挖到一株稍粗些的人參，嚐一口參鬚，相當甜潤，口感極為不同。前世沒有機會看到野參，市場上都是種植的，種植與野生的大小可不同。

林小寧的心情已無法用狂喜來形容。望仔是寶狐，是專門來人世間尋寶的，所以才能發現石頭裡有玉，才能找到人參與三七，是寶狐啊！她幻想著人參與三七在空間裡茁壯成長、成群成片、金元寶、銀元寶在眼前打轉轉……

這個世界是多麼美啊，是多麼妙啊！

上一世，自己十年辛苦不過存了一點錢，買來一間小房，付了頭期，月月供著，氣也喘不過來，幸好老爸老媽日子滋潤不用自己養，也厚著臉皮不管了。而後來年紀又大，高不成低不就嫁不出去，成了老姑娘，打扮方面還必須捨得，一套衣服就要上千，也要咬牙買下，不然品味就沒了。想她林小寧，老姑娘是一回事，可做人的品味又是另一回事，不能讓人小瞧了去。

如今穿過來這一世，有了一千畝地。等開了荒，有收成後，就可以再蓋個青磚大瓦房，在前後院搞些園林景觀什麼的。那可是獨棟別墅啊，再修個美觀乾淨的廁所，這個重要極了，有品的人可不會喜愛臭烘烘的茅坑；再找兩傭人伺候著，這一世，那是太完美……

半個時辰後，望仔帶著林小寧又找到一截木頭，上面長出幾朵靈芝。

「不知以前爺爺與大哥打獵時有沒有來過這兒，桃村守著這麼個寶山寶地，卻過得布衣粗食。不過他們也不識這些草藥，況且這裡這麼深，進得來怕是出不去，這不就便宜了我嗎？幸好有大黃……」

林小寧竊喜著，突然驚恐地發現，大黃不見了！

她冷汗都冒出來了，心中大駭。這下可怎麼好？大黃不見了，怎麼走得出去啊？都怪自己貪心，非要上山來採藥……

她發現懷裡的望仔笑嘻嘻看著自己，便穩穩心神，問：「望仔，你找得到大黃嗎？」

望仔點點頭。

林小寧大鬆一口氣，把裝得滿滿的背簍丟到空間裡，將望仔放地上，跟著牠走。大約走了兩刻鐘，發現了一小片平緩的坡地，坡地向上處有一個小山洞，望仔徑直朝著山洞跳去。

山洞不大，也不深，只見一個身穿白袍的男子窩在洞裡，袍上有斑斑血跡，大黃偎在男子頭部，眼含深情，而這男子，頭埋進大黃的肚皮，正在吸奶！

林小寧目瞪口呆看著這個男子。

等她回過神來，大黃的奶已空了，甩甩尾巴，猶猶豫豫地踱到她身邊，討好、小心地用腦袋頂著她的手。

大黃是怕我把這個人像上回大哥打山鼠一樣給打死了，大黃真是可憐。林小寧暗道，蹲下安慰地摸了大黃一把，再小心地走到男子身邊細細觀察著。

男子一身白色錦袍，身形修長健碩，但雙目微合，昏迷不醒地側躺著。

小心把他翻正，男子很年輕，最多二十歲的樣子，皮膚微黑，五官實在是風華絕代，讓人眼前一亮。他的左胸有傷，外衣上仍有鮮血微微滲出，地上有一支箭，箭頭上帶著一小團乾涸的血肉。

夠狠，對自己也能下得了手。林小寧暗忖。

男子面色有些不正常的潮紅，用手試探額頭，滾燙滾燙的。

林小寧飛快解開了他的衣衫。衣物從傷口處揭開時，男子輕哼一聲，眉頭皺起。

他身上一共是兩處傷口，已有感染跡象，一處在肩上，應該是箭傷，一處在胸口，是為利刃所傷，估計是劍，離心臟不過一寸，真是命大。

這深山林裡的，一個長得這麼帥的年輕男人受了這麼重的傷。林小寧心裡有些慌。

她把手放在男子胸口，意念一動，空間水就順著手流出來，沖洗胸口傷處的膿血，一直沖到傷口發白，然後再沖洗著肩上的膿血。

昏迷的男子眉頭漸漸放鬆。

林小寧見傷口已淨，出了山洞，從空間拿出一株三七，又把那根粗壯的人參扯了幾根鬚，進洞把三七遞給望仔。「望仔，咬碎。」

望仔三兩下就咬得粉碎，吐在林小寧的手上，而大黃安靜地坐看林小寧的一系列動作，表情似有千言萬語。

林小寧把三七分別敷在男子的肩上與胸口，抓起他的絲綢裡衣，唰的一聲撕下一大片，把傷口嚴嚴實實包紮起來，又讓望仔再把參鬚嚼碎，塞到男子口中，然後用手假意掬在男子臉上，順著手指縫，滴了一些空間水在他口中。

男子下意識地吞嚥著，臉上慢慢褪去了潮紅，過了片刻，才慢慢醒轉過來。大黃一看到男子有清醒的跡象，就歡愉地跳過去，輕輕舔著他的臉。

男子終於睜開眼，大黃欣喜地拱著男人的頭，興奮地喘著。男人看著大黃，好一會兒，輕聲虛弱地說：「是你，這兩日都是你餵食我？真是條好狗……」

林小寧既覺凶險又覺好笑，便輕咳一聲。「噯，是我救了你好不好。」

男子這才發現林小寧，警惕地抬起身，看到自己衣物大敞著，裡衣還少了一大塊，袒胸露乳，立刻皺眉問道：「妳是誰？」
林小寧蹲到男子身邊問：「你又是誰呢？為何帶著傷來到這個山上，這山這麼深，你怎麼來的？」
男子眼中露出極其厭嫌的神情，低吼道：「哪家的野丫頭，如此輕佻無禮，退後！」
林小寧被他一吼，下意識抱著望仔退到洞口，心想這個男人可不好相處，看他衣著及言談氣度，必是身分尊貴之人，講究極多，自己雖然給他治了傷，但把他弄得衣冠不整，肯定十分不喜，又意識到自己舊衣補丁，採藥弄得一身泥渣，頭髮也散亂了，實在有礙觀瞻。
男子看著林小寧退後，慢慢起身坐靠著洞壁上，收拾好衣袍，問道：「牠是妳的狗？」
「是，我家大黃。」林小寧看到男子絕代容貌，中邪似的又說：「大黃命苦，前陣子生了小狗，卻沒活，就有點神志不清，天天找活物餵奶……」
男子面色一沈，呵道：「住口！」
奶奶的，說錯話了。林小寧恨不得把自己的舌頭咬掉。
男子漠然地盯著林小寧，盯了一會兒道：「妳的狗隨我，妳要多少銀子？」
憑什麼！林小寧氣得要跳起來了。要死的人了，不是老娘我救你一命，你能在這兒囂張？卻又不敢直言，到底自己現世只是平民百姓，這可是封建王朝，人命如草芥的年代。這臭男人衣料精緻，氣度不凡，絕不是簡單人物，只得極力壓制怒意說：「大黃是我家的狗，我不賣。」

男子理也不理林小寧，撫摸著大黃，像是當沒有林小寧這個人。

林小寧心裡是又怒又酸，怒的是男人不識好歹，虧自己還為他耗掉了一株三七，幾根參鬚，酸的是這個來歷不明的男人吃了大黃幾頓奶，就把大黃給收買了。

「大黃，過來，我們回家了。」林小寧走出山洞叫著。

大黃依偎著男子，猶猶豫豫地不肯動。

「望仔，叫大黃出來。」林小寧怒道。

望仔對著山洞吱吱幾聲，大黃不情不願地慢慢走出來。

「回家！」林小寧命令，看都不看男子一眼。

這種人最好少惹，自己平民老百姓，只想做個小地主，這男子必是權貴之人，少惹為妙，三七與參鬚只當是餵了狗。

她當下就往山下走去，但大黃站立洞口，不肯再挪一步。

林小寧氣急。這倒是怎麼回事嘛，這個大黃，沒牠怎麼下山回家呀？

林小寧氣呼呼地走到洞邊，大黃一看她回到洞口，立刻竄回男人身邊依偎著。

看著大黃這樣，林小寧眼睛都要滴血了，深吸一口氣，輕聲說：「大黃識路厲害，沒有牠，下不了山，你總不能一直待在這個洞裡吧？不如你也隨我一起下山，等養好傷——」

「不必。」男子冷冰冰地打斷。

「可你不走，大黃也不肯走，就算你不喜歡我，可好歹我也給你上藥，包紮傷口了吧，就不能好言好語地說話嗎？」

「妳就是不給我上藥包紮，我也不會有事，不出三日，我的人定能找著我，現在已過兩日半，快了。」

林小寧氣得哆嗦，忍聲道：「可是我得下山了，沒有大黃我怎麼下山？」

男子閉上眼不睬林小寧，過了一會兒說：「妳的雪狐識路乃天下第一，怎會不知下山？」

林小寧怔住了。望仔是灰毛，怎麼就成雪狐了？還是識路天下第一？對啊，望仔找大黃就輕易找著了，那這麼久以來，自己一直指望大黃帶著上山，這不是抱著金碗要飯嗎？

又聽到男子口氣稍緩。「妳的狗以後隨我，妳要多少銀子，開個價吧，我的傷是妳上藥包紮的，妳也一併算上吧。」

林小寧是又怒又急。這個不識好歹的男子，空長一張漂亮的臉，救了他，卻沒得一句好話。她救人的時候，可不是為了銀子，不用錢砸人會死啊！

可是她得馬上下山了，怕是爺爺與大哥會擔心。

這個臭大黃，真是混狗！林小寧暗罵道。想到之前治傷時沒發現男子身上有銀子，便譏笑著問：「你身上有銀子嗎？」

男子淡淡搖頭。「沒有，等我的人來了，就有。」

難不成我還要在這兒陪你等你的人來，你以為你是誰啊，笑話！林小寧心裡呸了一聲。

男子摸著大黃不作聲。大黃嗚嗚，親暱地蹭著男子，親個不停。

林小寧有說不出的難過，嘆了嘆氣道：「這樣吧，我不要銀子，我家養了大黃六年，六年來，大黃從沒讓家人迷過路，可牠與你有緣，與你親，你以後就好好對牠。我給你治傷也只是因為牠，牠是好狗，你好好對牠，我就讓牠跟著你。」

「牠救我一命，我怎會虧待於牠……我會留下銀子放在此洞中，妳明日可自行來取。」

男子說完後，懶得再看林小寧一眼，坐靠在洞裡，閉目養神，手放在大黃背上。

「不必給銀子，你若真有心，這些銀子用在大黃身上吧。」

男子冷淡道：「也好，算是妳對大黃的心意，我替牠受了。」

真夠不要臉的！林小寧被嗆了一大口，卻也懶得計較，只是不捨地看著大黃，紅著眼眶輕喚：「大黃，過來。」

大黃甩著尾巴，慢慢走到林小寧腳邊。

林小寧輕輕撫著大黃的背。從自己穿過來後，大黃也慢慢長好，毛皮光滑，真是好狗，都知道為自己掙好前程了。唉，世間萬物，各有因緣。

抱起望仔放在大黃背上，林小寧悄聲問：「望仔，你識路天下第一？」

望仔點頭。

林小寧這會兒可沒工夫與望仔生氣，指著男子對大黃說：「大黃啊大黃，你與他有緣，你以後就跟著他吧！」

大黃把腦袋埋在林小寧懷裡，林小寧心一酸，抱住大黃，輕聲說：「他若待你不好，記得回來。」又命令望仔。「把我的意思告訴大黃。」

望仔扯著大黃的毛髮，吱叫了幾聲，大黃舔舔林小寧的臉，歡快地跑到了男子身邊。

下山時快得多，但到家時也已是晚飯過後。

林老爺子與林家棟還在工地，最近大夥們日夜趕工，為自己蓋房屋，沒有一點怨言，興致勃勃都來不及呢！

小香吃過飯就帶著小寶去張嬸家串門子了，留了飯菜溫在鍋裡。估計在她眼中，林小寧早就與大哥林家棟一樣是當家之人，根本沒想過她的人身安全問題。

林小寧狼吞虎嚥吃了晚飯，收拾乾淨，心下想想就突然很不甘，有些瞧不起自己。想自己在胡縣令、里正、村長那兒，也是敢說敢道的人，怎麼就在快斷氣的臭男人面前，失了方寸？

那個臭男人的氣度真是無法言說，說個話愛搭不理的，好像所有人都虧欠他，白長一副好面皮，長成這樣的男人應該是對女人和風細雨，讓女人如沐春風才對……

這個臭男人明明把她氣得半死，竟然不敢表露，還把大黃白送他了，要不是他身上沒銀子，又怕家人擔心，急著下山，肯定得狠宰他一頓，還費了自己的三七與參鬚呢……

林小寧越想越窩囊，越想越覺得自己欺軟怕硬，突然心生悲涼。看來，做地主還不行，等著吧，等有更多錢了，她要把桃村全買下來，把進城的路修得寬寬敞敞，把桃村變成一個鎮，讓大哥做一鎮之長，小寶要考上狀元，要讓一家人從富人翻身成權勢。奶奶的，氣死老娘了！

不過是喝了狗奶才沒虛脫而死的臭男人。林小寧惡趣味地想著，拎了一小袋米，加一籃子草莓，朝張嬸家走去。

沒幾日就要秋收，莊稼在暮色中密密的一片，桃村散發著豐收的氣味。

進張嬸家院門，見小寶與大牛、二牛在院裡玩石子。小寶現在知道找人玩了，這是對的，小孩就應該與小孩一起玩，別的不說，對小寶的身心健康就極有益。

流民中有幾個小娃與小寶關係也很好，但這些小娃們每天都有拾柴的任務，沒時間陪小寶玩，不然一百人的飯食拿什麼燒火？

張嬸熱情地招呼著。「小寧來了，欸，人來就好了，又送這些米糧與果子做啥？你們家對我可真是……可真是……」半天也沒真是個什麼出來。

林小寧笑著說：「張嬸就別客氣了，多虧妳家大牛二牛陪我家小寶玩呢，小寶自幼有病，村裡沒孩子與他玩，這米與草莓是送給大牛與二牛的。」

張嬸便不推辭，接過米與草莓，大牛與二牛還有小寶歡呼著跑過來要吃，小香笑著拉著三個娃娃洗草莓去了。

張嬸親熱地拉著林小寧的手。「小寶最近可是見好啊，看著模樣與常人也沒兩樣了。」

「嗯，是呢，估計明年開春時，小寶就能全好了。張嬸，秋收我叫個人來幫妳收割吧！」

張嬸聽了又抹起淚來。「你們林家都是大好人，看著我們娘仨過得苦，這些時日，可多虧你們幫襯著，不然我們娘仨都不知道怎麼辦才好。」

「嬸子，妳家才一畝地，收的糧根本不能糊口。可妳一個婦道人家，就算是再拚命，又能伺候幾畝地呢？嬸子就沒有考慮過其他的出路？」

「其他的出路？我們就是莊戶人家，除了種田還有什麼出路？」張嬸哭得更厲害了。

「嬸子，妳的針線活不是很好嗎？何不考慮這方面的出路。」

「唉，小寧啊，我們莊戶人家，粗手粗腳的，出來的活能賣幾個錢啊？我也接過城裡繡莊的活計，一個荷包能賺個三、五文，可幾天才能繡出一個呢？人家後來嫌我手糙，把荷包面子給刮毛了，不給我繡了。」張嬸泣聲說道，難過地看著自己粗糙的雙手。

「嬸子啊，凡事都能找到個出路，妳先別急，我慢慢想想。」

「噯，那小寧妳想到什麼好活計，可記得告訴嬸子。」張嬸立刻不哭了，期盼地說道。

第五章

張嬸一家是夠苦的，真的要想個出路才行，還有流民裡一半的婦人女娃，得給她們一起想條出路才行啊。女人種地，體力到底不如男人，不然開荒養地一年，都得白白養著他們，家裡可吃不消。

回去的路上，林小寧邊走邊想。

晚上，林老爺子與林家棟回來了，林小寧吞吞吐吐地說：「爺爺、大哥，大黃……大黃被我送人了。」

「送人了？」林老爺子與林家棟一臉驚訝。

「是這樣的，爺爺，今天我帶大黃進山，大黃救了一個男人，那男人非富即貴，感激大黃救命之恩，要買下大黃，我不捨得賣，只說讓那人好好對大黃，就白送於他。」

「喔，可大黃怎會輕易跟那人走？咱家可是養牠五、六年了。」

林小寧一聽就來火。「爺爺您別提大黃，那人受傷動不了，喝了大黃的奶，喝了兩日呢，我說這兩日大黃怎麼這麼能吃，原來全被那人給吸乾淨了。現在大黃把人當兒子，非跟人家走不可，我叫都叫不回，才想著不要銀子，讓那人好好待他。」

林老爺子與林家棟一聽就哈哈大笑，眼淚都出來了。林老爺子喘著氣道：「大黃與那貴人有緣，送了就送了，只是那人受了傷，怎麼還能帶大黃走呢？」

「人家手下來找他了。」林小寧簡單帶過。

「這山可深，貴人也跑到這裡來了。」林家棟問。

「誰知道，這些權貴之人的事咱們別猜想了，爺爺、大哥，看看帳本吧。」

看到帳本上銀子流水一樣花出去，林老爺子與林家棟一輩子沒這樣花過錢，疼得臉都皺了。

木頭不要錢，泥土不要錢，土坯自己打，慢一些沒關係，可衣服、布疋、棉花要錢，吃的要錢。現在做的都是體力活，吃得多，還隔三差五地放肉，肉食有時上山去打，省了一些銀子，可屋子建好後還得有一些簡易家具，好歹得有個箱子桌椅洗臉盆啊什麼的……

秋收後又得考慮棉衣了，現在的棉花可貴，一斤棉花是七、八斤米價。

「丫頭啊，咱家這攤子是不是鋪得太大了，這銀子真不禁花喲。」林老爺子蹙眉問著。

林小寧想著今天下午採的那些寶貝藥材，心裡稍稍有個底，說：「沒事，只要把地開了養一年，第二年就能回本，現下的銀子養這些人一年也完全沒問題。我還會再想些法子，讓那些婦人、女娃有個來錢的路子。還有，爺爺，咱們現在是地主了，光會算術可不行，從明兒個起，大哥與小香得每天晚上跟著我學一個時辰的字。還有，小寶過陣子就可以用藥，估計到開春時就能好了。到時，小寶要進學堂的，這事可是大事，咱家不能只做地主，小寶若是能考科舉，得個一官半職的，那咱家就是官家之人了。」

這番話像是晴天一道霹靂，劈得林老爺子和林家棟身軀一震。

林老爺子半天才回過神來，眼中淚光閃閃。「對的對的，是這個理兒，就是這個理兒，咱們林家要是真能做官家之人，我這老頭子可算是對得起林家列祖列宗了。」

「爺爺您別這麼激動，這是遲早的事。對了，我過兩天和大哥去趟縣城，得買一匹馬，現在咱們家大業大人口多，時時進城，去縣城的路太難走，靠牛車太費時，有匹馬車就輕省得多，回頭你把銀子給大哥，去時帶上王剛，他識馬厲害。」

這天晚上，林老爺子與林家棟想著林小寧的話，心情激動翻湧，輾轉反側無法入睡。林家能有做官家的一天嗎？

秋高氣爽豔陽天，桃村家家戶戶都在收割莊稼，所有的村人全聚集在田地間。漢子們光著膀子，彎腰收割著，婦人們送水送飯，小娃們泥猴似的跑來跑去，桃村一派欣欣向榮。

王勇在張嬸那一畝地裡收莊稼，動作敏捷如同在田間飛舞，不消半日就收完了。鄰近的地裡送糧送水的大姑娘、小媳婦，看著光膀子的王勇，臉紅害羞低頭著。

林家的千畝地上，泥堆已堆成好幾個，打好的土坯一排排放在地上晾曬，地基也在挖了。

這幫流民們來桃村不過十五日，眼見著腰身有力，臉上有肉，眼中有期望。

老漢與娃娃們成群結夥地上山拾柴，老婦們燒水、做飯、洗衣，年輕力壯的漢子與婦人一直勞作，林老爺子與林家棟也沒停過手腳，那幹勁就是天上下了冰雹都停不下來。

林小寧自那天下午採了藥材回來後，晚上就在空間裡小心地把每株藥材都種上了。至於望仔會識路自己卻不知道一事，林小寧已不再計較，因為當她質問望仔時，望仔一臉委屈，她反應過來，望仔雖然聽得懂話，卻不會說，只會搖頭與點頭，自己從來沒問過牠，怎麼會知道？

林小寧現在是個徹頭徹尾的大米蟲，帳本也不看，完全交給大哥與爺爺，大哥是兄長，本應該管家當家，以後他可是要做鎮長的呢，這點事都管不好怎麼行，當是暖身吧。

她想著自己的宏大理想，理直氣壯地偷懶。除了在空間做藥農，就是與望仔睡大覺，每天的任務就是把家裡水缸打滿空間水，用空間的湖水澆菜地，再就是晚上教林家棟與小香識字。

流民中有一個姓付的姑娘，約十四、五歲，很苗條，但已現窈窕身形，自打來桃村起，隔天就主動給林家送柴，然後再收拾林家菜地的雜草。

每回付家姑娘來時，林小寧都會端碗空間水給她解渴，還會送些草莓給她。這付家姑娘總是低眉順眼地說：「東家的水真甜。」

對於草莓這希罕果子，付家姑娘每回都推辭，推辭不過就用雙手小心兜著草莓，溫順而羞澀地離開。

林小寧對她極有好感，曾問：「是誰叫妳來的？」

付家姑娘垂著秀目，輕聲細語回答：「是我自己來的，不能讓小姐做這些活。」

這幾日林小寧做了半年規劃，用炭筆一一記在紙上，想著，明日得與大哥還有王剛一起去縣城買馬，應該出村去透透氣了。

秋天的清晨，林小寧抱著望仔，與林家棟、王剛坐著牛車進城。

王家兩兄弟身健力壯，林老爺子帶他們打獵回來，說他們功夫相當不錯。師爺送他們倆來時，說是會功夫、會識馬，背景絕不簡單，但這兩兄弟沈默寡言，幹活從不偷懶，便不好多問。

此次進城，林小寧還打算去縣衙找一下胡縣令。這個胡老頭擺了她一道，丟了這麼些個流民給她安置，這本是衙門的事，怎麼就落在林家頭上了？越想越覺得憋屈，她得去討個公道去。

其實林小寧還有一個目的，就是要去藥鋪，一是給小寶抓些藥材配上自己採的那幾味藥，這幾日給小寶號脈，已想好了方子，還有，也要瞭解藥材的收購價格。

清水縣其實很大，有不少富戶。前兩回進城，一是賣玉，二是買地，兩次情況都極特殊，根本沒有機會好好逛逛。

縣城分為東、西兩邊，東邊淨一色是官家與富戶，西邊則是平民。

還有東西街市，東街是有頭有臉的門面，裡面貨物琳瑯滿目，花樣繁多。西街則樸素得很，門面也破舊，多是生活必需品，並與集市連在一起，還有些氣味。

林小寧看著東街一棟棟青磚黛瓦房，還有街上那些錦衣綢緞的公子小姐們，心想為何不讓這些人來安置流民，要讓林家這只是想做小地主的獵戶來安置呢？這些都是有錢人家，有錢人那麼多，做善事也輪不到林家吧？

進了衙門找胡大人，誓要為林家討個公道，可是董師爺說胡大人不在，下午才回，讓她下午再來，又笑咪咪地說：「林家這些天做的那些事，我們都知道了，林家是眼光長遠之人啊，看得深看得遠，不是鼠目寸光之輩，林少爺、林小姐則是有大前途大發展的人，那另外兩千來畝地，胡大人說了給林家留著，說不出三年，定能全部歸為林家所有。」

林小寧聽董師爺這樣說，心裡有些複雜，與林家棟告辭離開，王剛不聲不響地跟著，像個忠誠的奴僕。董師爺又叫住林小寧，看了王剛一眼，對林小寧悄聲道：「這王家兄弟，你們儘管放心用，可以信任。」

去了東街，找到一家很氣派的藥鋪，門楣牌匾上「保安堂」三字的顏色如同褐色的藥汁，一股藥香撲面而來，頓覺心中安寧踏實。林小寧一直對中藥有一種固執的信仰，覺得聞著味，看著色，就如同聽了高僧講法一般心中安寧無比。

「大哥，你與王剛去買馬吧，買完後回來這兒接我，我給小寶抓幾副藥，給我一些碎銀就行。」林小寧說道。

「我們與妳一起買了藥後再同去買馬吧。」

「不要嘛，馬市味重，我不喜歡。你們快去，買好馬來接我。我在這兒等著，我喜歡聞這藥香。」林小寧撒著嬌。

林家棟一見林小寧撒嬌，半點抵抗力都沒有，只得掏出一些碎銀，再三叮囑。「可別走開了，就在這兒等著我們。」

保安堂鋪子裡，一個夥計坐在櫃檯後面東張西望，側邊有個坐堂的老大夫正閉目養神，很有些鶴髮童顏的樣子。

林小寧走到櫃檯前，問：「夥計，你家可收藥材？」

夥計看到林小寧懷裡的望仔，忍不住嘖了幾嘴，逗著望仔。望仔不屑地朝林小寧懷裡拱了拱，夥計討了個沒趣，懶洋洋地問：「何種藥材？」

「是新鮮草藥，有金銀花、野菊花、龍膽草、馬齒莧這些。」林小寧拿起早就裝好的小袋子，放到櫃檯上。

「這些草藥多得是，得看妳的草藥好不好，才考慮收不收。」小夥計說完又忍不住看著望仔，望仔吱吱衝著小夥計咧了咧嘴，把小夥計逗得呵呵笑起來。

林小寧把望仔放到肩上，提醒道：「是新鮮的草藥，才採的，可是上等草藥，製成藥材後絕對是上品，你看看便知。」

小夥計回過神來，打開小布袋子，新鮮的草藥清香就瀰漫開來。

閉目養神的坐堂老大夫星眸一睜，聞著味就過來了，看到櫃上的草藥，眼睛一亮。「小丫頭，這種草藥妳有多少？」

林小寧想著空間裡那像山似的草藥，保守地說：「每種大約能有幾十斤的樣子。」

「如果都是這種品質的草藥，我全收下。」

「那是以什麼價收？」

「金銀花給妳每斤六文，野菊花給妳三文，其他幾種兩文。」

林小寧要吐血了，這個價真賤。

「掌櫃，你莫不是欺負我年幼吧，這個價可太低了。」

「呵呵小丫頭，這是新鮮草藥，自然是要便宜些。如果是掌櫃來與妳談，指定給不了這個價，我是行醫治病之人，看到妳這草藥確是上品，才給這個價。」

「那老大夫，你家人參、靈芝、三七這些藥材怎麼收？」

「妳有這種藥材？」

「沒有，我就問問，我家窮，我和妹妹時時上山採些藥來賣，聽爺爺說這城裡的百年人參啊靈芝啊什麼的，可是金貴著呢，我就想知道那些百年人參、靈芝啊什麼的值多少錢，我聽聽，聽聽那些錢也覺得開了眼。」

「哈哈哈！」老大夫大笑起來，覺得小丫頭十分有趣，肩上那隻小狐狸也逗得很，便爽朗地說：「那小丫頭妳可聽好了，這百年的參啊靈芝啊，每株都能值三百兩以上，若是品相特別好的，能值上五百兩。」

「老大夫，您能拿百年參給我瞧上一眼嗎，我看看長得啥模樣？」

「那可不行，丫頭，這百年的參與靈芝都是鎮店之寶，豈能輕易拿出來給人瞧呢？」

「那您只告訴我，百年的參有多粗行不？」林小寧睜著天真的眼睛，可憐巴巴地看著老大夫。

老大夫看到林小寧這明眸皓齒，水靈靈的小丫頭，不過十幾歲，竟如此能言善道，還有她的狐狸也招人喜歡，忍不住笑著，用手比著說：「這百年的參啊，大約就我這小指頭這麼粗，知道了嗎？」

林小寧心中馬上有底。果然，野山參的確都不粗。

「謝謝老大夫，您看著就像仙人一般，心腸也與仙人一樣，您見多識廣，可見過這麼大的參呢？」林小寧比著自己採到的那株最大的參。

「丫頭，老夫我這把年紀，這麼粗的參還真有幸得見過一回，」老大夫笑容可掬，語氣很是自豪。「那可是二十年前的事了，只有幸得見一回，那根參至少是五百年以上，有價無市，世間難尋啊，就是萬兩也求之不得。」

「謝謝老神仙今兒個讓我大開了眼界，您真是神仙！那些草藥我明兒個讓大哥送過來，我還要再抓幾副藥。」

抓了藥，又轉去了另幾家藥鋪，果不其然，金銀花最高開價才五文，這年頭商人真黑心。

林小寧轉回到保安堂門口等著，沒多久，就看到林家棟與王剛牽著牛車和一匹大白馬走過來。

王剛說：「小姐，這匹馬兒性子溫順，載人拉貨最好不過。」

林家棟喜氣洋洋地說：「王剛識馬真厲害，馬市轉一圈下來，就盯準了這一匹，出價四十八兩，多一文不要。我還以為買不下來呢，現在的馬可貴，沒想到馬販子心疼半天，竟賣給咱了。」

現在的馬的確貴。林小寧心中算著，兩千兩銀子，買地去了五百兩，三頭牛和牛車去了近三十兩，那些棉花、粗布、米糧肉什麼的，還有雜七雜八的事物，花去了近一百兩。今天又買了這匹馬，家裡還有一千多兩銀，夠是夠用，但是只出不進，不是個辦法。人參那些藥材目前不能拿出來，林家突然暴富，暫時得低調行事。

一路下來三人都餓了，找了一家館子點了五碗牛肉麵，林家棟與王剛每人兩碗，林小寧一碗。王剛也不推辭，就吃了個精光，望仔只吃了兩片牛肉了事。

吃飽後，一行三人轉去東街布莊。林家買布都是在西街買的，東街布莊都是有錢人才買的細布、好布及各種綢緞。

夥計看到一行三人，一輛牛車，一匹大白馬，還有那姑娘懷裡一隻小狐，熱情迎上來，問：「三位要買些什麼布？」

「我想問下你家那些零碎布頭，是怎麼處理的？」林小寧直奔主題。

「喔，那個啊……」小夥計有些失望。「那些都是論斤賣的。」

「多少錢一斤呢？」

「大片的布一文一斤，小塊的布一文兩斤，綢緞要輕薄些，大片布兩文一斤，小片布一文一斤。」

「我能看看布嗎？」

夥計老大不情願地從櫃檯底下拎出一筐布，林小寧檢查一下，大片的布還很大，小片的布也能做些帽子什麼的小物件，並不碎，就問：「夥計你家還有多少這種布，我全要了，能算我便宜些嗎？」

「全要？丫頭妳不是開玩笑吧，這些布能做衣裳嗎？能打幾個補丁而已。」

「你別管，反正我全要了，叫你們掌櫃來，給我算便宜些。」

「好的好的，我去找掌櫃。」夥計應道。

一刻鐘後，林小寧從布莊出來，身後大哥與王剛各扛著一大麻袋布跟著。掌櫃的在後面笑容滿面地說：「林小姐，下回的布片我都給妳留著，說好的哈。」

兩百多斤布，兩百文，又加了一百文的各色棉線與絲線，林小寧當是撿了寶，布莊掌櫃更是笑得臉上開花。

王剛與林家棟把兩大麻袋布放在牛車上，林小寧坐上牛車，得意地說：「大哥、王剛，走，我們去鐵匠鋪子配個馬鞍，再去找胡大人。」

林家棟寵愛地摸摸林小寧的腦袋。

胡大人笑著把三人迎到書房。「林家少爺與林家丫頭來了，董師爺，快叫人奉茶。」

三人坐下，只有王剛不言不語站在林小寧的身邊。

林小寧是要討說法來的，於是摸摸懷裡的望仔，笑呵呵地說：「大人，丫頭今日進城，看到城裡排排深宅大院，青磚瓦房，好不氣派；街上錦衣綢緞公子小姐，好不神氣，就想問問大人，為何本應該是衙門和富人做的事，卻讓我林家做了呢？那些人不是我林家的家奴，可我林家卻得負責建屋吃食棉衣棉被，大人太狠了，我林家出身貧窮，好不容易狠心換了家傳之玉，才得些許銀兩，本想做個小地主，世外桃源，自由自在了事，可現如今被大人牽扯進這些人，讓我林家不管也不忍，管了又不甘，實在好不苦惱，就想向大人討個說法。」

胡大人捋著山羊鬍子笑道：「丫頭妳可知，林家賣玉當天，我便知了，周記少爺得此寶物，當晚就與一眾人飲酒暢歡，有一位正是縣衙差人。」

「胡大人，這樣就更不對了，既是知曉此事，為何當初買地之時，卻有那番質問？」

「丫頭，林家平民出身，哪來的此等寶玉，若不問清源頭，我這縣令豈不失職？但你們林家這些時日所做之事，那是讓大人我看得欣慰啊，想必董師爺也把我的話告訴妳了，妳那一千畝地邊上可是還有兩千多畝呢。」

「大人，你這就算是給了說法嗎？」

「丫頭，那妳想要個什麼說法？」

「丫頭我就是想知道，為何富人做的事讓我林家做了呢？」

「這些人雖是流民與乞丐，讓富人安置也可，但大人我不忍讓他們為奴，從此世代為奴，若是跟了林家開荒種地，好歹是個自由之身，丫頭妳可明白了？」

林小寧想著上午師爺說那番話，便道：「那大人，我可否提個條件？」

「什麼條件，說來聽聽。」

「如今桃村已是大村，加上那些人，有近七十戶，孩童眾多，可村裡卻沒一個學堂，也沒一個先生。大人是心繫百姓之人，不如指派個先生來桃村，學堂我林家建，但先生的束脩，大人可否讓桃村公中負責。」

胡大人一聽，面色大變。「丫頭，這可是妳的想法？」

「是我的想法，大人，有何問題？」

胡大人面色一沈，沈思片刻，竟轉了個話題問：「丫頭，妳那方子著實管用，藥鋪郎中一看此方，便說知道自己以前卡在何處了。這方子太簡單，他以前是想得複雜了，以致我頑疾多年，藥石罔效。如今三劑下去，頑疾已癒，丫頭，妳這方子可當真是祖傳之方？」

「大人如此一問，可是懷疑此方並非祖傳？」

「方子本不奇，郎中說方子是經方，奇的是處方之人辨症之準，要知大人我身有多疾，丫頭怎能看出我的主症？」胡大人不緊不慢地說完，便掬起茶盅喝茶，不斷打量著林小寧。

林家棟越聽越是如坐針氈，王剛則一如既往，面無表情地站著。

這個老狐狸，突然轉換話題，可是在探我呢！但這老狐狸心有百姓，否則不會交流民於林家，我不能輕易胡亂瞎說……林小寧暗道，抿了一口茶，瞇著眼看著胡縣令一會兒，回道：「胡大人，那藥方我若說是自己處的，大人可信？大人知不知，天下之症，歸根究柢都是陰陽失衡，所謂天地大陰陽，人體小陰陽，找到失衡處便是關鍵。大人身有多疾，我卻沒給大人號脈，正是如此，才碰巧略過了大人的表症，找到了根源。況且大人與我有緣，緣至此，方子自然有效。這看病處方，不僅是一張方子，心法也極為重要，心法若到，如我與大人緣至，大人之疾豈能不癒？」

「丫頭妳是何人？來自何處？」胡大人面色凝重，沈聲問道。

「本朝七十年前有一女子，十二歲才傾天下，十六歲辯才無礙，大人可知此女？」那擺著好看的遊記，可不是真為了擺著好看的。

「當然知道，此女乃我朝奇女子，文韜武略，敢於男子爭鋒。」

「那大人，敢問此女是何人，來自何處？」

胡大人捋著鬍子沈思不語。

「再問大人，那九十七個流民又是何人，又來自何處？」

胡大人捋鬍子的手突然停住，雙目發直。

林小寧又說：「這瞧病辨症也得化繁為簡，大人說世間事可不都如此……」

說到這兒，林小寧打住了，想這胡老頭兒是智者，不必把話說全。不知為何，自己與這胡老頭關係處得極是微妙，只要在這老頭面前，自己就完全失了十二歲丫頭的性子，裝都忘了裝，果真應了這老頭說的「緣」，這還真是「緣」。

胡大人發直的眼中突地一亮，朗聲大笑。「哈哈哈，丫頭，妳真是我的知己啊！我胡兆祥虛活四十載，自問兩袖清風，不敢說對得起黎民百姓，卻對得起自己良心，如今在官場這濁污之處，竟也失了清明。本是以指望月，卻成忘月追指。而今丫頭妳一語點醒夢中人，我胡兆祥今日就要擺上香案，請董師爺做證，與丫頭鄭重結為忘年之交。」

聽到此，林家棟大鬆一口氣，欣喜萬分。大妹妹真是招人疼，疼死人了。

「大人你智謀非凡，如此看重我這個丫頭，丫頭我心中又是惶恐又是歡喜……」林小寧嬌笑著拍馬屁，心中暗道：胡老頭啊胡老頭，你才是我的真知己。

「去去去，妳這丫頭還會惶恐，我看妳啊，與妳養的這隻小狐倒有八分相似，也是一隻小狐狸。」胡大人打趣著。

望仔不失時機地討好賣萌，對著胡大人扭屁股甩尾巴，把他逗得哈哈直笑。

林小寧笑說：「大人，那先生一事……」

「放心放心，丫頭深謀遠慮，老夫我竟未能想得如此周全，明年開春，必送先生到桃村！」

最近里正、村長有點煩。

林家那大丫頭腦袋到底是怎麼長的呢？可真想扒開她的腦袋來看看，裡面到底有些什麼？十二歲的丫頭，怎能想到給村裡辦學堂請先生呢？而且先生的束脩由村裡公中出，這林家買地花的五百兩銀子，去了兩成剛好一百兩銀子到村裡，還沒捂熱，這丫頭就打上主意了。

再說這先生束脩，那不都是各家出各自的嗎？桃村雖然餓不死人，也沒哪家哪戶捨得出先生束脩錢，可這丫頭愣是把這束脩讓公中出了，這下，村裡的娃娃只要願意去學的，不用花銀子都可以去學堂，桃村也能出識字之人了，而且是整個村的娃娃啊！

這法子也能想得出來，為何不是自己想出來的呢？

里正與村長不舒服，非常不舒服。林家大丫頭自發家後，那氣勢一天長過一天，吩咐做事起來，果斷俐落，眼神惡狠狠的，不容半點拒絕。

林家的屋子也蓋好了，曬幾天就能住人。當初胡大人說一人一畝地給流民蓋屋子，這丫頭手一揮，所有的屋子挨著一排，三十戶不計多少人一戶，每戶都是四間住人，並一間柴房一間廚房，加上前後院，每戶才占不到兩畝地。丫頭說，胡大人用九十九畝地噁心了她一把，她也要噁心噁心胡大人，看胡大人如何辦理這三十戶人家的宅地契。

可胡大人更絕，說九十九畝除了蓋屋子所占之地，剩下的分成九十九份，流民每人一份。這里正與村長可是手忙腳亂地量地分地、辦地契，累個半死。

要說這幫流民也是走了狗屎運，遇到胡大人，還有林家這潑辣的大丫頭。原以為流民是個累贅，等著看林家的笑話，可現在看來，還真是個個壯勞力了，頓頓有肉食，身體能不長肉長力氣嗎？走路虎虎生風，不輸村裡最壯的漢子。連那些老婦、老漢、丫頭、娃娃都長得細皮嫩肉起來了，哪能想到一個半月前，這都是一些無家可歸、老弱病殘的流民。

還有，這丫頭不知道從哪想出那些抱枕，那幫婦人們用碎布片一拼，一個個活生生的小兔、小熊、小貓、小狗……就出來了，隔三天就趕著馬車進城去賣，生意好得不得了。那絲綢的小枕上面用各色的小緞子拼些花花朵朵的，那花朵皺皺鼓鼓的，看著和真的一樣，城裡的大戶小姐們喜歡得不得了，林家地還沒開，就有銀子進帳了，真他奶奶的……

再說說這學堂吧。唉，林家大丫頭愣是蓋成兩間，說是村裡的女娃娃也要學識字，由她和香丫頭來教女娃識字，活一輩子沒聽過說莊戶人家的女娃也能學識字的，桃村要變天了喲……

最近張嬸很高興。

小寧真是聰明，隨手一畫，就畫出那些好玩的小動物，裡面做個內膽，填上穀殼，就是一個小枕，抱著也好，靠著也好，誰看了誰喜歡，絲綢的就得填上棉花。這丫頭真會想，只賣抱枕套和膽套，一個穀殼膽，一個棉花膽，擺在那兒，告訴人家自己回去填一下就成，填什麼都成。這樣套套髒了還能洗，多方便。

這不到一個月，竟然分到二兩多銀子，真不敢相信，怪不得小寧說針線活能找到好出路呢，這丫頭太機靈了。

還有大牛與二牛，開春能去學堂了，不用花銀子，只需買些紙筆便成，這日子過得就像在作夢。

林小寧一大早醒來，拿了草莓把望仔餵飽。昨天晚上看到空間裡種的那些寶貝藥材，靈芝長得真大，大得有些嚇人，想著土裡的人參、三七肯定也是長粗了好多吧，她高高興興地洗漱完，就拿著昨天畫好的十二生肖圖，抱著望仔去找張嬸。

張嬸正帶著婦人及姑娘們在邊上的茅屋裡做小抱枕，說：「上哪兒去找這麼好的東家，有新屋住，還有肉吃，還有新棉被蓋，這村裡哪家都沒這麼好的新被子，妳們這是福氣喔。」

婦人及姑娘們連聲應著，或羞澀、或感激、或歡喜。

「張嬸！」林小寧喊道。

「小寧來了啊？快來坐。」

「大小姐來了。」一眾婦人及姑娘們熱情地圍著林小寧，那個付家姑娘在後面，羞澀地對林小寧笑著。

「張嬸，最近這抱枕的生意不如以前了對吧？」林小寧笑道。

「是啊，現在市集上好多人也做這樣的抱枕來賣，搶掉了我們一半生意。」張嬸苦著臉。

林小寧早已料到了這種情況，本就不可能是長久生意，技術值不高，誰會針線活都能做出來，如果想賺錢，就得搶到先機，做出最新鮮的花樣。

「別急別急。」林小寧得意地笑著，拿出十二生肖圖來，全是胖胖的、憨憨的。「張嬸，明天就做十二生肖抱枕，妳與幾個女紅好的先分一下工，布不夠用就告訴王剛。妳們進城賣的時候記得吆喝，十二生肖抱枕，什麼生肖買什麼枕，多有意思。再下個月天就冷了，抱枕數量減七成，著重做手套與帽子去賣。」

「嗯嗯，小寧最是機靈，這十二生肖畫得胖胖的太逗了，肯定好賣。」張嬸和幾個帶頭的婦人看著那十二張畫，眉開眼笑。

林小寧又在空間挖出一株參，配上買的藥材。小寶服了藥後，精神好轉，現在能搖頭晃腦地背著三字經了。

但，麻煩這時就來了。

第六章

這天下午，小香帶著小寶去看張嬸她們做抱枕，大牛二牛跑來找小寶玩。

張嬸一邊飛針走線一邊說：「大牛、二牛，可要護著小寶啊，小寶年紀小，別讓他摔著，玩玩就回來，別耽擱太久。」

三個小子嘴裡應著，拉著手一溜煙就跑了。

一個時辰後，三個小子還沒回來，小香就去找。

轉到村頭，看到一群小孩子圍著一圈，小香上前衝進人群，只見小寶身上衣服都破了，臉上還有些青紫，大牛二牛站一旁，身上掛滿了彩，一個眼眶青著，一個嘴角流血。

小香一把摟著小寶，尖聲喝問：「誰打了我家小寶？誰打的？」

大牛、二牛說：「是黃毛子他們幾個打小寶，我們護著，沒護著……」

「為什麼打小寶？」小香紅著眼睛，哄著小寶。

「我們掏了一窩鳥蛋，要烤來吃，遇到黃毛子他們幾個，非說那鳥蛋是他們的，搶了我們的鳥蛋，小寶不讓，就打了起來。」

小香拉著小寶。「小寶，三姊來了，不怕不怕，」轉臉怒道：「黃毛子那幫娃天天混得很，村裡的娃只要打架，就有他們的分，這下倒好，欺負到我林家頭上了。走，我帶你們討理去！」

黃家當家的不在，只有黃喬氏在家，黃毛子也沒回。

小香尖聲叫著。「妳家黃毛子搶我家小寶的鳥蛋，還打了小寶與大牛、二牛，妳看看，把我家小寶打成什麼樣了，妳再看看大牛與二牛，都出血了，眼睛都青了！」

黃喬氏生得黑瘦，臉長、小眼，看到小香與師問罪的樣子，也不示弱地扯著喉嚨叫開了。「唉喲喂，妳林小香哪隻眼看到我家黃毛子搶了妳家小寶的鳥蛋，打了妳家小寶啦？你們林家現如今有錢了，就會欺負人啊……」

小香看到黃喬氏擺明不認帳，說話還尖酸帶諷，頓時上火。「我呸，妳家黃毛子什麼人，村裡誰不知道？說我林家欺負人，妳家黃毛子一群人打他們三個娃娃，妳黃家也能睜著眼睛說？」

黃喬氏不甘示弱，捋起袖子開罵。「妳這個小騷蹄子，妳當我黃家要買妳林家的帳呢！娃子們打架，關我屁事，有本事妳叫妳家小寶還有大牛、二牛打回去啊！」

林小香一個丫頭家，哪聽得黃喬氏這一句「小騷蹄子」，當下臉紅羞惱，衝過去就與黃喬氏就扭成一團，廝打起來。

大牛、二牛一見這陣勢，一個八歲，一個才六歲，竟然也衝過去幫著小香就打起黃喬氏來。

黃喬氏雖是成年婦人，可耐不住小香他們人多，竟也沒占到什麼便宜。小寶還逮著空咬了黃喬氏一口，黃喬氏扯著喉嚨大聲叫開了。「林家欺人打人嘍！」

這下動靜可大了，村民們都圍到院門看，左鄰右舍忙著勸架，一個婦人看著不對勁，一路小跑到林家，氣喘吁吁的，還沒到林家門口就叫：「小寧啊，大牛他娘啊，妳們家娃兒與黃毛子他娘打起來了，快點快點……」

林小寧正在院裡的椅子上看新買的遊記，一聽嚇一大跳，竄出門就問：「怎麼回事？」

張嬸也神色慌張地從茅屋出來了，大聲問：「怎麼回事？」

「唉呀，我也不清楚啊，說是黃毛子打了小寶與大牛、二牛，小香帶著他們去黃毛子家討理，結果與黃毛子他娘打起來了，你們快去看看吧。」

「嬸子，多謝妳了，妳能到我家工地上去喊一下我爺爺與大哥嗎？我與張嬸子去黃毛子家。」林小寧說完，拉著張嬸奔向黃家。

黃家院門圍了一大群人，看到事主家人來了，就讓開一條路。

黃喬氏與小香他們已被眾人拉開，幾個人狼狽不堪，身上全是土渣，黃喬氏與小香頭髮扯得七零八落，大牛、二牛臉上與身上都是指甲抓痕，小寶挨小香站著，除了衣服是破的，臉上有青紫，算是幾個人中受傷最輕的。

黃喬氏正在不乾不淨地罵著，一看到林小寧就住了嘴。

林小寧冷著臉。「這怎麼回事，哪個人出來說說？」

圍觀的一個婦人說：「唉啊，本就是娃娃們打打鬧鬧一下，也沒什麼大事，怎麼又與黃毛子他娘打起來了，說是下午大牛、二牛與小寶去掏到一窩鳥蛋，又說是黃毛子搶了他們的蛋，結果這幾個娃打起來了，都掛了彩。妳家小香看了，就帶著他們仨來黃家討理，幾句話說不好，這就又打起來了。」

黃喬氏又大叫起來。「沒天理喔，你們哪隻眼看到我家黃毛子搶了你們的鳥蛋，還打了你們仨？我家黃毛子還被你們仨打喲，那才可憐啊，現在還沒回家喲！」

「妳家黃毛子才不是一個人呢，是七、八個人，一群人打我們仨個！」大牛大聲道。「啊，林家如今有錢了，就會欺負人呀！看看吧，你們搶了我家黃毛子的鳥蛋，打了我家黃毛子，怎麼不說，還找上門了，上門就打我啊，快來看看啊，四個人打我一個啊，林家欺負人哪！」

張嬸聽到這裡，臉色難看又無奈。

林小寧也頓時頭大，與農村的潑婦面對面過招，她是一點經驗也沒有。

小香氣哼哼地道：「姊，妳別聽她胡說，什麼我們林家欺負人，明明是她嘴髒。我上門是討理來的，她擺明不認帳就算，還說那些難聽的話，我林小香可不是好欺負的，由得妳罵？」說完朝著黃喬氏的方向啐了一口。

林小寧把幾人扯到張嬸身邊，嗔罵道：「蠢丫頭，討理討到與人家打起來了，妳才多大，打得過人家嗎？不知道回家找爺爺與大哥啊，還帶著這三個小的一起打架，一點危機意識也沒有。」

著。

「姊，妳是不知道，她說我說得多難聽，我都聽不下去，實在是氣不過。」小香嘀咕著。

張嬸看著四個傢伙，身上都掛著彩，心疼得不得了，小聲說道：「唉，這潑貨什麼話說不出來，嘴一向就髒，你們和這個潑貨打架，鐵定吃虧了，本來是我們有理的，現在可怎麼說得清呢……」

這時，林老爺子與林家棟也來了，林小寧自覺地拉著小香幾個，與張嬸退到一邊。打架的事她雖然沒什麼處理經驗，但家裡有男人，讓男人來處理，不然依她的性子，拉著張嬸還要再上前把黃喬氏揍一頓。

林小寧想到這，突然想笑，還真是與小香是姊妹，性子如出一轍啊，肯定是原主的身體在作祟，絕不是她林小寧的立場，她林小寧可是有品的人，怎麼會與人打架？

大致瞭解了一些情況，林老爺子沈聲道：「如今林家是有了一些錢，可我林家不偷不搶，買塊地還在對岸，就怕沾上惹了點什麼事，更沒欺負過人。黃家不問清原由就說小香是瞎說、是欺人，又出言難聽。雖說小香主動打妳是不對，但小香是個丫頭，聽著上了火，可妳呢，一個做娘的人了，孩子都好幾個，與幾個娃娃打架，妳好意思，我林家還不好意思呢！今天我先帶他們回去，這事回頭再說。」

回到家，林小寧就打出廚房的空間水給他們幾個清洗傷口。張嬸問：「小寧，會不會留疤啊？」

「放心嬸子，不會有疤。」林小寧看看這幾個人的傷口，外傷不嚴重，藥也不用上，只是瘀青的地方很多，便進房間去，從空間採了株三七。那三七竟然有兩斤重的樣子，林小寧驚得說不出話來。真是活見鬼了，三七能長成這麼大。

叫望仔咬碎，望仔興奮地直叫。

林小寧說：「望仔你喜歡這三七？」

望仔點頭。

「想吃？」

又點頭。

「你先咬一碗粉出來，剩下的都給你吃。」又問：「當初給那臭男人治傷時，怎麼沒覺得你愛吃三七？」

望仔鄙夷地撇嘴。

「喔，是嫌那時的三七年分太低了。望仔厲害，眼裡只有好東西。」林小寧得意笑著。

她端出三七粉，足有一斤，給小香他們四個每人吞服一小勺。

張嬸心疼地看著他們吃藥粉。

林小寧嗤的一聲笑出來。「嬸子心疼了吧，說實話，妳氣不氣？」

「當然氣，那黃家潑婦，嘴臭，名聲臭，今天若不是牽扯進你們家，我肯定上前去打她一頓。」

林小寧哈哈大笑。「嬸子，妳可是與我想到一塊了，今天要不是我爺爺來得早，我也想拉著妳上前去揍她一頓，太不講理了，幸好這四個傢伙也沒吃多少虧，妳家二牛眼眶青了，晚上記得煮個雞蛋給敷敷。」

張嬸一聽，笑個不停，小香四個也笑了。

「你們還好意思笑，這麼點大就知道打架了？不知道回家找大人，猛得很，待會兒爺爺與大哥罵你們，我可不幫。」林小寧嗔道，又拿一張紙，從碗裡分出一半三七粉包起來，遞給張嬸說：「每日一小勺配溫水吞服，可化瘀。服七日，就不要再服，剩下的嬸子妳服，也一樣服法，這藥補婦人與老人。」

張嬸遲疑道：「這藥金貴著吧？」

「就山上採的，張嬸我們兩家的關係，用得著客氣這點藥嗎？平日裡大牛、二牛與小寶玩得像親兄弟似的，今天小香還帶著他們幾個去打架……」

張嬸被逗樂了，笑道：「行，那嬸子我也做一回金貴人，吃一回金貴的補藥。」爽快地接過紙包，帶著大牛二牛回家了。

張嬸走後，林小寧給小寶換上乾淨衣服。小香把自己梳洗整齊說：「我去做飯，姊和爺爺大哥說下，晚上就在家吃，別去地裡了。」

爺爺與大哥一回家就進房間說話，好像打架的事根本不曾發生過，也不出來罵小香他們，真逗。林小寧心中暗笑，推門進去。

林老爺子與林家棟正蹙眉坐著，一言不發，屋裡氣氛凝重。

「爺爺，是不是出什麼事了？」林小寧疑惑問道。

「寧丫頭，妳坐。」

「到底是出什麼事了？爺爺。」

「這不是最近給流民做家具嗎？村裡人現在意見可大呢，說我們林家占著山上的樹給流民們做家具，這山是村裡公中的財物，現在我們林家用了那些樹，非得讓我們交銀子。不是交不起這些銀子，只是桃村自建村以來，就這幾十戶人，哪家哪戶的家具木材不是山上砍的啊？這流民現在也落戶桃村了，也是村裡的人，為什麼就不能用山上的樹呢？而且李木匠做家具也要加錢。」

「現在每家每戶都鬧著說也要去山上砍樹，說是我們林家砍一棵，他們每個人就要砍三十棵，要真由著他們砍，這周邊的樹就得砍光，怕是一逢大雨天，就會出事。」林家棟悶聲道。

林小寧說：「我說怎麼今天你們都不罵小香呢，原來是因為這事。」

「唉，小香與那黃家婆娘只是打打鬧鬧，也沒傷得嚴重，罵是要罵幾句，現在木材這事，真是憋著難受。」

「好辦，爺爺、大哥，我們就進城去買家具，不砍樹了，多花幾個錢而已，看看村裡人還怎麼說。」林小寧乾脆俐落地說。

「寧丫頭啊，這不是多花幾個錢的事，這是村裡人看到我們林家現在發達了、有錢了，眼紅啊！今天小香與黃家婆娘能打起來，不就是因為黃家那婆娘眼紅我們林家嗎？小寶現在還小呢，除了大牛二牛，村裡的娃兒都不和他玩。流民的娃娃現在上山拾柴，也老是與村裡的娃娃發生衝突。現在咱家在桃村可是被推到風口浪尖上，一點動靜，那全村人都能知曉，盯著看我們怎麼做，一個做不好就留下罵名。這地才開幾日啊，事就一件接一件來了，做地主的日子也不好過啊！」林老爺子語氣沈重。

「里正與村長不管這事嗎？」

「唉，他們都稱病兩日了。」

林小寧垂下頭。里正與村長這是不想摻和這事，想看林家笑話呢。村裡人眼紅也是人的本性，只是這些人太不講道理。唉，小寶這麼小，就被村裡一大幫孩子們孤立，雖然大牛、二牛與流民的孩子能陪他玩，可有更多的孩子孤立小寶，那就是一種態度，這種態度一定會在小寶心裡留下陰影，小寶的身體才剛好呢……

林家棟嘆了口氣又道：「村裡每戶就那些地，不多，種種就完了，閒著沒事了，可不就找事生事端，鐵定不能讓咱家好好種地。」

林小寧一聽，眼中發亮。「大哥，他們不是閒著嗎？閒著沒事就找事，那我們給他們找一些事來做？」

林家棟與林老爺子雙雙望向林小寧。

林小寧繼續說：「薑是老的辣，爺爺看事情看得深遠，這不是多花幾個錢的事，只要我們林家在桃村一天，想要做地主，這些人眼紅，就會想方設法生事。大哥一句話說得好，閒著沒事了，才會找事生事，如果我們給村裡所有的人找到一個來錢的事，他們成天忙著賺錢，哪有那閒工夫生事啊，可不就安生了嗎？」

「什麼事可以讓全村人都能賺錢啊？」

「你們讓我想想，明天我再回答你們，先去吃飯吧，小香可是帶著罪為你們做了一頓好吃的呢。」

晚上，林小寧到空間逛了一圈，當初只採了一簍藥材，包括人參、三七都自行掉種生根了，長成一大片，心裡被欣喜塞得鼓鼓的。

望仔晚上吃三七吃得很飽，懶懶地窩在林小寧胸口。

林小寧問：「望仔啊，你除了三七，還吃人參不？」

點頭。

「也是要年分高的？」

點頭。

「那你會認年分，對吧？」

點頭。

「不挖出來，讓你去找多少年分的，能找著嗎？」

點頭。

「望仔真是寶，藥材你愛吃就吃吧，你能吃多少，不過你明天把那塊剩下的三七咬成粉，爺爺和大哥他們也吃一點，還要給胡老頭送一些去。這老頭是好老頭對不？你就別吃三七了，明天挖兩根參，賞你一根，另一根給爺爺泡酒喝。」

望仔頭也不點了，吱的一聲音表示知道，躺在林小寧懷裡不動彈，一臉滿足。

第二天，望仔還是賴在空間不出來。最近牠越來越懶，吃了三七後，毛色也有了變化，灰色淡了，成了銀灰。

林小寧想起救的臭男人說望仔是雪狐，看來還真的是雪狐呢，再過些時日，這毛色要是變為銀白色，得多漂亮。

她又想起大黃來。不知道大黃現在跟著那個臭男人，日子過得舒服不？但看那臭男人說話那死樣，應該不會虧待大黃的。那人腦子有毛病，非得說是大黃救了他，明明是她救了他好不好，不識好歹的臭男人。

林小寧拎著一籃子草莓，二十個雞蛋，晃悠悠去了村長家。村長家在村中間，土坯房是翻新過的，屋子看起來很氣派，村長家裡的地有十幾畝，因為有三個兒子，落戶時分的地也較多。

如今兒子都成親了，沒分家，全擠在這個大院裡，家家有本難唸的經暫且不說，日子過得還算滋潤。

村長的婆娘開門見是林小寧，道：「小寧啊，我那當家的病了啊，現在都起不了身呢，妳有啥事改天再來吧。」

林小寧笑呵呵地把籃子遞過去。「趙嬸子，這不是知道村長大人病了嗎？才送了這些雞蛋、草莓過來探探病，村長心繫桃村，憂思成疾，我們村民也得表些心意才是，對吧？」

村長婆娘趙氏面上尷尬，籃子接也不好，不接也不好。

林小寧大氣地把籃子一推。「趙嬸別客氣了，我林家的事這陣子也讓村長操心，這東西只是一點心意，收著吧。嬸子幫我給村長捎句話，就說我林家的事村長不用操心了，我們有法子解決，好法子。」

說完，林小寧轉身就走。

才走沒多久，那趙氏就追上來，叫著：「小寧啊小寧，我那當家的聽到妳來了，把我罵了，說妳這麼有心，怎麼不讓妳進家坐坐？唉，我原想著他這幾日身體不好，可他非得讓我來叫妳進去。小寧走走走，去家裡坐坐。」說完就親熱地拉著林小寧的手往回走。

林小寧笑呵呵地進了村長家。

村長坐在堂屋裡，面色紅潤，毫無病態，熱情地招呼。「小寧來，坐。」

林小寧不動聲色地坐下，喝著趙氏遞來的糖水。

村長見勢，想了想便問道：「小寧丫頭啊——」
林小寧笑著打斷。「村長，村民們不讓我們林家砍樹給流民做家具，可這流民現在也是桃村村民了，怎麼就不能用山上的樹呢？村長您說是不是這個理？您想想，我林家沒有山上的木材，就買不起那些家具嗎？如果我林家自己把事給解決了，那你們這村長與里正還要管什麼事？」
村長面色發青，暗道：這個丫頭，獵戶出身，做的事尚且先不提，這說起話來與胡大人一樣，怪不得與胡大人能結忘年之交，一大一小兩隻狐狸。
「村長，桃村建村不過十年，是百家人，各家各姓，沒有族長，沒有家族歸屬感，您這村長當得也不舒坦吧？」林小寧根本不在意村長的沈默，仍是笑咪咪說著。「當然，村民鬧事，您也思慮成疾，如今都病三日了，真是讓丫頭我看得好生心疼。」
妳心疼個屁！村長暗罵。
「為解村長憂思，丫頭我今日來給村長大人獻上一計。」
村長眼睛終於亮了。「什麼計策？」
林小寧不疾不緩道：「這俗話說無規矩不成方圓，村規自建村起是訂過的，只是從來沒有人拿出來用過。要知道，桃村雖沒有族長，但是有您與里正，那村裡誰最大？」
村長遲疑地說：「里正最大。」
「不，村長最大，所謂現官不如現管，里正管的是十里八鄉之事，可桃村周邊幾十里，只得桃村一村，里正也只得管著桃村之事；但你村長管的是一村之事，明正言順，這一村之事管好了，里正還有事嗎？」

村長一愣。「丫頭，妳的意思是……」

「對，村長，您這村長當了十年，十年來只會瞧些小災小病，收幾顆菜，這掛名村長還得當下去，裡外上下都不舒坦，換了誰誰會舒坦啊？」

「丫頭妳快快往下說。」村長聲音透著急切

林小寧看了看村長，微微一笑。「村長，如果林家給村民找一些賺錢的事做，那村民還會為難林家嗎，您這村長是不是當得更有滋味些？」

「賺錢的事？」村長與村長媳婦雙眼一下發光了。

「什麼賺錢的事，丫頭，快說呀！」

「村長不急，聽我慢慢說。這抱枕的生意，在清水縣是做不了多久了，但我有其他賺錢的法子，也是婦人的活計……」

「不計漢子婦人的活計，能有錢就成。」村長與村長媳婦急急脫口道。

「別急啊，能賺錢的法子自然是有，可您這村長，是不是也要大顯身手一把了？村民是百家人，但一村之長也是官。」

「可這官也得村裡人認才行啊！」

「村長您可知道，如今我家那抱枕的生意也不打算做了，為何？因為城裡西街的百姓也能仿著做，這不怪人家，會針線活的婦人一看就會做。如今我要給出的路子，一般人看到一時半刻還想不出怎麼做，所以這生意能做些時日，等到村外的人想出怎麼做時，我再想別的賺錢法子，但是村裡不計我林家帶來的那九十九人，光之前的三十幾戶就有近兩百人吧，如若是哪個人把這來錢的法子早早賣於村外之人，那我們全村人的財路就都斷了。」

「我明白了丫頭，這事要保密，等以後人家想到怎麼做，咱村裡人的錢也賺到了。」

「正是這個道理。所以等村長大人您身體好些了，就端出官架子，在村裡召個會，把這些事情說清楚講明白，讓大家有個數，如果大家願意跟著我林家幹，我林小寧也絕不藏私，好活計自然是少不了桃村一份。還有這村規也得拿出來讀一讀了，讓村裡人知道，無端生事者要受什麼處罰。」

「是得讀讀村規了，」村長臉上躊躇滿志。「晚上我就把會給開了。」

「那村長開會時，把所有會紡線染色的人記下來，我有安排。」

「好的好的，都聽丫頭的。」

沒有永遠的敵人，只有永遠的利益。這句話是真理。

第二天，黃家潑婦就拉著黃毛子來給林家賠禮了，一勁兒說自己太混，做娘的人了竟和幾個娃較勁，還送了八顆雞蛋，說是給這四個娃補補。

李木匠也親自上門來，說之前加價是聽了自家婆娘的混話，都是村裡人哪能這樣呢，價錢照舊。

至於砍木材給流民做家具之事，所有村民都緘口不語，悄無聲息地沒了動靜。

林老爺子與林家棟臉上又充滿了忙碌的喜悅。

王剛駕著馬車，帶著銀子，跑遍清水縣城周邊三百里的雜貨鋪，收來大量羊毛和駝絨，還帶回十幾張訂貨的合約，合約上有著送貨的時間及數量。

兩間學堂便暫時成了臨時作坊，一間紡線，一間染色。

村人包括那些流民中，所有會紡線的婦人女子都去紡線，所有會染色的婦人女子都在染色，而且只染四種色，紅色、粉色、青色與黑色。

羊毛駝絨紡成線，頭一回聽說，以前不都是把皮毛剝下來做襖子的嗎？或者填充做棉被或棉衣的，不過這林家隔三差五地進城，見識多，照做就是。

線紡好了，林小寧就教那些婦人女子們用木針打毛衣褲什麼的，打完後林家都收，價格還高，一套衣褲兩百文工錢呢，手快的三、四天就能打一套出來，這一個月下來，就一兩多銀子，真是不敢想婦人女子能這樣掙錢。

心靈手巧的婦人女子則圍在一起打毛衣、毛褲、手套、帽子。這林家大丫頭怎麼想的，幾根棍子一削，就能把紡好的線打成衣服與褲子，真是新奇，穿上身暖和得很，而且輕得很，外面再套一件單衣，一點也不像棉襖那樣鼓鼓的笨重。

村長老馬現在一個月有三兩月錢，成天喜氣洋洋地在臨時作坊裡，神氣活現地走來走去，心想：如今我才明白那丫頭說的「村長也是個官」，村長就應該這樣神氣才對，里正那兒生著悶氣呢，我可不懼他，現在全村的人都聽我的，帶著他們賺錢，能不聽我的嗎？

林小寧與林家棟在縣城找了個房屋仲介，兩天後，花了三百兩，在東街置了一間帶著小後院的鋪面。鋪子以前是賣成衣的，生意一般。

去縣衙辦理過戶，胡大人賊笑著。「丫頭啊丫頭，怎麼想到置辦鋪面了？」

林小寧笑嘻嘻地把帶著的一籃子草莓與一包三七粉遞去。「胡大人啊，這不怪您狠心塞給我那些人嗎？不知道多能吃，像從餓牢裡放出來似的，把我家都吃窮了。還有一大半都是女子，這才置了個鋪面，做些女人的活計來賣，貼補家用唄。」

「鬼丫頭，說得這麼可憐，要真把妳家吃窮了，哪來的銀子置鋪面啊？這果子太少了，下回多送些，頭回送來的師爺跟我搶著吃，一天就沒了，吃了覺得全身有精神，真是好果子。」

「果子再好吃都有濕氣，大人不能多吃，嚐個鮮就行，別貪。這包是三七粉，對您身體好，每日溫水吞服一小勺，一個月包管您體壯如牛、健步如飛，年輕個五、六歲。服完了，再派人去我家取。」

「臭丫頭，還體壯如牛呢，不知道挑個好聽的說啊。」

「大人，我一個種地的丫頭，看牛金貴，這不是覺得您金貴嗎？這藥粉裡我可是下了心法的，您可得記得吃啊。」

「呵呵，知道ㄚ頭妳心疼我。來來來，到書房去，我們老小好好聊聊，董師爺你和家棟辦理過戶。」

林家棟聽到胡大人如此親熱地叫他，害羞地摸了摸腦袋。

出了縣衙，林小寧扭扭捏捏，半天，才問道：「王剛啊，買人的地方在哪裡？」

王剛看到林小寧說話的表情，難得地笑了。「小姐是要買人，是男人還是女子？」

林小寧突然覺得自己很傻，買個人嘛，這年代正常得很，便清清喉嚨。「要買個女子，會算帳的。這家鋪子我打算做女子生意，自然女掌櫃是少不了的。」

「小姐不做掌櫃嗎？」王剛疑惑道。

「笨蛋，小姐我是地主，地主是買地收租的，不做掌櫃，窩在這個小鋪子裡有什麼出息，不如種地來得痛快。」

「那小姐怎麼不問問流民中的女子呢，有一個姓付的女子挺會算帳的。」

「那個付家女子，長得很好看，瘦瘦的那個？」

「正是。」

「但我是要買人，賣身契是在我手裡，那付家女子現在是村民，村民是自由身，我不能買他們。」

「小姐妳沒問，怎知她不願意賣身？」王剛回答。

林小寧盯著王剛看了看。「你是說她願意賣身？」

「付家女子只有一個奶奶，無父無母，家裡沒有勞力，如果小姐願意買她來看鋪子，相信她是願意的。」

「可付家女子年紀太小，又有些羞澀，如何能看得好這間鋪子？」

「加上付家奶奶，可以看得好這間鋪子。付家奶奶四十五歲，識得一些字，付家女子也識得一些字，她們不是種地的，原是小戶人家，以前開過小雜貨鋪子，後來付家夫妻想要做大，結果被人坑了，欠了錢投了河，又逢付家女子被惡人逼婚，付奶奶才帶著她流落至此。」林家棟插著話。

「大哥你也知道付家的事？」林小寧問。

林家棟面色微紅，神情尷尬。

林小寧看著林家棟，心中微微一動，突然有一絲明白。「大哥我們買下付家女子如何？」

林家棟垂頭不語。

林小寧偷笑一下，追問：「那到底是買還不是買啊？」

林家棟乾巴巴地說：「為何要買下人家才能來看鋪子，不買就不能看鋪子啊？」

「如果她是我林家的人，不買也可以來看鋪子，可她不是我林家的人啊，為何我不讓村民來看鋪子？我們要賺錢，村民一看到我們的鋪子賺錢，又得生事。」

「付姑娘不是那種人。」林家棟悶聲道。

「哈哈哈，大哥，你就把付姑娘變成林家的人，不就名正言順了嗎？」

「妳這個丫頭，說這些不知道臉紅，大街上還這樣沒規沒矩大笑，哪有一點姑娘家的樣子。」林家棟佯怒道。

林小寧繼續笑著。「大哥，你是兄長呢，鋪子的事當然你說了算，哈哈哈。」

王剛也偷笑了。

第七章

七天後，第一批毛衣、毛褲、毛襪、手套、帽子出來了。

林小寧翻新了鋪面，胡縣令提了「千金紡」三個字，做成一塊雕著花的精緻牌匾掛在鋪頭。

開張那天，請了胡大人來剪了個綵，門口放了一串鞭炮。

鋪子的毛衣、毛褲、毛襪、手套、帽子，付家奶奶與付家姑娘早就分門別類地放好。

林小寧定價是一套毛衣褲一兩銀，單件六百文。考慮到這個朝代的審美觀，不能太標新立異，毛衣打成漢服式樣，用小圓木頭包在綢布裡做扣子，在身側扣上。女裝的毛衣打一些簡單花色，顏色分為白、紅、粉三種，男式的顏色為白、青、黑三種。毛襪一百文一雙，手套花色的一百八十文一對，單色的一百二十文，娃娃帽子只有花色，兩百五十文一頂。雖然羊毛收來很便宜，但因為都是手工打成，定價不能太低，且林小寧與張嬸仔細驗過，都很精緻，沒有一處漏針，這些村婦當真是手巧，一教就心神領會，打得鬆緊有致，帶線均勻，極有彈性。

林小寧原是以為這個價，應該是細水長流慢慢賣掉，卻不承想才一個多時辰就哄搶而空。

林家棟與王剛購買了一些油鹽米糧等雜物，轉過來一看，驚得合不攏嘴。鋪門一關，林家棟大氣地一揮手，王剛載著眾人回村了。

付家奶奶與付姑娘坐在馬車上，還沒回過神來。這銀子怎麼賺得這麼容易呢？

林家棟坐在馬車上，看了看付姑娘，付姑娘低著頭，臉紅得像蘋果。

得知毛衣、毛褲什麼的半日就賣光了，村長怪叫一聲，竟然找出一個破銅鑼，一邊敲著一邊喊：「各家各戶聽著，全賣光了，全賣光了，要連夜趕工，不能讓縣城的鋪子斷了貨……」

林小寧笑著說：「大哥、王剛，看到沒，村長每月三兩的銀子可是沒白拿喔。」

這是桃村最快樂的一天，一戶村民養了一頭肥豬，村長豪氣地命令。「把豬殺了，公中出錢，林家大鍋煮豬肉，每家每戶都要分到一碗豬肉吃。」

這是桃村最團結的一天，村民們一起圍著大鍋歡聲笑語，還有漢子與婦人說些酸話，沒一個人覺得過分，臉上笑逐顏開。孩子們打打鬧鬧，皮得像猴，也無人看管，這是桃村最放縱的一天。

晚上，林家棟與林老爺談了一會兒話，林老爺子樂得合不攏嘴，第二日就叫張嬸去付家提親。

張嬸眉開眼笑地回了話。「成了成了，能不成嗎？林家這麼好的親家到哪兒找。」

換了庚貼，下了聘禮，請人算了日子，剛好十日後是吉日，辦訂親酒，成親則定在明年秋天。

訂親宴擺得闊氣，全是滿滿的肉菜，連娃娃們都單獨排了好幾桌。桃村人大吃特吃了一頓，摸著肚皮私下議論這付家姑娘真是命好，不過是個流民，就是生得好看些，竟能嫁到林家做長孫媳，怎麼自家沒生個這樣的閨女出來。

林家棟與林老爺子一臉喜色，林小寧喜悅之餘，突然發覺林家棟真是有大哥的樣子，但怎麼個像法，又說不出來，就覺得大哥就應該是這樣，挑的付姑娘也是個大嫂樣，很是眼光毒辣。

只有小香不高興，偷偷地對林小寧說：「流民出身，怎麼配得上大哥？以我們家現在的條件，可以娶個縣城裡的千金小姐。」

林小寧罵道：「妳這個蠢丫頭，妳可知道大戶人家裡有多少齷齪事，那些千金小姐們哪個心上不是長滿窟窿，娶那樣人回來，只能把我們家攪得一團糟。況且我們家不久前也只是個獵戶，發達才多久，可不能忘本，妳就不記得以前吃老鼠的日子了？」

「都說了那不是老鼠，是山鼠。」小香爭辯著。

「我告訴妳，只這一次，就一次，以後不可再這樣。這是大哥自己挑的姑娘，付姑娘是不錯的，長得好看，性子又好，絕不會虐待妳這個尖酸刻薄的小姑子。」林小寧罵著罵著笑了起來。

「姊，妳——」小香齜牙晃著拳頭，林小寧大笑著跑開了。

這天，林小寧派出王剛去尋一個磚窯的老師傅，要手藝好，聞名八鄉，無論如何要帶回桃村，有事相商。

另派王勇進城再買一匹馬，李木匠著手打造馬車，要打得寬大些，這輛馬車以載貨為主。

又吩咐張嬸與村長安排一些毛衣打不好的人做布手套、布帽子，裡面絮上薄棉，還有綢藥枕，藥枕以一對對做，男枕顏色穩重，女枕就綴上花，裡面塞上乾菊花，這下空間裡大堆的菊花可派上用場了。

做布手套與藥枕比打毛衣快多了，至少鋪子裡不會老是斷貨。

如此一來，她又想出另一個主意，把望仔拎出來，撫摸著說：「望仔寶寶，走，上山採藥去，今天我們採益母草。」

望仔最近吃了人參，身體小了一圈，銀灰色更淡了，像銀白色，聞言興奮叫著，實在是漂亮。

幾天後，林小寧示意村長安排村民們建了個正式作坊，掛牌「桃村坊」。這是全村人的作坊，可不是林家一家的，村裡漢子們齊心協力，幾日就建好了。

作坊永遠關著門，林小寧每天晚上悄悄把裡面的兩口大缸灌上空間水，白天就架起兩口大鍋，紗布包著益母草在鍋裡煮著，水滾後煮棉花。另一鍋清水煮棉紗布，然後曬乾，再用棉紗布包著棉花裹一層，裹成一片長條狀。這個作坊只能女子進，進去後還要全換成白色外衣、乾淨鞋子，要用清水與皂角反覆洗手，漢子們是拒絕入內的。

神神秘秘，不知道搞些個什麼？村裡漢子們心道。

但縣城的千金紡賣瘋了。

這種益母草棉巾是女人專用，哪個女人不頭疼那幾天的事，這種棉巾著實方便好用，還有配用絲綢做的帶子，可固定棉巾，只需更換棉巾既可。用了這個棉巾後，居然肚子也不疼，腰也不酸了，雖然貴，但可比時時服用湯藥來得划算。

桃村的村婦與姑娘們驚奇得不行，這棉巾有藥香又乾淨雪白，婦人那幾天用的東西竟也做得這般精緻、這般講究，還光明正大地賣，天下奇聞。

清水縣許多大戶人家，派婆子上門來訂貨，每月送一定數量的棉巾到府上，省得丫鬟總面紅耳赤地跑鋪子。

於是，林家又有新的銀子進帳了，桃村呈現奇景，婦人、女子成天揚眉吐氣地忙碌於兩個作坊間，漢子們無事可做，只好帶娃做飯。當然，給林家開荒的漢子們除外。

這下除了村長沒意見，漢子們都開始嘟囔著，這是個什麼事啊，婦人竟然賺錢比漢子多？

王剛帶回來一個磚窯的老師傅，但因為老師傅不肯來桃村這個荒涼之地，是給王剛綁來的，家中人嚇得半死，王剛只丟下一錠銀子，說：「我家小姐不會虧待你們，你隨我去就知道。」

老師傅又怒又怕，被安置在王家兄弟的屋子裡，請了人好吃好喝地伺候著，老師傅膽顫心驚地生著悶氣，但吃的喝的一點也不少，碗裡盤裡總是乾乾淨淨。

林小寧忙著坊裡的事，一時忘記問王剛，等知道了事情前後經過，哭笑不得，一路跑到王家兄弟的屋子去見老師傅。

老師傅看到林小寧只是個小丫頭，心下警惕放鬆。

林小寧連聲抱歉。「師傅莫要怪罪，都是我不好，沒交代清楚，說是要請您來的，怎麼就綁您來了？這個魯莽的王剛，我肯定罰他，肯定罰他。」

老師傅一聽，就知道眼前這丫頭是那莽漢口中的小姐了，看著模樣極是水靈可人，又沒架子，臉上還掛著笑，心下便不害怕了，面上就顯出氣性來。

林小寧賠笑著吩咐王勇駕馬車來屋前，親親熱熱地問：「老師傅，還不知道您貴姓貴庚呢？」

林小寧越是親熱，老師傅氣焰就越發漲起來，氣哼哼說：「不敢稱貴，老頭子我四十有八，姓方，小姐妳就稱我方老頭吧。」

「那怎麼成，得稱方師傅才行。方師傅您是不瞭解桃村，這桃村山青水秀，民風淳樸，我今天就帶您去逛逛桃村如何？來來來，王勇伺候方師傅上馬車。」林小寧抬高了聲調，奉承著。

王勇識趣地上前在車下放了張矮凳，扶著方師傅上馬車，又扶著林小寧上車。然後「駕」的一聲，馬車慢慢小跑起來。

林小寧看著方師傅怒容已消，就靠近坐在方師傅身邊，嬌滴滴地說：「方師傅，您是不知道我們桃村啊寶山寶地。您看，這是我家才買的地，正在開荒，您再看看那漢子們，是不是比牛還壯？為什麼壯啊？吃得飽吃得好唄，桃村是個多好的地，可就是缺個像您這樣的手藝高超、聞名十里八鄉的老師傅。

「您再看看，我家這塊地邊上這幾座山，光禿禿的沒幾棵樹，這山擋這兒，把桃村擋得小小的，後面的地也沒法開墾，您看，這山上的土能燒磚嗎？能燒磚的話，那這山也可以挖平了，山後的地也可以種了是不？」

方師傅不吭聲聽著林小寧絮絮叨叨地說著，馬車走到山前，竟然要下車去山邊看看。

林小寧殷勤地叫王勇放好矮凳，兩個人像伺候老祖宗一樣，扶著方師傅下車。

方師傅在山邊抓著一把土，聞聞捏捏，還用舌頭嚐了嚐。

林小寧期盼地盯著方師傅，這對岸的三千畝地連著幾座山，沒長什麼樹，淨是紅黃色的土，村裡人都是挖這邊的土打坯建屋。林小寧就留了心眼，這幾座荒山連著，加上另一側的青山，愣是把桃村給隔成環山的小盆地。這幾座荒山的土如能燒磚，哪怕只是先挖開一部分，那山後的地也可以開來種，不然小小桃村三、四千畝地，還滿足不了她的野心，她空間裡可是一堆上百、上千年的寶藥啊。

方師傅沈思了下，問：「這樣的山還有哪裡有？再帶我去看看。」

林小寧一聽，覺得可能有戲，馬上叫王勇趕著馬車，到村外那條路上去，馬車趕了七、八里的樣子，又是一片這樣的荒山群。

方師傅仍是抓一把土，聞聞捏捏又嚐嚐，然後問：「妳就是他們說的林家大小姐？」

「是的。方師傅，叫我寧丫頭就行。」林小寧討好地笑著，又小心地問：「方師傅，這些山上的土可是燒磚的好土？」

「妳家地頭那幾座是上等土，這幾座不算上等土。」

林小寧笑得像朵花。「方師傅，我說請您來就請對了吧？方師傅，我們上車來商談商談。」

當天晚上，方師傅與林家幾人、王剛、王勇把酒言和，眾人相談甚歡，方師傅沒了怨氣，但老師傅氣勢就竄出來，指著林小寧笑罵道：「妳這丫頭可是害死我了，我與東溪城的磚窯可是定了合約的，如今被你們綁來，回不去，對方找不著人，可是要賠人家半年月錢啊！」

王剛說：「方師傅，那天我留了二十兩銀子給你家人，不知夠不夠半年月錢？」

「你這個臭小子，那銀子不是給我家中婆娘的嗎？賠月錢得另算，得另算。」

林小寧諂媚道：「那是那是，當然要另算。要賠多少我家賠，把您綁來了是王剛不對，您看怎麼處置王剛，您說了算，成不？」

方師傅醉眼看著林小寧，讚賞道：「還是妳這丫頭懂規矩、明事理。告訴妳吧，那村外頭的荒山雖不是上等土，但我也能燒出好磚，老頭我有秘法，呵呵。」

林小寧一聽，驚喜振奮，林家棟也極有眼色地立馬給方師傅斟酒，林老爺子與方師傅酒盅你來我往，聊得歡暢，談著祖宗、談著家和、談著吃苦、談著孫兒、孫女……

真是酒逢知己千杯少，恨不相逢少年時，酒盡興未盡，林老爺子把林小寧給他泡的人參酒倒了一小罈出來，酒一入盅，參香四溢，方師傅拿起酒盅飲盡，精神大振，直呼：「好酒！」

兩個老頭摒開眾人，對飲起來，一小罈人參酒下肚，兩個老頭暈乎乎地大笑道：「神仙莫過於此啊，好酒。」

最後，兩個老頭都喝多了，非得在一起睡。王剛說：「老爺子、方師傅，這炕這麼小，兩個人哪裡睡得下？」說完就打橫抱起方師傅，抱上馬車。王勇穩穩地架著車，回他們兄弟屋子去了。

方師傅迷迷糊糊地在王剛懷裡叫喚。「臭小子，有點孝心啊……」

林小寧笑看著那空掉的小酒罈子，心想，要是爺爺知道這是五百年的參，不知會不會心疼。

晚上入了空間，望仔毛色越發亮白。林小寧在湖裡泡了個澡，逛逛自己的地，除了靈芝，其他的是看不到的，但看到地面上大片大片的葉子，以及望仔興奮的吱叫聲，就知道埋在地下的是驚人奇蹟了。林小寧滿足地嘆了一口氣，望著蕩漾著氤氳之氣的湖面，不由有些矛盾，又似問望仔，又似自語地道：「這湖如此美色，四季溫暖，雖然是小了些，但也應該物盡其用，你說我要不要養魚呢……」

望仔一聽，大聲吱吱亂叫，兩條後腿還一蹬一蹬的，表示憤怒。

林小寧樂道：「望仔不想養魚？」

望仔點點頭。

林小寧既輕鬆又歡喜。「既然望仔不喜，那就不養。」

望仔高興地點點頭。

第二日清晨，才入冬的天氣，卻涼得很，林小寧穿上一套軟薄的羊毛衣褲，套了一件乾淨的外套。

王剛帶著方師傅的口信，去東溪城給方師傅家人報平安，順便把方師傅大兒接來，說是大兒是他的得力幫手。方師傅交代說，如果家人不信就告訴家人，去年小孫子週歲時，他送的是一根狼牙掛墜銀鍊子，等他們父子安頓好了，再把一家子全部接來。

王剛還帶了銀子，要賠磚窯的半年月錢，除此再送二十兩到方家，得讓方師傅家人過得舒服。提到銀子，林小寧真是感嘆，只要方老頭喜歡銀子，她就高興，鐵定用銀子哄得他開開心心在桃村待得不亦樂乎。

方師傅穿著林家給他備的薄羊毛衣褲，套著新外套，悠悠哉哉地與林老爺子逛著桃村，一邊親熱地說笑著。這兩個老頭真是一朝成知己，快樂似少年。

林小寧則和王勇趕著另一輛馬車去縣城送貨。縣城的鋪子羊毛製品時時斷貨，入冬了，這些手打羊毛製品根本禁不起賣，一上櫃就沒了，得想法再找些人來打羊毛，另外還要去一下保安堂藥鋪，是時候出手一株人參了。

保安堂的神仙老大夫不在，林小寧找櫃後的夥計，那夥計一看林小寧來了，就笑呵呵地問：「小丫頭，妳的狐狸呢，今天怎麼沒帶來？」

這個夥計玩心真重，還惦著她家望仔，人家正在空間呼呼大睡呢！林小寧暗笑，說：「小狐狸在家裡玩呢，天冷不愛出來。上回那個神仙老大夫不在嗎？」

「你找我們老東家呀，要賣草藥嗎？」

「喔，他是你們老東家？他不是說自己是大夫嗎？」

「我們老東家就是大夫嘛，呵呵，有什麼草藥給我看就成。」

「是上好藥材，還是叫你們老東家來吧，我等著。」說完林小寧就在堂側的位置上坐下。

「好，我叫人去喊老東家。」夥計應道。

約莫等了半個時辰，老大夫從大門進來，鶴髮童顏更甚從前，一邊笑一邊說：「丫頭，妳家這陣子可都沒送草藥來了，莫不是嫌我家價給得低？」

「老神仙價給得實在，不似其他的鋪子，今日我才得知老神仙就是老東家，怪不得保安堂做得這麼大，有您這個神仙似的老東家坐鎮，能做不大嗎？老神仙，我家那些草藥是上品沒錯，可都是普通草藥，ㄚ頭我今天給您送鎮店之寶來了。」林小寧笑咪咪說著。

「什麼寶藥啊？」

「老神仙，您看看。」林小寧把放著一株人參的包袱打開一角，露出一截人參頭。

老大夫大驚失色，急急把包袱布重新蓋住那截人參頭，拉著林小寧進了後院，王勇在後面跟著。

把後院的人摒開，老大夫坐在桌前，心旌搖搖地看著那株小蘿蔔一般的人參，雙手發抖小心地愛撫著，如同愛撫世間最美女子的大腿，激動地說：「這寶貝……這寶貝至少有千年以上了，如此品相，世間難尋……世間難尋，天下至寶……聞所未聞啊……老夫我今天得見奇寶……一生無憾……可憐這等寶物，竟然用塊布包著，暴殄天物啊……」言畢竟然泣不成聲。

林小寧沒料到老大夫如此失態，尤其是最後一句讓她非常尷尬，輕咳一聲道：「老神仙莫要激動，所以我家才拿這寶貝來給您做鎮店之寶呢。」

「一萬兩，一萬兩，賣予老夫如何？」

林小寧沈思不語。

老大夫急了。「ㄚ頭啊，一萬兩在清水縣也就我這鋪子能出得起，ㄚ頭妳就看在老夫與妳之緣，賣於老夫如何？」

「老神仙，一萬五千兩賣給你。」

老大夫泣笑著。「好好好，一萬五千兩，我馬上叫人給妳拿銀票來。」

肯定賣便宜了。林小寧突然想哭。

揣著厚厚的銀票，她趁人不注意丟了一萬四千兩到空間裡，又去縣衙找胡大人。這回她帶來兩個菊花枕，四套羊毛衣褲和四雙毛襪。

「大人，丫頭來看您了。」

「哈哈哈，丫頭一陣子不見，可是更加水靈了，又帶什麼好東西來送我了？」胡縣令氣色紅潤，眼睛明亮，皮膚細膩，胖了，獐頭鼠目的樣子好了許多，竟顯出一些正氣出來。

林小寧看慣了胡大人的賊樣，猛一看到現在的樣子，有些發呆。這胡知音，胖了後也不那麼難看嘛，可見那三七粉有效果。

「丫頭可是看我這老頭子看呆了，怎不說話呢？」胡大人打趣道。

林小寧回過神，笑道：「胡大人哪，這才多久沒見，您怎麼就變了個樣呢，丫頭我都看呆了。」

「還不是妳送來的那個藥粉嗎？那可真是寶藥，我現在真的是體壯如牛，精神好得很，董師爺說我年輕好幾歲了呢。」

林小寧樂道：「牛金貴，大人更是越發金貴了。哪，這兩個菊花枕您和師爺一人一個，這四套毛衣與襪子，您與師爺每人兩套，一薄一厚。話說這天氣涼了，現在穿薄的，再冷些時就穿厚的，可暖和又輕鬆。」

「林小姐有心了，連送我的東西都備好了，聽說現在縣城都興穿這毛衣褲什麼的，知道是妳家鋪子裡賣的，可那鋪子是千金紡，只讓女子、婦人進，沒想到妳就送來了。」師爺拿著一套毛衣褲，用手摸著，高興到不行。

「我的好丫頭，今天來就是專門來送我們兩個老頭這些東西的嗎？」胡大人眼中又泛起賊光。

「知音哪，大人，您是我的知音啊，去您書房聊會兒吧，丫頭我今日是無事不登三寶殿。」

進了書房，一杯熱茶下去，林小寧佯裝鄭重地說：「大人，剛才那眼神莫不是又有什麼要算計丫頭的了？」

胡縣令一聽，眼冒星星。「知我心者丫頭啊！妳的鋪子生意好得緊，可還要婦人？」

「看來還有流民擾著大人的軟心腸了。」林小寧吃吃笑著。

「丫頭啊，我正愁著啊，一到冬日流民就會凍死餓死很多，其他天氣還能找些東西果腹，這個天氣東西難找，可憐得很。」

「上回我不是帶走了九十幾個嗎？現在還有很多？」

「這回不多，大戶人家的莊子裡幫著解決了一些，現下還有三十來個吧，以年老者與婦人為多數，都在那間破廟裡待著，我和董師爺隔些時日會送些米糧藥材過去，唉，杯水車薪哪！」

「別急啊大人，我今日就是為大人分憂來的。」

「好丫頭好丫頭，妳全收了，我放在桃村落戶，妳那鋪子的活計輕省，正是他們能做的。」

「行，大人，丫頭不為您分憂為誰分憂啊？不過大人，還有一事，我家還要買地。」

「又買地？好丫頭，妳家鋪子的生意好啊，這才多久，就有錢再置地了？當初我說不出三年，這另外兩千畝必歸林家，看來是我眼拙了。」

「大人您豈會眼拙，是我運氣好而已。我想把我家邊上另外兩千多畝地都買下來，再年年歲歲安置縣城裡的流民，都可落戶桃村。但大人把我家地邊上那幾座荒山賞給我，還有村外八里處的一片荒山群，也一併賞給我行不？」

「丫頭，那荒山妳要來做什麼？莫不是……燒磚？」

「大人厲害。」

「但丫頭，不是所有的土都能燒磚的。」

「大人放心，我請了個磚窯師傅來看過，說雖不是上等，也可以燒磚。」

「妳膽識過人啊，這下這些流民漢子不愁沒活計了。」

「但是大人，我這兒給您交了底，您可不能坐地起價，荒山得賞給我喔！」

胡大人啐道：「丫頭，我只是個小小的縣令，哪來這本事把那些山說賞就賞妳了啊？」

「大人，明人面前不說暗話，您能作主把那五百畝地給我林家，只為安置流民，大人可不是一個小小的縣令。」

「我就是一個小小的縣令。」

「大人，馬與馬有異，人與人不同，這縣令也有不一樣的縣令。」

胡大人仍不為所動。

林小寧不客氣地扯著他的衣服。「大人啊，您好狠心，給我流民，我二話不說就安置了，還成天惦著大人身體，找著好藥打成粉就巴巴地給您送來。天一冷，毛衣褲什麼的就備上了，現在還想著為您分憂，年年月月給安置那些流民……還忘年之交呢，大人您不能再擺我一道啊，要是這樣，我就死給您看。」

胡大人擺出一臉深思狀。

「大人……」林小寧撒嬌。「清水縣城周邊三百里內的所有流民我都安置……年年月月……」

胡大人大笑出來。「妳這個臭丫頭，大人我想擺個譜都不讓，賞妳了賞妳了，清水縣周邊三百里的流民以後都交於妳安置，年年月月，說好了啊！」

「不過大人，您可不要一次把所有的流民都給我，慢慢來，我安置也是要時間的。」林小寧想到之前安置的事，心有餘悸地道。

「去，臭丫頭，妳想要那麼多流民，一時半會兒也找不來給妳，就這三十幾個，妳今天就帶回去，住在那地方，我看著揪心得很。」

林小寧揣著地契，又讓王勇去牛市買了兩頭壯牛及現成的牛車，在三十幾個人當中找了兩個會趕牛車的老漢，讓王勇駕著馬車，後面跟著兩輛牛車，載著三十幾人回桃村了。

這些人都是被大戶人家挑剩下的，體弱多病的老漢老婦，外加容貌醜陋的婦人和兩個小姑娘。比較起來，上回那些還算是人模人樣的。

坐在馬車上，林小寧快樂地問：「王勇，我們家現在幾頭牛、幾匹馬啊？」

「五頭牛、兩匹馬，小姐。」王勇回答。

「再說一遍，王勇。」

「五頭壯牛、兩匹好馬，小姐！」王勇笑著高聲回答。

林小寧幸福地笑著。「王勇啊，跟著林家，你們兩兄弟委屈嗎？」

「怎麼會委屈？小姐是奇女子。」

「小姐我來自天外，你信不？」

「信，小姐。」

林小寧放肆大笑。「王勇，你們兩兄弟都是好漢子，我知你們兄弟來歷不凡，若有機緣，我定會滿足你們願望。」

王勇穩穩地架著馬車，年輕的俊臉上神情變幻莫測。

林老爺子瞠目結舌地看著手中的一萬兩銀票和地契，說不出話來。

林小寧又開始撒謊。「前陣子望仔帶我採了兩株參，一株小一些的給您泡了酒，另一株大的換了這些銀票與地契。」

林老爺子壓抑地嘶嘯一聲，聲音變調。「妳這臭丫頭喲，泡個什麼酒喔？我還以為是幾年的參呢，這一罈子酒得值多少銀子？丫頭妳是坑爺爺啊，活到五十來歲，被這一罈子酒把福分給喝沒了。」

林小寧急急安慰。「沒事沒事，爺爺福氣厚得很，才一罈子酒怎麼就會喝沒呢？爺爺是要長命百歲，享盡榮華的。那望仔採寶藥厲害，之前那些三七粉也估計是幾百年的，怕也是值幾千上萬兩銀，可是大家吃了身體好，您瞧小寶現在全好了，沒事了呀。」

只聽得門外一聲悶響，傳來林家棟與小香的驚駭聲。「張嬸……張嬸……」

竟是張嬸送些雞蛋來給林家，走到廳堂，聽到房間裡林小寧恰說到三七粉一事，一下子暈死過去，一籃子雞蛋摔得一地黏糊糊。

林小寧立即衝出來狠掐張嬸人中，小寶在一邊嚇得哭了起來。

林家棟緊張得滿頭大汗，小香抱緊小寶，不停地發抖，林老爺子神情扭曲，有些駭人。

張嬸慢慢緩過氣來，眼睛發直，開口就要小香去找刀子，說要把肚子剖開，把吃下去的藥粉扒出來。

林小寧見情勢不對，抓著張嬸，對著她耳朵大聲吼道：「嬸子！張嬸！」

張嬸被林小寧的聲音震懵了，過了一會兒「哇」地大哭起來，上氣不接下氣道：「小寧啊，妳是害了嬸子啊，這麼貴的藥粉……嬸子怎麼吃得下去啊？可嬸子竟然吃下去了……全吃下去了……」

林小寧這個晚上狼狽不堪，被林老爺子狠狠斥責了一頓，又要哄著小寶。張嬸那邊，林家棟與林老爺子也勸說了到大半夜，總算平復了心情。

多年後，當林家成了貴族，張嬸也成了林家得力幫手，這事便成了林老爺子與張嬸的終身笑柄，沒事就被拿出來說一番，每次都惹得眾人大笑，林老爺子與張嬸都尷尬不已。

第八章

林小寧帶來的三十幾人安頓在九十九人的屋子裡，因為當時三十戶建的全是四間房，又有夫妻、小孩在一間的，有許多空房間，安頓下來後，就是加做新棉被的事。

林小寧在下午太陽好時，讓這些人用熱水洗了澡，打出空間水煮了幾味普通的溫補藥材，給他們每人服下去。

這次共計三十四人，他們有些麻木，眼神略呆，非常自卑，好像被欺凌慣了，叫他們做什麼就小心翼翼地去做，使林小寧很頭大，但想這些人要改變不是一朝一夕的事，慢慢來，生活環境變化了，人也會變化的。

好在這些人當中，女人居多，有幾個會紡線，其他人打起毛衣褲來，也是一教就會，兩、三天就上手，麻利得很，稍稍緩解了鋪子裡羊毛製品的斷貨壓力。

另外的漢子們就分出三個實在年長的，與之前兩個老漢一起看護著五頭牛與馬。其他人雖說是老漢，但也不大，才四十出頭，只是身子太弱，看起來非常老。這些人只能暫時白養著，等身體好了才能幹活，現在只能做些拾柴、割草、打水、煮藥等輕省的事。

兩千多畝地分別寫著林家寶、林小香的名，共花了兩千兩銀子，胡縣令說零頭給流民建屋子。

賞的兩片荒山群地契則分別寫著林家棟、林家寶的名，林小寧若是不寫上自己與小香的名，林老爺子鐵定是不會生出這想法。但林小寧並不生氣，這在古代太正常了，當然辦嫁妝時，家中是會把陪嫁的地改換到出嫁女子名下的。

還是林老爺子負責開荒的事，老太爺壓場子，那些漢子們犁地賣力得很。

林小寧與王勇往返縣城與桃村之間，負責送貨，林家棟與方師傅圈地建磚窯，這下桃村的漢子們都紛紛摩拳擦掌地期待著。

磚窯的事林小寧不愛管，但也要抽出時間看看，還要顧著兩個作坊的事。

棉巾作坊不怕有人模仿，空間的益母草是極品，哪家的都沒她手中的好，更有空間水來煮棉消毒，世間無人能比。所以儘管市面上出現了仿製的便宜棉巾，但她鎮定自若，很清楚不出兩個月，那些客戶會明白高品質決定高價格。這個作坊是長久的生意，所以她交給了張嬸打理，等開春後鋪子的事少了，就讓付姑娘回村與張嬸一起管。

羊毛製品現在賣得火，但她也清楚，就這個冬天之後很有可能被人學去，慢慢擴散。但這也是自然，一年也就做一個冬季的生意，就算被他人搶占一部分市場，可少賺些也能養那些婦人了。

如果還想做更大的發展，就得靠這荒山群了。

磚窯是付了工錢，請了原桃村的漢子們建的，方師傅左看右瞧，提出一大堆要求，又囉嗦又挑剔，但還是五日就建成了。這時，王剛也帶著方師傅的大兒子——小方師傅到桃村來。

小方師傅二十九歲，身體壯實，長相平平，但從方師傅的眼光中可以看得出，這大兒子已得其真傳，也是極有料的漢子。

方師傅父子還是安置在王剛兄弟一屋。磚窯建好，父子就討論著燒一窯磚出來試試品質。

林小寧要求挖一部分村外的荒山土，與村內的荒山土各燒一半，好有個對比。

第一窯磚出窯時，林小寧凝神屏息。她始終覺得燒磚這樣的事很是神奇，一點泥巴和些什麼東西，燒一燒就能成為堅硬的磚塊，古人的智慧是無法想像的。就說中醫，一千七百年前，華陀為關羽刮骨療傷，治曹操的頭痛還提到了開顱，這可是高危險手術，可這樣偉大的傳奇人物卻被曹操這個混蛋給弄死了，不然現在哪能讓西醫的外科大行其道啊，只嘆華陀的外科術沒有傳承下來，千古之憾，令人唏噓。

林老爺子、林家棟與王家兄弟也緊張地盯著兩個方師傅的一舉一動。

方師傅拿起一塊磚仔細瞧著磚面，又很有技巧地摔到地上，沒碎，又摔了幾塊，然後得意地說：「上等好磚。」

「那村外荒山的磚如何？」林小寧問。

「都是上等磚。」方師傅得意地強調著。

「這邊的荒山先不挖了，以後只挖村外的來燒。」林小寧道。

晚上，林小寧叫齊林老爺子、林家棟、方師傅父子以及王家兄弟，商議事情。

林小寧拿出紙，用炭筆畫道：「你們看，這是村外的荒山群，就這一片荒山群擋住桃村的路，去縣城要繞道二十多里地，如果把這片荒山群從中間挖出土用來燒磚，村裡到縣城的路就近了二十多里地呢。」

方師傅讚賞地說：「寧丫頭是個有主意的，明兒起再多建兩個窯，我們父子倆就正式開工。」

「那方師傅你們能燒更大塊的磚嗎？」林小寧用手勢比劃一下。

「能，大磚小磚一樣燒，修路用的磚都這樣大，都燒過的。」大方師傅樂道。

之前談好每年給方師傅五十兩銀，加上小方師傅，就多三十兩，共計一年八十兩銀子，但前兩次送到方家的銀子不算在內。

大、小方師傅開心，林小寧更開心。

轉眼過去已半個多月，天越發冷，林老爺子也打算讓開荒的漢子們休息，這麼長時間開地非常辛苦，休息幾天，再辛苦一陣，下雪後就可以休息到開春了。

而林家的三個磚窯旁，滿滿堆起了一排排磚塊。王剛、王勇現在是大小方師傅的得力助手，有他們兩兄弟打下手，大小方師傅要輕省得多了。

林小寧與林家棟一起做了一張三千畝地的平面規劃圖，中間有個大池塘，可以養些水產，也有蓄水作用，可灌溉周邊的田地。離池塘不遠處，是一間小養殖廠，糞便可以拿來當肥料。林家新屋宅基地，方師傅家人的宅基地也選好了位置，都是望仔挑的，還有林家後面得有兩個大牲口棚，用來養牛與馬。磚窯那塊圈出更大的來，那是將來做磚廠的。還有靠近村口的一片地，也不種田，將來要建新的作坊。建好的學堂周圍也不種田，圈出一片地出來，可以做一些體育活動什麼的，再搞些綠化，讓環境更好些。

然後每隔不遠就得建一排屋子，預留著安置「將來的村民們」。

林小寧調出一半磚窯幹活的村民們來建磚房，每天忙碌於作坊和磚屋工地之間，晚上教家人識字，而小寶與小香逮著林小寧清閒時，和望仔一起，讓她讀一段有趣的遊記。

這天下午，里正來了，說有事相商。

林小寧正讀遊記讀到精彩處，被里正打斷，有些不悅但未表露，客氣說道：「里正大人有事怎麼找我這個丫頭了？去找我爺爺或大哥吧，家裡的事他們管。」

里正尷尬地輕咳一聲，道：「妳爺爺說這事歸妳管。」

林小寧笑道：「那里正大人找我有什麼事呢？」

「丫頭啊……」里正開了個頭，就不說了，眼睛望著小香與小寶，林小寧示意一下，小香就拉著小寶出門了。

「丫頭啊，」里正坐在林小寧對面的凳子上，面色發紅道：「小寧丫頭啊，妳現在是村裡的紅人啊，妳家發展到這麼大，手下有了那麼多人，以後真是不敢想。」

「里正大人，他們都是桃村的村民，這落戶的事是歸你管的，你怎麼能說是我家手下的人呢？」

「可他們是在為妳家做事啊，還不收工錢。」

「不收工錢，可我家為他們蓋磚屋，做新棉被，給他們治病，吃飽穿暖，這些哪樣不要花錢？今天里正大人到底有何貴幹呢？莫不是來與我話家常的？」

里正臉更紅了，頓了一會兒，又道：「我今日來找丫頭是為了之前的事給妳家道個歉，上回村民們不讓妳家砍樹，我不是剛好生病了嗎？病好了才聽說這事。唉，這幫村民太胡鬧了，一陣子不管就無法無天。」

「里正大人操心了，那事都過去好久，都解決了，里正大人不必如此，還親自上門來道歉，丫頭我可不敢受。」

「那個，丫頭，妳可得信我，我當時是真病了，不騙你，是真病了。」

林小寧笑了起來。「里正大人，您成天操心桃村的事，有個頭痛腦熱的當然是正常，如今桃村的人口越來越多，里正大人以後還有得操心呢，可要注意身體。」

「唉，丫頭有心了，那丫頭妳看，能不能叫我家婆娘與兒媳來作坊幹活呢？」

「我當什麼事呢，作坊本就是村裡作坊，只要她們願意就來吧，明天讓她們去找村長，看看能不能學會打毛衣，學不會就去找張嬸做棉巾。」

「那可太好了，那丫頭妳忙，我先回了，就這事，就這事。」

林小寧看著里正的背影，心道：當初村民鬧事時，你不管不問，等著看我家笑話。如今這笑話沒看著，心裡不舒服了吧？相比下，憑著村長十年來白給村民看病，雖然醫術不怎樣，我還是願意找他來管事，這種人心裡乾淨些。

里正媳婦與兩個兒媳第二天就來上工了，穿得光鮮，襖子是假緞子料，豔得人眼花，三人長得也白白嫩嫩的，豐乳肥臀，在作坊裡轉了一下，要求安排她們學打毛衣，說是棉巾作坊是發月錢，還要成天待作坊裡；打毛衣不要求待在作坊裡，村民多是在家打，按件算錢，村長也安排了三個熟手教她三人。

林老爺子一早去縣城鋪子送貨，再帶一些白菜與米糧回來，林家後院菜地的白菜可不夠一百多口人吃；肉類則是縣城鋪子隔天就送一頭豬來，片成兩半，每天吃半頭豬。

磚房蓋得也快，桃村現在不缺人手，林小寧想在下雪前先蓋出一排磚房。萬一開春有了新的流民安排過來，也不會太擁擠。

半個月後，一排共計二十六間磚房建好，但沒有家具。村民們圍觀，嘖嘖稱奇，這是桃村第一批磚房。

看著時間與天氣，不久就可能會下雪，桃村的路太窄又極難走，下雪天送貨有些危險，婦人們趕著活，得在下雪天之前多出些貨。

林小寧一鼓作氣，想馬上打一口井。桃村也不知道為何，一直沒打井，怕是懶惰，可河水哪有井水乾淨啊。村民中有人會打井，眾人相幫，打到很深，才有水眼冒出來。眾人都很激動，這是村裡第一口井。

林小寧大出一口氣。這幾個月買地，安置流民，開作坊，一直忙得沒有清閒的時候，這會兒可以好好地輕鬆下，這就叫有張有弛，勞逸結合。

磚窯等下雪也得停工，大家都過個輕鬆的冬天，過個熱鬧富足的年。

置辦年貨時，新村民每戶發放一兩銀子作為零花錢，又出動全部牛車與馬車，載著十來個新村民去縣城採購。林老爺子與方師傅帶隊，小香、小寶和大牛、二牛樂顛顛地跟著，林家棟帶著付姑娘隨在一邊。

林小寧挑出一個也會算帳的婦人，叫李嬸，是這次的三十四人裡的一個，長得有點難看，非常自卑，是個寡婦。兒子十六歲，被縣城的一個富人家莊子要去了，獨不要她，嫌她難看。教她阿拉伯算術和常用字時，她很是驚喜，可聽到要讓她到鋪子裡看店，卻驚嚇地說莫要讓自己這面容嚇壞客人，弄得林小寧大笑不已，但堅持讓大哥這回帶李嬸去鋪子替換付姑娘。

以後，付姑娘就留在村裡與張嬸一起打理棉巾作坊，同時可與大哥增進感情。鋪子離不開人，就讓付奶奶與李嬸先守著，年前肯定要把付奶奶接回來，只留著李嬸一人收棉巾的訂單就成。在縣城裡，李嬸還能時時去莊子看看兒子，也算是兩廂歡喜。

王家兩兄弟自然是要跟著的，一行人出發去縣城，那聲勢十分浩蕩。

只有林小寧留守，不是不想去，實在是怕了這浩大的隊伍，加上剛好是作坊的每旬查帳日，她得清算帳本。

而這一查，就查出些問題來。帳本上顯示，這段時間，里正家婆媳三人所交的毛衣褲數量驚人，平均每人每天兩套半，這速度可不是常人的速度。

林小寧立即去茅屋找村長，村長不在，卻在離林家最遠的那間茅屋裡，發現里正婆媳三人穿得花豔豔得晃人眼。

三人正與三個原來的桃村婦人坐在茅屋裡嗑瓜子，瓜子皮吐得滿地，黃毛子娘也赫然在其中。她們幾人的身邊擺放了一堆或多或少的毛衣褲成品，而其他的都是流民婦人，低頭不語，手中不停地打著毛衣褲。

只聽得里正婆娘道：「妳們是識相的，我那當家的可是里正，能管這村裡所有人。」

兩個兒媳婦也附和著。「連林家也要歸我們公公管的。」

另三個以黃毛子娘為首的婦人也是。「是呢是呢，里正是我們村裡最大的官呢！」

林小寧一聽就明白是什麼情況了，怒從心頭起，才要發飆，村長就來了，氣喘吁吁地說：「唉呀，終於找到妳了。」

林小寧指著那幾個背影說：「村長，你找我也是為這事？」

六人聽到聲音轉過身，看到村長與林小寧站在門外，林小寧正滿臉怒火，頓時有些害怕。

黃毛子娘與另外兩個婦人有點膽怯地低下頭，里正婆娘卻虛張聲勢地直著腰杆說：「本來就是，我那當家的是里正，妳林家與村長都是要歸我當家的管。」

林小寧感覺心裡有一頭邪惡的小獸在蠢動著，眼睛裡噴出火來，大步上前，啪的一聲，一記耳光就摑過去。

里正婆娘當下就傻了，捂住被打的臉驚得說不出話來，大張著嘴，肥厚的唇上還黏著白色的碎瓜子肉。

林小寧大吼：「村長，去把那個愚蠢的里正叫來！」

村長用眼神示意了一下眾婦，就急急跑了。

林小寧盯著里正婆娘，一字一句地問：「妳家當家的能管我林家對吧？那我就叫妳當家的來，看看他是怎麼管我林家的事。」

又望向眾婦問：「她們三人如此剝削妳們的勞力，為何不說？」

以黃毛子娘為首的三個婦人見勢，悄悄退到眾人後面。

里正婆娘回過神了，大聲嘶叫起來。「妳這個臭丫頭敢打我——」

那兩個兒媳婦也回神了，尖叫著。「妳……妳敢打我婆婆……」

三人說話間就被眾婦人拉住，不讓她們沾上林小寧的身。

林小寧怒道：「我今天打妳了，怎麼樣？里正在我也照打。看看妳們穿得光鮮，卻幹那些見不得人的事，拿人家的辛苦成果當自己的，丟不丟人？還里正家的，里正家就出妳們這樣的渣子？還有妳們幾個……」林小寧對著退到後面的三個婦人罵道：「這樣的工錢也就我出得起，給妳們活幹不好好幹，還跟著里正婆媳一起來剝削她們！妳們這幫貪心不足蛇吞象的傢伙，這些村婦從流民身分終於落戶到桃村，辛苦勞作沒有半分怨言，只求有個吃飽穿暖不受風雨的地方，妳好意思剝削她們？妳們堂堂里正家的婆娘與兒媳，還有妳們幾個，做這等無恥之事，好意思?!」

「那她們做的事又不收妳工錢，妳不就是因為多給了我們幾個工錢才這樣嗎？妳林家現在家大業大有錢有地，幾文錢還看得這麼重？」里正婆娘頂著嘴。

林小寧恨不得再甩她一耳光，指著她罵。「臭婆娘，妳給我聽著，我林家多有錢也不會把一文錢丟給妳們這種渣子，我有那個錢，不如多收留些無家可歸的人，都落戶桃村，讓他們有飯吃有衣穿有活幹，有地方住，這樣才不虧辱我林家的錢財。」

眾婦一聽就眼淚直流，有幾個更是不禁哭出聲，一時間，茅屋裡叫聲罵聲哭聲一片。

里正跟在村長後面跑來了，看到這個情景，上前甩了自家婆娘一記耳光。「妳這不爭氣的東西！給妳們找個活做，就鬧出這等事來，回去，都跟我回去！」

里正婆娘低著頭，臉上紅一陣紫一陣，不敢出聲。

林小寧怒火未消，問道：「你家婆娘說你里正大人是官，管著全村的事，包括我林家的事，我想問下里正大人，我打了你家婆娘，你里正大人想怎麼管法？」

「蠢婆娘！」里正氣得發抖，轉臉又賠笑地對林小寧說：「這個蠢婆娘，瞎說話，打得好打得好。ㄚ頭妳是有膽有主意的，我哪能管到你們林家的事呢？聽這蠢婦瞎嚼舌根子，莫放心上，莫放心上。」

「里正大人，這陣子發給她三人的工錢，明日一分不少地交回來，否則別怪我一個ㄚ頭不客氣。只此一回，馬上拉她們回去，別讓我看著礙眼。」

里正倉皇地帶著三人走了。

「還有妳們三個，也是一樣，把這陣子發的工錢，一分不少地全退回來——」

林小寧還沒說完，黃毛子娘就開始撒潑了，嘶聲叫道：「憑什麼把工錢退回去？妳哪隻眼睛看到我拿了人家的毛衣了？」

「妳給我閉嘴！」林小寧怒喝。「我兩隻眼睛都看到妳拿了人家的毛衣了。這裡所有人的眼睛都看到妳們拿人家打好的毛衣了，黃毛子娘，村裡什麼難看難聽的事都有妳的分！」

林小寧罵到此，想起當初這婆娘與小香他們四個打架的事，頓時又惡向膽邊生，衝上前又甩了黃毛子娘一耳光。

黃毛子娘作勢要打回來，被早已忘記哭泣的眾婦不客氣地拉住，於是嚎叫著。「來人啊，來人啊，林家欺人打人嘍！」然後一屁股坐到地上，耍起無賴來。

林小寧怒火沖天，對著她說：「妳給我聽好了，我今兒個就欺妳了，怎麼著？」

話一出口，實在痛快。

「如今我林家家大業大錢多地多，欺妳了打妳了，妳怎麼著吧？啊，不滿意就去里正家告狀啊，妳們三個都去里正家喊冤，不行就到縣太爺那兒喊冤去，我給妳們備上馬車。告訴妳，妳們要好好地正經幹活，我少給過妳們一文工錢嗎？晚發過一天工錢嗎？一個只會撒潑的蠢婦！把她們給我拉出去，別讓我看著生氣，想清楚再來上工。」

眾婦拉扯著把三個人請了出去，然後回到茅屋裡，眼睛亮閃閃的，齊齊望向林小寧。

村長呵呵笑道：「妳們現在知道妳們大小姐的威風了吧？我早就領教過了。今後再有這種事得說，不能藏著掖著，妳們也是桃村人，可不是乞丐流民了。」

一番話說得眾婦又掉起淚來。

然後，村長把林小寧扯到家裡，說：「小寧啊，妳有沒有發現還有問題？」

「什麼問題？」

「村婦們拿毛線帶回家打，平均每十兩線，除了打衣時的耗損，多半成品能在九兩多重，可現在交上來的成品多數只有八兩多，更有的只有七兩多。」

此時林小寧覺得當初提點村長太明智了，讚道：「村長大人厲害，這就是做商人的料，當初哪個混蛋讓您當了村長呢？您若是從商，定是一代奇商啊！」

村長被林小寧捧得有些不好意思了，紅著臉道：「哪裡有丫頭說得這麼厲害，妳是做大事的，自然看不到這些小節，不如我們以後拿線時稱重，收貨時也稱重，每十兩線耗損只允許在一兩內？」

「村長辛苦了，人一多就不好管。婦人啊，就愛貪些小便宜，按你說的以後只給一兩耗損，就算還有便宜可占，也不過分。還有，這個毛衣的活一年只做冬季一季，明年估計別的地方也能慢慢學會了，不過開春後，磚窯的活計也足夠村人農閒時做了。再過兩年，桃村越來越大，人口越來越多，家長里短的，擾得你頭痛，你到時也別做村長了，丟給里正去管好了，由著他頭疼去，你就好好經商吧，一定比做村長帶勁。」

林小寧走後，村長與婆娘趙氏高興得滿臉泛光，趙氏小聲說：「當家的，當初你讓我把小寧叫回來太對了，這村長做了十年，受十年的氣，真沒現在管那作坊來勁，要是以後能讓你做個什麼管事什麼的，那多好。」

村長道：「我也想啊，村長有什麼好做的，這幫村民刁得很，小寧丫頭是幹大事的人，眼中看不到這些小事，可得有個人幫她管著啊。」

不得不承認，村長這句話是至理真言，林小寧的性子本就不是能做執行的人，只能開山鋪路，搭好了讓親信的人來執行。

林老爺子帶著一幫子人與幾車年貨回來時，聽到「林家大丫頭怒打兩婆娘」之事，大笑起來。

小香、小寶、大牛、二牛幾人也跳起來，說：「報仇嘍，報仇嘍！」

王剛又綻放出難得的笑容，林家棟與王勇也笑個不停。

下雪了。

林家已做好了充足的準備，儲存了大量過冬的米糧油麵生肉後，一天半夜就悄悄地下起雪來。

早晨起來，一片雪白映入眼簾，心情一下輕鬆了。

大牛、二牛與小寶在雪地裡玩得不亦樂乎，氣喘如牛，小香幫著大牛、二牛、小寶三人堆雪人，也是一點沒有女兒家的樣子，玩得跟個男孩一般。

望仔興奮地從林小寧懷裡溜下來，在雪地裡跑來跑去。牠的身體更小了，毛髮卻越發豐厚，顏色接近銀白色，與雪地融為一體，找都找不著。

林家荒地與磚窯停工了，林老爺子分發了每家每戶米糧、油麵、生肉等物後，以後大家就各家炊煙起，但作坊卻不能停，訂單如雪片一樣，張嬸帶著眾婦人仍在忙碌著。

方師傅父子與王家兄弟，四個都是漢子，不會做吃食，於是找了之前燒大鍋飯的一個婦人，說是她的菜做得好吃，每月五百文，讓她幫著幾人做飯打掃什麼的。

林小寧本是想分一些新村民搬到磚屋去住的，但他們說土坯屋冬天暖和，加上這邊人多，住在一起有話說，飯多些人吃也熱鬧。一百多人和方家父子仍是擠在三十戶土坯屋裡住著。

隔幾天晚上，方師傅就要與林老爺子一起把酒言歡，談人生幾何。

轉眼就到過大年，這是桃村建村十年來最富足與最熱鬧的一年。在這個家家戶戶都豐盛的年飯桌上，原桃村村民們終於說起了林家的好。

方家父子與王剛兄弟，還有付姑娘家人都被邀請來林家過年。

付姑娘與付奶奶一早便來了，兩人與林小寧、小香一起在廚房忙碌著，做了一大堆菜，光豬肉的就有十幾種，什麼紅燒肉、紅燒蹄膀、油炸肉丸、炒肉、拆骨肉、滷豬肚、滷豬舌、排骨燉粉條……還有雞、鴨、魚、羊肉、牛肉等其他肉類。

這些菜式南北都有，都是林小寧曾吃過的，教會了小香，家人都愛吃。林小寧欽點了一道水煮魚和酸菜，她好吃麻辣的菜，酸菜是用來開胃的，還有滷豬肚也是她的最愛。

四個人一起洗洗切切，然後林小寧燒火，付家奶奶做油炸肉丸，小香滷菜，付姑娘負責燉湯，大菜主菜都做好，到時間熱一熱就能吃了。

小香手藝越發好，滷菜做得滿院香。付姑娘與付奶奶做菜不捨得放油與調味料，看著小香炒菜的豪放之氣，有點驚嚇，但付姑娘很小心又很細心地在一邊學著、問著，一天下來，小香這個大廚對付姑娘就好得不得了，早就忘了當初說付姑娘配不上林家棟一事了。

付姑娘馬上及笄，日子安穩，吃食也好，又找到好夫家，越發水靈窈窕，一雙漂亮眼睛潤潤的，看著就讓人心動。

林家與付家定了親後，明面上的禮節往來都是由張嬸提醒與負責採購，不張揚又不失林家身分。林家棟私下也買了幾件首飾送給付姑娘，付姑娘羞答答地接了，沒幾天回送了一只繡花荷包，林家棟心中歡喜，兩個人是情投意和。

第九章

春天到了。

當萬物甦醒，乍暖還寒時，滿山遍野泥土濕潤，野草冒嫩尖，樹木發新芽，蓓蕾初綻放。

胡大人答應找來的教書先生如期而至。

先生安置在第一排磚房中，離水井最近的那戶。新的家具整整齊齊，而新的被子又軟又厚，還配了個深青色的菊花枕，派了一個呂姓村婦專門伺候他的起居飲食，月錢由村裡公中出。呂氏把先生的炕燒得熱熱的，炭爐燒得旺旺的，以示對先生的重視與尊敬。

先生姓盧，約四十歲的樣子，一臉窮酸樣，但作風可不窮酸，說起學問來，那是一派正氣凜然，天下唯學問而尊之的態度，對於桃村給他的起居待遇，還算滿意。

盧先生是莊戶人家出身，是董師爺當年的同窗舉人，本來以他的學問可以再考下去求個官職，可因為家中貧窮，中了舉就開辦私塾賺錢貼補家用。一開就開到現在，如今早就看淡名利，只安心傳道授業，家中老小在京城周邊一座村裡，用今年的四十兩束脩，修葺了舊屋，還置了兩畝好地。

盧先生作風嚴謹，教學嚴厲，一把木戒尺散著威嚴的暗光，看著就教人心裡發寒。

學堂已收拾齊整，擺放了幾個炭爐子，讓娃娃們上課暖和些。學堂的取暖與先生起居住的瑣碎事物皆由呂氏負責。

二月初，村裡從四歲到十歲的男娃娃們就坐齊在學堂中，竟有六十多人。

上課第一天，盧先生就打了十幾個學生的手掌，打得那些娃娃們哭爹喊娘，大叫著再也不學識字了。

但村長得林家之令，宣布不送娃娃去學堂讀書的人家，就不准來作坊和磚窯上工，於是第二天，娃娃們只好哭哭啼啼地走進學堂。

幾天下來，娃娃們看到先生如同老鼠見到貓，充滿了敬畏。

女學堂也有五、六十人，不限學生年齡，婦人也可以來，由小香做女先生，月銀一兩，是林小寧友情贊助的。

小香臉上春風得意，叫李木匠給削了一根戒尺，裝模作樣地揮著尺子，教著識字與算術。女學堂的桌上沒有紙，只有一盤沙配一根樹枝。

一個朝代的規則要被完全顛覆是不可能的，至少讓女娃們學會認常用字與算術就不錯了。林小寧想。

全村的婦人都在棉巾作坊上工，三班輪流，現在棉巾已有許多外縣的訂單，不得不擴建了烘乾房，以保證在陰雨天也能順利出貨。

開春後，付奶奶就去縣城與李嬸一起看鋪子。李嬸因為在縣城可以時時看到兒子，加上一兩半銀子的月銀，日子過得很是滋潤，人見著長好，倒不如從前那般難看，甚至還有點順眼了。

送貨的換成一個肖姓的漢子，王剛、王勇還有林家棟全部的精力都在磚窯上，林老爺子則繼續帶著漢子們開荒。

林小寧與小香學會了騎馬。桃村這個地方，百家人百家姓，又都是莊戶人家，沒有深宅大院裡那麼多規矩與講究，到是給了林小寧極大的方便。

望仔開春後就喜歡到處亂跑，現在牠的毛髮已銀白雪亮，像傳說中的小狐仙，顯得極不真實起來。牠成天滿山地亂跑，時不時會叼些果子或林小寧都不識的草藥回來，林小寧就種到空間去。

每天黃昏時，林小寧就在山下叫一聲：「望仔回家嘍——」兩刻鐘，望仔必然一頭栽進她懷中。

她並不覺得自己山下那一嗓子像暮鼓晨鐘，反正只要一叫，兩刻鐘內望仔必定出現。望仔是有靈氣的，在天南地北都能聽到她的叫聲。林小寧如是想。

林小寧在村內的荒山上挖出了一堆土，用小布袋裝好，然後去磚窯鬼鬼祟祟地把王剛叫出來，小聲道：「王剛，你拿著這口袋土，去找一個燒瓷的師傅問問，能不能燒瓷？如果能燒，就把師傅帶回來。」

王剛體內一定暗藏匪氣，聽到此話，兩眼泛光，回道：「放心小姐，王剛絕不會空手而回。」

林小寧讚許笑笑，遞去一張百兩銀票，說：「好王剛，中午吃飽了收拾下就出發，早去早回。」

這回，燒瓷師傅竟然乖乖跟著來了。

給他看土就說這袋子土能燒瓷，讓他來二話不說就同意了，還收拾了衣服鞋襪等物，就這樣來了桃村。

這麼簡單？林小寧十分納悶。這種有手藝的老師傅不都是脾氣大得很，還有什麼不外傳的秘法嗎？哪會輕易就跟人走啊？

她滿腹疑慮地讓把燒瓷師傅安置在盧先生的隔壁。

燒瓷師傅姓鄭，林小寧思前想後了半天，才去見鄭師傅。

鄭師傅年紀看起來比林老爺子還要大，留著花白鬍子，臉上的皺紋像刀刻出來似的。他在房間裡烤火，呂氏正忙著給燒炕，雖是春天，但這種金貴的師傅與先生，都不能斷了炭爐與熱炕。

林小寧上前笑臉道：「鄭師傅，我就是林家大小姐，您以後叫我寧丫頭就行。」

鄭師傅直入主題，把桌上那袋土打開。「這是從哪弄來的土？」

「就那邊山上的土。這土能燒瓷嗎？」

「能，是上好的土。這桃村竟然有這等好土，不枉我老鄭來一回了。」

就這樣，鄭師傅也在桃村住下了。

當他看著三千畝地的荒山群後，驚嘆得說不出話來，可看著林小寧畫出的蹲坑時，開始全身哆嗦。

當他聽到這是一個改良過的茅坑時，忍無可忍地站起來指著林小寧，怒目圓瞪憤然罵著：「我堂堂燒瓷大師傅來這兒，用這等上好土來燒茅坑，妳、妳、妳……這般奇恥大辱，奇恥大辱啊……」鄭師傅手抖著，一陣亂咳。

林小寧看到鄭師傅氣成這樣，嚇壞了，趕緊上前撫著他的胸背。好半天，鄭師傅一口血痰吐出，才緩過勁來。林小寧像看到金塊一樣衝過去，瞧著血痰。

鄭師傅看到林小寧對著他的痰左瞧右瞧，絕望地搖搖頭，準備收拾包袱要走，但踉踉蹌蹌地走到炕邊就暈過去了。

林小寧急忙大聲喚人，呂氏聽到連忙進來，幫著把鄭師傅抬到炕上，又急急去找王剛。

林小寧抬手號脈，脈數一息竟有八、九次，已是命懸一線了。她緊張極了，飛跑到廚房，從空間拿出一截人參出來切了幾片，注了一盆空間水，然後飛快跑回屋，將片參塞到鄭師傅的口中。

王剛與呂氏進來，林小寧吩咐呂氏以最快的速度把廚房一截人參煎一碗參湯，並交代用灶臺上那盆清水煮，然後按著鄭師傅的人中。

鄭師傅悠悠醒轉過來。林小寧大叫：「呂嬸，參湯來，快點！」

呂氏手忙腳亂地說：「二小姐，水才開，再等會兒。」

鄭師傅還喘著氣，林小寧小心問道：「鄭老，您是不是常常心下痛？還常常忽冷忽熱打擺子？」

鄭師傅有氣無力地點頭。

「還有排便困難，睡不好？」

鄭師傅仍是有氣無力地點頭。

這是肺部感染啊，而且已經很嚴重了，不知道自己的醫術能不能治得好？林小寧心慌意亂，手又搭在鄭師傅的脈上，不說話。

鄭師傅也不說話。

一刻多鐘後，呂氏端著參湯進來，口呼冷氣。「我端著在院裡涼了會兒，現在不燙手能喝了，晚上再煮一帖，這帖太急了，都沒出什麼汁。」

一碗獨參湯下去，鄭師傅的脈象就起了。

林小寧放下心來，交代呂氏不必等到晚上，馬上再煮一帖，煮好後再給鄭師傅喝下去，然後到盧先生的房間，抓筆寫了一帖方子。

她的毛筆字寫得歪歪扭扭，也顧不得難看。其中柴胡、黃芩、白芍，空間裡都有，就在這三味藥上劃了一個圈，交給王剛，說道：「立刻進城抓兩副，圈圈裡的藥不用買，快馬加鞭。」

她再次回到鄭師傅房間，扯過棉被給鄭師傅蓋上，在炕邊坐下輕聲問：「鄭老，您這樣不是一天、兩天了吧？您可知道您的身體……」

鄭老虛虛搖搖頭，淡淡地說：「這毛病好多年了，以前不嚴重，服些湯藥也能見好，這一年來就不行了。我知道自己命不久矣，所以才巴巴地來了桃村，念著這些土若能燒出幾窯出來，也是個好，留兩件能傳下去，也不愧我一世聲名。」

林小寧聽著，眼淚都要掉下來。這個鄭老啊，癡人哪……

便細聲道：「鄭老，這陣子別想燒瓷的事了，好好養著身體，我一定想法子把您的病治好，明天我就讓王剛去把您的家人接來，讓您身邊有親人時時照顧著。」

鄭師傅又搖頭。「我那不肖子啊，別接，不看到他還好，看到就氣，我這老頭子一生的衣缽沒有傳人了，恨不能重活一世啊……丫頭，等我好一些就得燒一窯，不然我死不瞑目啊。」

林小寧聽到鄭師傅話中萬般無奈與悲傷，忍不住心酸安慰著。「鄭老，再怎樣也是您的家人，父子骨肉之間哪有說不清的事啊？接來了，您想打想罵，也能消消氣，是吧？」

鄭師傅半天不作聲，算是答應了，又面露悲戚地問：「剛才我吐痰時，妳去瞧那痰，就是想給我瞧病？」

林小寧點頭。

鄭師傅看著林小寧。「先前妳瞧我的痰，我還以為妳是個傻的，丫頭，就衝著妳不嫌惡我老頭子那口痰，我都要好好給妳燒一窯上好瓷品。」

林小寧忙道：「現在別想許多，好好休息養好身體，等您的身體好了，想怎麼燒就怎麼燒，這幾座山上的土由著您燒。我還指望您還能再燒上三、五十年呢，還有，我再不讓你燒茅坑。」

鄭師傅被逗得笑了。「三、五十年不敢想，妳若真能讓我再活個一年，我就知足了。妳要實在想燒茅坑，等我那個不肖子來了，讓他燒吧，他燒茅坑倒也不辱沒了從我這學到的那一星半點本事。」

其實鄭師傅的不肖子，不是真的不肖。王剛七日後把他們一家三口帶回村時，鄭師傅的兒子，三十幾歲的大男人竟然大哭著奔向鄭師傅的屋子，而此時，鄭師傅精神很好地坐在炕上吃著中飯，見到不肖子，一腳踢過去。

鄭師傅的兒子哭著跪在地上，大罵自己——「我這個不孝子啊，我對不起您啊，爹啊，您別生氣了，我以後都聽您的，您說要休掉那孫氏我就休……」

鄭師傅充耳不聞地就著紅燒肉與青菜吃白米飯，偶爾抬眼看一下，吃完了，又喝了幾口撇掉油花的人參燉雞湯，然後不疾不慢道：「那婆娘也來了？」

「嗯，來了，在外面候著，沒您開口，不敢進來。」鄭師傅的兒子抽泣著答道。

「你個不肖子，你是看老頭子我還能活兩天，就讓那婆娘來生生氣死我？」

「不敢不敢，爹，好歹孫氏是狗兒的親娘啊，您就看在狗兒的分上，別再生氣了。」

「哼，沒出息的東西，我怎麼生出你這個窩囊貨，剛才是誰在嚷著說我讓休就休的？」

鄭師傅的兒子避重就輕喊著：「狗兒，快進來，」又對鄭師傅說：「爹啊，狗兒可想您呢，聽說您都不幹了，也不歸家，狗兒想您想到哭。這回聽說您身體不好，都暈倒了，我嚇壞了，帶著他們就趕來了。」

「哭個屁，十幾歲大的人了，還哭。狗兒過來，到炕上來坐，炕上暖和，來吃肉。」鄭師傅對門口的一個約十二、三歲的男孩招手。

男孩笑著跑到炕上。「爺爺，我可是真的想您，真的哭了，不騙您，天這麼冷，您喊我爹起來吧，地上涼著呢。」

鄭師傅笑了，對著跪在地上的兒子說：「起來吧，這是看在我孫子的面上，那個婆娘讓她去邊上的房間，沒事不要來我這間屋。」

鄭家那本經說來話長，已是十七年前的事了。

鄭老今年五十二歲，與林老爺子同年。三十幾歲喪妻，有一兒一女，兒子鄭豪當年娶了孫氏，那時鄭老製坯描畫已很有風範，頗具盛名，所學技藝盡心授於獨子，只因瓷窯離家太遠，父子兩人離家在窯裡忙活，兒子每兩月抽空回家一回，見見媳婦，想著辛苦幾年，給女兒置上一組好嫁妝，再蓋個磚屋，置些地租給人種。

孫氏不久就有了身孕，兒子鄭豪回家照顧。但鄭家沒有長輩坐鎮，孫氏仗著肚子的孩子把好性子的鄭豪拿捏得穩穩，威風得很，在鄭家說一不二，為貪圖幾個聘禮錢，竟私自作主把十五歲的小姑子許給鄰村一個三十歲的鰥夫。

鄭豪氣憤與孫氏吵了一夜卻沒有結果，鄭老之女悲憤大哥無能，竟然在房中上了吊。

鄭老得信回家，逼鄭豪休妻，又狠狠給了孫氏一耳光，卻不料孫氏沒站穩倒地小產了，是個成形的男胎。鄭老恨孫氏惡毒，失了女兒與小孫子又心痛難當，情緒激動糾結，氣倒在床上。孫氏娘家人又上門大吵大鬧，鄭老怒起，再逼兒子休妻。鄭豪左右為難，不忍此時休妻，說等坐完小月子再休。

鄭老一怒之下掌摑兒子，帶著滿腔的悲傷與憤怒回到窯廠，從此不歸家，一待就是十七年，手藝越發出色，燒、坯、畫，哪一樣都讓人稱奇，每一塊泥、每一條曲線、每一道筆墨，都入了精氣神似的活了，成了聞名天下的民間燒瓷大師。

鄭豪每每去看鄭老，都被拒之門外。十二年前，帶了才出生的孫子狗兒去，鄭老才讓他進門，以後一陣子就派人去接孫子來身邊過過好日子，解解思親之苦。

直到身患勞疾，不再到瓷窯幹活，才被王剛尋到桃村。

林小寧得知鄭家往事，心痛不已。一個如花年紀的姑娘，一個已成形的胎兒，活生生兩條命就這樣沒了。鄭姑娘想不開，鄭老的兒子太軟弱，孫氏又貪婪，其實鄭老是心裡最苦的，心疼女兒沒了，又使自己的孫子小產，當年他是怎麼挺過去的？家事家事，說大不大說小也不小，沒有誰是誰非，怪不得清官難斷家務事啊！

鄭老兒子一家人都住進了盧先生的隔壁，這樣由鄭老的兒媳——孫氏負責全家起居飲食。但鄭老每天的湯藥與每三天的人參燉雞，是由呂氏做好端過去的。藥材、食材與水都是林小寧親自準備。

這陣子換了幾次方子，大半個月下來，鄭老的脈象漸漸沈著有力，與健康人無異。林小寧絕不敢相信自己能治好鄭老的病，把功勞歸於人參與草藥。

鄭老身體硬朗了，吃得好睡得香、不便秘、不打擺子、不再心口疼痛，挑起孫氏的刺來極為帶勁，成天鄭家屋子裡就冒出鄭老洪鐘似的罵聲。鄭老的孫子狗兒聰明伶俐，常在中間打圓場，稍稍緩解了一些。

林小寧實在不忍看到鄭家這樣折騰，悄悄授意狗兒。

一日，當鄭老再度罵著面如菜色的孫氏時，狗兒道：「爺爺，我的姑姑沒了，大哥也沒了，我不想娘也沒了。」

他把鄭老說得愣住了，一時間滄桑無語。從此後，鄭家再也沒傳出鄭老的罵聲。

林小寧試探了幾次盧先生，希望他能長久留在桃村，並把家人接下來，林家贈送一幢小宅子，同時又希望盧先生再找幾位先生一起來教學生，因為村裡的娃娃們多，年紀各有不同。盧先生說一個月後給答覆。

於是林小寧讓大哥去鎮子上去找那種常給富人建房的工人，還有給富人屋子畫圖紙的那種老師傅，要給林家、方家還有鄭家建宅子，盧先生的宅子一個月後再說。

鄭老道：「建個什麼宅子，這磚屋是新的，又寬敞，改建瓷窯吧，我這身體可是大好了。」

林小寧笑笑，拉著鄭老說：「鄭老，明天就建瓷窯，但您可得悠著點，我好不容易才把您身體給調養好，不能白費了我的關心不是？還有，那個……鄭老啊，窯建好了，能叫小鄭師傅給我燒茅坑不？」

鄭老噗哧笑了。「行行行，建幾個瓷窯，給一個讓那不肖子專門燒茅坑，但得用村外的土，摻一些村內的好土就行。」

瓷窯要講究許多，還有製泥坯的作坊及描工作坊，十來天才完工。

在此期間，鄭豪回家把房屋田地變賣，又採買了大量燒瓷用的材料，與家中細軟一馬車拉來，田屋換成的銀子恭恭敬敬地交給鄭老，採買多下的銀子，交還給林小寧。

同時，磚窯也加建了七座，三口舊窯繼續燒著青磚，一排排堆起來，怎麼看怎麼惹人喜愛。

林小寧愛煞了這種青磚，充滿著懷舊感、厚重感，幻想著自己在電影裡的大宅院裡走著，青色的牆面、幽深的走道、假山、流水、池塘、錦鯉、花園蝴蝶飛舞，草地厚實柔軟，無數個房間，雕花木床、小几、紗簾……真是無限遐思。

方師傅看到林小寧癡迷眼神，自豪地道：「丫頭，我燒的青磚是天下最好的。」

「當然，方師傅您燒得多漂亮，您看這青色，比一般的青磚要漂亮許多，青得正，青得帶勁，青得有力道。」

方師傅聽著全身舒爽無比，看著林小寧的眼神慈祥極了。

磚窯的一切事物都井井有條，方師傅也就輕鬆許多，去年第二批帶回的漢子中有四個，還有一個原桃村的漢子，開春時，打磚坯打得非常用心，很得方師傅父子看重，收為徒弟。五個漢子感激不盡，學得一絲不苟。

至於林家棟與王剛、王勇兩兄弟，已掌握好燒磚的火候，現在已能獨立掌管一個窯了。

林小寧目前沒有打算把磚塊銷售出去，她有她的想法，先是按照之前的規劃，再建了兩排新磚房。

林家、方家與鄭家的宅子，光是繪圖就修改了幾次，窗子要加大，所有的正房都要有茅坑，預留空間。其實除了茅坑與窗子，林小寧還是很尊重繪圖老師傅的，一切都按他的想法與經驗來辦，只要求宅子要大，園林要多，要有山有水，外觀更要低調但大氣。

可繪圖師傅覺得林小寧是個怪物，哪有人家把茅坑建在正房裡面的，頂多就是做個淨房放馬桶，也不能修出一個茅坑出來啊！

茅坑的問題溝通了幾回，就是拐不過彎來，無奈，林小寧硬性規定。「每個小院的正房留出十幾坪米做茅坑，茅坑的圖我來畫，回頭你們照著建就是了。」

鄭豪自鄭老離家後再沒燒過瓷，瓷窯離家太遠，孫氏得有人照顧，加上沒人會請他一個才成年的小師傅去燒瓷，就伺弄起家裡的二畝地。如今再次摸窯，心中沒底，膽膽怯怯得不敢施展身手，換來鄭老一頓臭罵。

燒廢了一窯，第二窯成功燒出了蹲坑，找回了信心。

林小寧又畫了空心粗管、粗陶缸，還有白瓷片。

鄭豪找到鄭老，兩人交頭接耳許久。

父子倆隔了十七年的光陰，終於又在一個瓷窯與作坊裡忙碌著，此情此景，百感交集，彷彿回到十七年前，鄭老壯年、鄭豪才成年那會兒，兩人潸然淚下……

父子關係終於修復，誰也不提從前沒了的兩個人。

孫氏第一胎小產就虧了身子，第二胎生狗兒時更沒坐好月子。公公手藝天下聞名，可只把狗兒一人接去，再就是過年給狗兒一兩銀子壓歲錢，其他什麼也得不到。這些年中，孫氏徹底品嚐到生活艱辛，早就磨了性子，成天頂著一張黃婆臉，家裡家外地忙活著。與棉巾作坊的管事張嬸比起來，張嬸是天上的一朵花，孫氏就是地上的黃泥巴。

孫氏向鄭老示好最明顯的一個行為就是圈養了幾隻小雞，說養大了後殺了給公公燉湯喝。雖是做派小氣了些，但心意傳達到了。

而鄭老與林老爺子和老方師傅，也是一見如故，再見知心。

方師傅與鄭老同是手藝人，早已久聞鄭老大名，三人又都是與泥巴打交道的，三個老頭子隔幾日晚上飲酒吊嗓子唱戲，鄭老唱得可比林老爺子好得多，有腔有調，很有聽頭。

常常是三個人一起喝些小酒，因為鄭老的身體，林老爺子與方師傅現在不敢多喝，都知道克制了。現在林老爺子也已釋懷人參泡酒，泡都泡了，難道不喝就擺那兒好看，便倒出一小罈子，就是三人一個月的分量，喝完就得等下個月。

茅坑與大量白瓷片燒製出來後，林小寧叫人在三十戶土坯房那兒一里地之外又挖了一個大坑，放了個大缸在裡面，又在坑前建了個大大的獨立磚屋。周邊種了一圈花，裡外地面、牆面全用白瓷片貼著，腰上一排白瓷片上還有少許描花。

入門處擺著兩個大水缸，牆上還掛著一小袋樟腦。靠牆處是幾個茅坑，蹲坑與粗管黏合在一起，穢物排在蹲坑中，打水一沖，順著管子流到牆壁外面的大缸裡，大缸有蓋，帶著耳朵，可以掛上麻繩抬著去施肥。

幾日後，茅坑曬乾可以試用了，大夥們都被這麼講究乾淨的茅坑給驚得不敢脫褲子。所有人心中只有一個想法，就是太闊氣、太乾淨了！

林老爺子、方師傅、鄭老三人笑著進了茅坑，輪流解下褲子一人拉了一泡尿，水一沖，一點味也沒了。

繪圖師傅大張著嘴，驚嘆無比，進去茅坑裡轉了幾個圈，說道：「東家小姐，妳是怎麼想的？這茅坑邊上還種著花，裡面貼著白瓷片，又乾淨又亮，還掛有樟腦來去味，穢物沖到外面。怪不得妳非得在正房裡建個茅坑呢，皇家也沒有這樣講究啊！」

林小寧大大方方道：「這個茅坑的想法就送你了，你以後給人建房時，多多推一下我的蹲坑與白瓷片，我家可是有瓷窯的，大量出產，要貨就來桃村，結實耐用，不碎不破，名朝第一家。」

繪圖師傅激動回答：「一定的、一定的，東家小姐是好人，如此大方，這樣的茅坑許多人家肯定都要改建的，少不得要來買這些東西，鄭老燒出來的東西都是精品。」

鄭老聽到此話，不悅地反駁。「可不是我燒的，不要壞了我的名聲。」

繪圖師傅恭敬地說：「是，鄭老，是小鄭師傅燒的，小鄭師傅也是手藝出眾的。」

村長私下對林小寧說：「這出手也太闊了，這麼好想法的茅坑，不收繪圖師傅一些銀子就白送於他，實在是有些不划算。」

林小寧笑說：「他看都看到了，這個做起來不難，要不要銀子都會把這個茅坑傳出去，為了一點銀子，少了人家開開心心為我們建宅子，那才不划算。」

村長聽聽也笑了。「但換成是我，給了銀子也會開心的。這茅坑可是鄭老的兒子燒製，妳這回可是帶來一個寶，真沒想到鄭老這麼大名氣。我才知道，那些縣城來的建房的師傅和工人，還有方師傅都知道鄭老的大名，如今看到本人了，那些人可開心呢。」

林小寧大笑。「我也不知道鄭老有這麼響的名氣，我原本就是想找個能燒瓷的師傅來給我燒茅坑的，哪知王剛給請回這麼一尊大神啊，為了我說燒茅坑，都氣暈了。幸好小鄭師傅能燒，不然我還得再找個師傅。」

村長又道：「這小鄭師傅人滿好，說話和和氣氣的，不像鄭老，看著很大架子，比方師傅架子可大多了。聽方師傅說，鄭老燒製的瓷器都是天價，平常人家根本買不起，富人家買來也不用，都是擺著好看的，可得小心伺候著。小寧啊，我想讓我那小兒子跟鄭老學燒瓷，可他說不如跟小鄭師傅學燒茅坑。」

「村長啊，你那小兒聰明，學鄭老的本事可不是一年兩年的事，怕是一生都要費在上面才能出名，不如跟著小鄭師傅學燒茅坑賺銀子。」

村長喜道：「噯，我就這個小兒子機靈，上面兩個都不行，傻裡傻氣的，只能種種地，在磚窯裡幹些活。」

林小寧笑道：「種地有什麼不好？村長你手上現在也有錢了，趕緊置些地吧，地可是能一代代傳下去的。」

村長喜道：「正打算過幾日買呢。」

鄭老的瓷器出窯時，引來了大批村民，但都被王剛、王勇兄弟攔住，只能遠觀。

兩套淡淡的玉青色描花餐具靜靜擺放在桌上，默默地散發著微幽幽的光彩，如玉一樣，清瑩剔透。碗壁與盤底的花是淡掃上去的，深淺不一，竟是從玉石中長出來的一般，渾然天成，眾人雖看不懂其中工藝複雜，但見著泥能燒出如玉一般的碗碟，驚嘆不已。

林小寧被迷惑住了似的悠悠嘆氣，嗓子熱熱的，想說什麼，一句話也說不出。

繪圖師傅與兩個工頭只慶幸自己來了桃村，能親眼目睹鄭老的風采和親手燒製的瓷器，眼睛都濕潤潤的。

鄭老說：「林老頭，這是給家棟的結婚賀禮，還有一些擺設之物，等燒出來擺在新宅子裡。」

林老爺子說：「鄭老頭，我還有兩個丫頭，一個小寶呢，方老頭還有孫子、孫女呢，你可別把他們給忘了。」

鄭老笑道：「忘不了，你急什麼？燒還好，只是這種畫法不是描而是繪，才能保證畫是從坯裡長出來一樣，若是稍稍控制不好，畫就廢了，一窯下來估計也就出兩套，其他的我都摔了。」

不好就摔了，天價瓷品就這樣摔了，那是摔掉了多少銀子啊！眾人心痛萬分，林老爺子與方師傅既心痛又生氣。

「鄭老頭子呀，你摔掉做什麼？留著我們自家用啊。」

鄭老正色道：「瓷器一窯出來，不可能件件精品，瑕疵的不能留世，壞了名聲。」

村長的小兒子更加堅定要來學燒茅坑物品，想是看到鄭老的餐具受刺激了，知道自己一生也不可能學到如此境界。

倒是好事，鄭老出精品，小鄭師傅出快銷的茅坑，自那個獨立茅坑建好後，縣城來了好幾撥人過來參觀，都是繪圖師傅宣揚出去的，那些都是繪圖師傅的同行或朋友。

林家的茅坑對象就這樣火爆地賣起來，供不應求。村長小兒子機靈得很，忙前忙後地幫著小鄭師傅打下手，把小鄭師傅哄得開心到不行。

胡大人那兒也送來好幾波流民，算下來又有幾十口人了，都安置在磚房裡。這會兒按每家每戶安置，單身的就湊著住在一套裡。

開春後，大鍋飯就取消了，實在是人越來越多，做起來太麻煩，不如分戶做，按旬分發米糧下去。單身漢就拿著自己的口糧去有婦人的家裡湊著吃。

現在糧食油鹽等物都不用去縣城採購，鋪子每旬送貨到桃村，省得林家來回奔波，路上太辛苦。桃村的路到了春天，雨水多，路越發泥濘濕滑，本來就窄，走個牛車勉勉強強，現在更難走了。

林小寧讓方師傅不再燒房屋磚，改燒修路的磚。三個老頭有些驚訝地問：「丫頭要修路？」

林小寧豪放地點頭。

「妳可知道修路得花多少銀子？」林老爺子驚問著。

「不知道，但多少銀子都得花，桃村想要更大的發展，不修路是不行的，錢不夠就賣一套鄭老的餐具。」林小寧嬌嬌地看著鄭老說道。

鄭老大笑。「丫頭好樣的，有膽識，老頭子我燒幾對花瓶妳拿去賣吧！」

其實不用賣鄭老的花瓶也應該是夠的，林老爺子手上有一萬多兩呢，自己也還有好幾千兩，只是正在建那幾幢宅子，尤其是自家的那幢，可是造價不菲。雖然地與磚不要錢，樑柱什麼的也不要錢，可其他的事物算下來，也是不少銀子。

鄭老的支持讓林小寧非常感動，修路的事迫於眉睫，便趕緊叫王剛送她進城去見胡大人。

進城之前，她又採了一株三七，讓望仔咬成粉，包了一大包，草莓也採了一籃子，拎上就出發了。

胡大人的粉早就吃完了，也一直沒派人來取，看到林小寧又主動送來一大包，心裡開了花，親熱地說：「唉，我的ㄚ頭心裡有我，本來是想去妳家要的，後來想到這裡的藥鋪子也有賣，就現買了一些，可效果根本不能比，都一樣的三七粉，怎麼ㄚ頭的就那麼好，吃得那麼有精神呢？」

「我的大人，都說了我給您的三七粉裡下了心法的，能一樣嗎？」

胡大人大笑。「ㄚ頭的心法就是對治我這老頭子的，妳就是我這老頭的剋星，看到ㄚ頭，我就沒轍了。」

「呵呵，大人哪，ㄚ頭我今日來有事相求。」

「妳一有事，老頭我就沒好事。」

「大人，是好事，來，書房裡談……」

「什麼，ㄚ頭妳要出錢修路？」胡大人差點跳了起來。

「是。」

「果然是好事，ㄚ頭啊ㄚ頭，奇女子也，膽識過人，目光長遠。」胡大人捋著鬍子激動不已。

「我的大人呀，可別這樣說了，我臉都紅了。大人能不能從上面請派一個有經驗的師傅來監管修路，因為要挖山，」林小寧拿起筆畫一通。「大人看，這座荒山群是您賞我的，當初我就有這個想法。這山群擋住桃村的出路，從中間挖出泥來燒磚正好可鋪路，而桃村到縣城的路就近了二十多里呢！我們現在燒磚都是在這裡挖的，可中間不敢多挖了，怕山體會塌，很危險，所以派個這方面有經驗的老師傅來指導著，就好得多。」

胡大人捋著鬍子道：「這個不是問題，我來解決，妳要修路可是得花不少銀子啊，妳家可有這麼多銀兩？」

「放心大人，我家那尊大佛鄭老坐鎮呢，鄭老可是說了，燒幾對花瓶給我去賣錢修路。」

「哈哈哈！」胡大人大笑。「這鄭老是個大人物，竟然被妳給拐到桃村去了，妳用了什麼法子啊？御窯請他都請不動呢！」

「沒用法子，就是叫他來就來了。」

「我才不信，妳一叫鄭老他就來？臭ㄚ頭，聽說鄭老身患勞疾，莫不是妳也對他下了心法？」

「大人火眼金睛！ㄚ頭我還有一事，大人，我想用這條路為大哥捐個官，您看行不？」

林小寧又開始撒嬌。

「我知道沒好事。官有什麼好當的？把妳家那地種好，磚燒好，瓷燒好，可比當官有意思。這麼混又齷齪的事，妳也想得出來。」胡大人佯裝氣道。

「唉，大人，我家窮，就羨慕那些當官的，大人您一定得幫我大哥討個官來當當，我不管，您不答應我今天就不走。」林小寧扯著胡大人的衣袖，不依不撓地說。

「妳啊，心裡到底想些什麼呢？非得叫妳哥當個官才舒坦，我朝捐官都是個掛名的官，有個官職，不管事的那種，有什麼好當的，浪費錢。」

「大人，就是要個官身而已。」

「行行行……」胡大人笑道。「依妳，依妳。」

「丫頭在此謝謝大人了，您真是我的好大人。」林小寧笑得嬌媚如花。「那個請派師傅的事您幫忙快點辦下來，春天雨水多，路可難走呢，我哥捐官的事不急。」

「行，丫頭，妳是吃定我這老頭子了，我奏摺直接送京，先把請派的人辦了，但估計不會太快，這一來一去，沒一個月不行。」

第十章

盧先生答應了留在桃村，但說只有夫人與兒子一家過來，上面兩個哥哥留在老家，爹娘等宅子建好了才再過來享福。另外，找了一個他老家的同行先生，姓衛，與他一起教桃村的孩子，把學得快的娃娃們分到一個班。

盧先生特別說，狗兒與小寶學習是有底子的，學得很好，還有二牛也學得很不錯，大牛要慢一些，但大牛性子非常穩。

至於小香，盧先生對小香很是另眼相看，說小香是好先生也是好學生，一邊教一邊學，不懂的就問，現在村裡人都稱小香為女秀才了。

林小寧早就聽聞過小香女秀才的稱號，只當是她自己吹出來的，沒想到是村人送她的，真不容易。而小寶進學堂前，自己是教過幾個月的，狗兒從小跟著小鄭師傅學過認字，加上年紀稍大，只是沒想到二牛也學得不錯。大牛不著急，以他的性子，將來就是不在學業上發展，也有兩個窯讓他發展。大牛、二牛與小寶感情好，又是張嬸的兒子，他們幾個要好好培養，將來都是得力助手。

既然盧先生答應留下來，繪圖師傅就把宅子圖送去給盧先生看。盧先生淡掃一眼說：

「不用這麼大，占著地浪費，我就一個兒子，用不了這麼多房間，打掃起來都辛苦。」

林小寧尊重盧先生的話，讓把宅子的面積修小了。

盧先生的夫人與兒子兒媳、衛先生很快就下來了，幾人看到桃村的景象非常吃驚，在來桃村的路上時，顛簸得渾身都要散架了，盧夫人一直心痛著自己的夫君離鄉背井，真不知道那個鬼地方是個什麼窮山惡水樣，掉著淚難受著。

路過村外的荒山群時，看到許多漢子挖土，熱鬧景象就顯現出來。

一進村，更是世外桃源一般，人多得很、地廣得很、富得很。家家戶戶都忙碌著，牛啊馬啊什麼的也沒停歇。一個作坊、兩處窯廠真是讓人開了眼，這麼偏遠的地方，竟然這麼熱鬧，還有縣城的豬肉攤子都擺了一個到了桃村口。

盧夫人同樣很滿意桃村的條件，再看到宅子的圖，更加高興了。雖然是舉人夫人，可日子過得仍是清貧，私塾的收入都補貼給公婆與兩個大伯，畢竟夫君讀書是公公婆婆與大伯下死力伺弄田地給供出來的，不可不孝，如今要蓋這樣的宅子，真是喜人。

當天晚上，盧夫人與兒媳生火做飯，做了盧先生最喜歡的飯菜，一家四口親熱開心暫且不提。

林小寧告訴衛先生，如果他也願意留在桃村，會與盧先生一樣，送一幢宅子。衛先生卻拒絕了。他衛家世代都生活在衛家村，祖宗祠堂都在那兒，舉家遷離為大不孝，只是盧先生相請，且在桃村教的娃娃們雖然多，卻束脩也高，便來了。

小香的女學堂現在只有十來個年幼的女娃子上課，女娃年紀大一些的，不是家務活就是要賺錢，或者要嫁人，便把那間女學堂讓出來，給衛先生用。

小香帶著眾女娃在學堂外面的空地上教著。小香稱，不管在哪裡學，哪裡教，只要有心學有心教，在哪兒都行，並且還說只要有一個人來上課，她就教下去。

林小寧對小香刮目相看，一個貪嘴好吃的「小潑婦」就這樣讓學問給改造成了另一個人，學問的力量不可小覷，於是讓村長抽調一些人，再建一個獨立女學堂，以後不僅教識字算術，晚上還教各種女紅及手藝，這些手藝類的女師傅就在村裡找各種手藝出眾者來兼任。

小香對學問的態度，贏得了盧先生與衛先生的讚許，隔天就抽出時間，耐心教導小香。

但對於林小寧，盧、衛先生則表現出極大的不以為然。

他們是讀書人，卻都是莊戶人家出身，並不要求男女大防。他們那女子都是要做農活與家務的，但像林小寧這樣毫無講究，實在是看不下去。

十三歲的女子，家中有錢還成天穿著破舊且不提，衣服上還永遠是髒的。頭髮梳得倒是乾淨整齊，這一點村裡哪個同齡女子都比不上，可是臉上卻總是有灰渣。虧這小女子生得如此好看，好好的姑娘家也不嫌丟人，成天在泥土堆、漢子堆裡鑽來鑽去，都不知道她大哥與爺爺是如何想的。

兩位好心的先生提醒小香，讓她說說，好歹得有個大戶小姐的樣子，像小香這樣多好，學學識文斷字什麼的。

可在小香眼中，天下沒哪個女子能超越過她大姊，大姊也是當家人，家裡沒有大姊，就沒有這麼多地與這個作坊還有磚窯與瓷窯，還有牛與馬，小寶的傻病也不會好，她小香就不能做女先生，還被村裡人稱為女秀才。爺爺與大哥說過好多回，別看大姊只比她大兩歲，可主意大著呢。

對於兩位先生的好心提醒，她完全沒放在心上，笑著說：「我大姊不是普通女子，我與小寶當初學的字都是她教的，還有村裡人用的那種算術也是她想出來的，我大姊說：『有皇天，自有后土，是男是女不重要，重要是做了什麼事。』還說：『真正的財富不用打扮，真正的美貌不在顏色。』兩位先生莫要操心，我爺爺、大哥都不管她的。」

盧、衛兩位先生聽到小香這一席話，皆沈默不語。

其實林小寧是喜歡打扮的，可到了這世，就真的不愛打扮了，一是事太多，沒時間打扮，二是當手中有了足夠的銀子後，她的心態就變了，覺得打不打扮都有底氣。話說女人打扮不就為悅己者嗎？如今有這大把的銀錢，怕找不著悅己者？況且方穿來時黑黑瘦瘦，現在都長得這麼好看了，有這臉蛋撐著，口袋裡的銀子揣著，天塌下來都不怕嫁不出去！

如今再也不會像前世那般做個假格調、假小資的女人了，只是這世姑娘家不能盤頭，要梳辮子，那辮子可不好梳，虧得小香手巧，三兩下就梳得光溜溜，緊紮紮，一天下來都不散。有兄弟姊妹就是好，凡事可以相幫。

小香在村裡意氣風發，可狗兒與她倒是有些不對盤。不爭學識，只爭那些雞毛蒜皮的小事，比如：磚窯裡的泥為什麼燒出來是青磚，瓷器為什麼比磚貴，豬身上哪塊肉嫩炒著好吃，雞蛋怎麼分出公母這種無聊話題，兩個人都能爭到面紅耳赤。

一個月後，鄭老燒出四個令人嘆為觀止的大花瓶，是梅蘭竹菊四君子，全是水墨畫，不著一點彩，用的是前面那兩套餐具的手法，深淺有致，畫意抽象，都是從淡青色的玉石中長出來的。

林小寧嗓子發啞，說道：「我終於明白什麼叫活了，什麼叫靈氣，這種就是活的。」

鄭老也很動容地說：「本來燒四個，以為能有一對是好的就不錯，沒想到四個都無半點瑕疵。丫頭，當初妳叫王剛找我來是我的福分，不僅身體好了，燒窯也越來越有手感。桃村的風水好土好，妳得讓我再多活幾年，我還得再燒。」

「鄭老您至少能再活三十多年，您信丫頭就好了。」林小寧笑著。

鄭老的花瓶，林小寧最終還是不捨得賣掉，從李木匠那兒討來大量木屑，用四個大箱子放好花瓶，把木屑堆進去，說是要留著給自己做嫁妝。

林小寧又鬼鬼祟祟地找到王剛，王剛一看到林小寧的表情就笑了，問：「小姐，何事要王剛去辦？」

林小寧抿著笑，把王剛扯到沒人的角落裡，拿出一個布袋子打開來，裡面是一朵巨大的靈芝與一支人參。「你去別的地方賣掉，不要在清水縣城周邊，要遠一點，得賣個好價錢喔。我們這桃村的路能修得多好，可就看你賣什麼價了，但也不要貪心，怕引來後禍。」

「小姐這兩東西可是寶物，估計能值多少銀子啊？」

「上回同樣年分的人參賣了一萬五千兩，這靈芝就不知道能賣多少了。」

「小姐也有不知道的事？」王剛笑道。

「小姐我當然有不知道的事，要什麼都知道，就成仙了，你就看不到小姐了。」林小寧笑著白了王剛一眼。

王剛笑出聲。「那小姐，是中午飯後出發？」

林小寧一邊點頭，一邊掏出一張銀票。「帶著，以後用不完的就自己留著花，別還回來了。還有，賣了銀票要注意安全，別賠了夫人又折兵。」

王剛應聲接過布袋子，衝林小寧一笑，露出雪白的牙。「放心小姐，保證安全把銀票帶回來。」

王剛才出發的第二天，胡大人請派的師傅就來桃村了，是董師爺送來的。據說這個黃四方師傅是頂厲害的，修官道二十幾年，對於挖山這種事極有經驗。

林家熱情招待，拿出一大籃子草莓，讓董師爺帶回縣城。

董師爺與林老爺子在房間聊了一陣子，出來時眉開眼笑，對林小寧擠擠眼，然後就急急要回縣城，說是怕耽誤衙門的事。

「衙門裡能有什麼事？師爺您來一次桃村不易，好歹吃過晚飯再走嘛。」林小寧道。

「有事有事，胡大人的事，林小姐哪裡知道？」師爺悄聲在林小寧耳邊說。

「我知道胡大人不是小小縣令就行了唄。」林小寧小聲笑道。

師爺笑著上馬車走了。

黃師傅安置在鄭老隔壁。見到鄭老，激動難耐自不必提，但差事在身，來桃村的路上，路過荒山群處已大致地察看下情況，心中有數，便與林老爺子、林家棟還有村長開始商討相關事宜。

這次王剛去了六天才回，回來時帶著四萬兩銀票，厚厚一疊交到林小寧手上。林小寧喜孜孜地接過去，晚上就交給了林老爺子。

林小寧的這種行為，是第二回了。林老爺子比較淡定，把銀票收好，什麼也不問，就說：「王剛功夫好，辦事牢靠，以後磚窯的事給他減少一些，妳用起人來也方便。」

林小寧高興壞了。「那我要王剛做我的保鏢，爺爺。」

「不行，妳現在大了，真要用王剛可以，但不可太親近，我頭前才給董師爺說了，讓胡大人給妳找個好婆家。」

「爺爺，我不要找婆家，我才多大啊？」

「妳都十三歲了，我這做爺爺的再不給妳議親，那就遭人罵了，現在咱家的條件正是好時候，我想給妳找個好的，才叫胡大人幫忙的。」

「我不要。爺爺，我的婆家要自己找，我得自己慢慢找，這事爺爺你得聽我的，不然我……」林小寧心口堵了半天，然後大聲道：「反正我就不答應！」

說完一跺腳，回到自己房間睡悶覺。

一覺睡到晚飯時，望仔回家把林小寧舔醒了，林小寧在暮色中醒來，突然一陣心酸。貴命貴命，再貴呢，到頭來，還是得盲婚啞嫁。眼睛濕了，抱著望仔說：「望仔，我不想這樣嫁人，對方是什麼人都不知道，就這樣嫁去多虧啊。」

望仔吱吱叫著，窩到林小寧懷裡，用腦袋頂著林小寧。

林小寧心中委屈，捂著臉抽泣著，漸漸越來越大聲，到最後就大哭起來。

林家棟聽著林小寧的哭聲，面露悲傷但沒吭氣，小香眼紅紅地低著頭，不敢作聲。小寶要衝到林小寧房間去，被林家棟拉住了。林老爺子也悶聲不語，一屋子的人靜靜的，林小寧的哭聲音顯得非常淒厲。

林小寧哭了一會兒，好受多了，吐了一口氣，對著窗外，鼻音重重地喊道：「小香，給姊端杯熱水進來。」

不一會兒，小香端著水進來，輕聲細語道：「姐，爺爺讓我問妳，妳不是自己都給自己備嫁妝，想嫁人了嗎？」

敢情急著要給自己議親呢，原來是這回事。

林小寧吸著鼻子說：「妳跟爺爺說，人家大戶的小姐出生就備嫁妝了，那出生就要嫁人嗎？娘還給我們倆留了銀簪與耳墜子做嫁妝呢。」

小香聽了，跑出去，一會兒又回到門口說：「爺爺讓說，他也不捨妳早早嫁了，是想多留幾年的，可看妳備嫁妝，才給妳議親的。說是現在議好了，也是可以等些年再過門。爺爺還問……」小香臉紅紅的，聲如蚊蚋。「爺爺還問，妳是不是想嫁王剛……爺爺說王剛雖然年紀大些，但……也是……也是……」

林小寧差點沒把口中的水噴出來。「妳跟爺爺說，王剛是好人，但我不嫁他，我要嫁的人得自己找，現在還沒找著呢，等找著了，第一個告訴爺爺。我反正要嫁自己找的，爺爺不是說我貴命嗎？那我就貴一回行不行？」

小香聽了又跑出去，一會兒又回來門口說：「爺爺說不管妳的親事了，讓妳吃飯，說麻辣肚片妳再不去吃，就被小寶吃光了。」

林小寧帶著濃重的鼻音笑道：「我洗把臉就去，讓小寶給我留一點，別吃完了。」

當桃村路修得如火如荼，幾座宅子建得熱火朝天時，京城裡也出了一件事。

一支千年人參與一朵千年靈芝現世！

是周記珠寶的嫡少爺花了四萬兩銀子買來，據說買這兩寶物是遇上了一個採藥的虬髯漢，揣著寶藥來臨洲城藥鋪賣。

當時周少爺正回京城的路上，在臨洲城分鋪駐留時，看中了一個美貌女子。這女子是臨洲一個不起眼的小商戶之女，周少爺託人去提親，納為第九個小妾。下了聘，一雙男女眉來眼去傾心愛慕，下聘當日，兩人就在周記的客宅裡宿酒不歸。

第二日，周少爺喜氣洋洋地跑到藥鋪親自給羞答答、嬌滴滴的美人買醒酒湯，正遇上那個長得有些傻的虬髯漢子在藥鋪賣寶藥，正與掌櫃討價還價。周少爺上前一把銀票拍在漢子的胸口上，寶藥就入了囊中。

周少爺帶著心愛的美人與人參靈芝回到了京城。進周府，心肝美人安置好，就樂顛顛地把去年秋天從清水縣買來的寶玉與從臨洲城買來的人參、靈芝，獻給他的親爹——周記東家周老爺。

十個月前，因周少爺在京城與花滿樓花魁牡丹的風流韻事，鬧得沸沸揚揚，周少爺千金贖身，置了外宅，非要納牡丹為妾，但周家是經商世家，周記珠寶百年老號，又出了個太妃，怎能容許風塵女子入室壞了家風？

周老爺一怒之下，把唯一的嫡子送到清水縣的鋪子。這個鋪子是周記百年前第一家鋪子，一直保留至今，所有周記的鋪子都是百年間從清水縣這個鋪子裡開出去的，那是周記的根，是祖宗的心血。

周老爺存心讓這孽子離京城的花天酒地遠一些，清心寧神，派出老管家與兩個身手很好的護院盯著，就怕這個不爭氣的兒子在清水縣那窮地方再鬧出點風流豔事來，那可真是丟人丟到祖宗那去了。

要不是老爺子與老太太成日裡唸著這個不爭氣的，非得讓接回來，他還想讓這孽子在清水縣多待一陣子。如今回來了，看吧，又帶回一個妾，不過好歹是個商戶之女，算是出身清白，不似花滿樓那個，也就允了進門。

但看到孽子獻寶似的拿出玉石與人參、靈芝，周老爺大為欣慰。

這個不爭氣的兒子啊，這二十來年費了他多少心血，周家唯一的嫡子，周記幾十個分號都要傳於他，從來不知道銀子來得不易，戲子美人陪伴，還有一群紈袴子弟成日裡奉承巴結著，操碎了他的心。

可如今，兒子也能為他分憂了，寶玉只花了兩千兩，真是撿到個寶物，這寶物可至少值五萬兩，給寶貝孫兒做個珮，以後代代傳下去。還有兩株寶藥材，上千年是可遇不可求的，這種年分的藥材竟被這不爭氣的孽子給撞上了。當今皇上身體不好，嫡妹是太妃，是當年的皇后、如今的太后挑進宮裡的，一直無所出，可正因為無所出，才與太后交好二十年，在宮中地位穩固。因這關係，周記一直獨攬宮中珠寶首飾的製作，這兩支寶藥材獻給皇上，使龍體安康，可算大功一件。

沒想到此番送孽子到清水縣竟如此明智，真是祖宗保佑！

周老爺高興壞了，聽到說寶藥是因為不爭氣的兒子給那第九妾買醒酒湯時撞上個巧，也不生氣，只說讓人來教教規矩，但不要苛刻相待，好歹這女子也是周家人，又給周家帶來好運。

周少爺回府後，嬌妻美眷一大堆，鶯鶯燕燕在身邊圍著，心疼著相公去那清水縣的窮地方待了十月之久，個個打扮得光彩照人，使出手段爭寵。

周少爺被周夫人喝令晚上去正室韋氏之處，韋家是世家大族，與周家幾代交好，兩人的婚事是從小就訂了的。

韋氏是韋家嫡長女，明豔動人，知書達禮，配又矮又胖又好色的周少爺有些委屈了。周家眾多庶子、後院不淨之事，周夫人從來只拿規矩家法來壓，獨對韋氏院裡的事上心，但韋氏性子溫和，對於相公廣納妾室一事，半點反應也無，在自家就見慣不怪了，對於妾室爭寵也睜隻眼閉隻眼，只要妾室不犯到規矩，一向是不聞不問。

話說大戶裡齷齪事多，可周家嫡少爺這一房目前來說算得上一支清蓮獨秀了，也因為韋氏性子如此，周少爺雖然對其枕邊風月不滿，卻極為尊重，對韋氏所出嫡子，更是寵愛有加，畢竟嫡庶有別的規矩是從小就根深柢固的。

周少爺安分了幾天，就又與貼身小廝去茶樓與一幫友人鬼混。

京城最好的茶樓當屬「紫藝閣」，能來此品茗者都是京城名流世家之人，個個身世不凡，據說此樓中一壺茶的價格，能抵上平民人家一年的所用。

周少爺入了包房，一陣噓寒問暖聲此起彼伏。清水縣那種窮地方，能待十個月，真成和尚了。眾友人嘻笑安慰打趣，包房裡一片喧鬧。

一個身著青色錦袍的公子說：「周少此番回家途中，竟如此好運得了兩株千年分的寶藥材，真是羨煞旁人啊！」

周少爺笑得滿臉泛光。「是撞上了，趕了個巧。」

「聽說你還得到一塊寶玉，難得的極品？」

「是啊是啊，也是撞上了，趕了個巧。」

「我說周少，你怎麼就那麼好命呢？周家那麼多分號，到頭來都會歸為你一人所有，還總能撞上這些好事，我們這幫少爺可就不如你了。」

周少爺樂得呵呵笑。「一會兒我請大家去醉翁樓大吃一頓，大家來說說，最近京城有什麼希罕事發生嗎？」

「要說希罕事，不就是你家獻給當今皇上的兩株千年寶藥嗎？還能有什麼希罕事。」

「牡丹呢？我昨兒個抽著空去看她，宅子空了。」

「如今人家成了王丞相的妾室啦。」

「周少，嫁了就嫁了，這天下啊，屬戲子與妓女最為無情，哪比得咱哥們這般情深義重的。不過一個女子而已，長得是好看，可聽說你這次回京又帶回一個極美貌的女子，比那牡丹不相上下，可有此事？」

周少爺得聞此消息，心情不悅。「那女子是個小商戶人家，雖美貌，可比不得牡丹琴棋書畫、風情萬種啊。」

一幫少爺們聽了笑起來。「牡丹最是風情，一笑使人骨酥。不過周少你也不要多想了，當初你為牡丹一擲千金，我們幾個都替你心疼銀子，到底是花滿樓出身，怎麼弄進門啊？你夫人是名門閨秀，大家風範，允你納一百個妾，都不會允一個牡丹進門。還有你老爺子、老太爺，還有你姑姑，那可是太妃啊！這麼多關，你一輩子過不了，難不成你讓牡丹等你一輩子？」

周少爺聽著說：「也是，不可讓這樣一個風情美貌女子等我一輩子，蹉跎大好年華，如今成了王丞相的妾室卻是好歸宿。」

「就是就是，王丞相可是皇上身邊的大紅人，周少寬寬心，那牡丹過去日子肯定好著呢。」

「就是，周少，話說這京城去年出了一件有趣的事，你要不要聽聽？」

「去年的那樁舊事倒是有趣，來來來，周少我說予你聽。」青色錦襖公子搶過話道：「去年秋天，寧王帶回一條狗，好像說寧王離京在外，與幾個將士一塊狩獵時走散了，迷了路，遇到這條狗，帶他出了深山老林。你說寧王從小習武，十五歲就上陣殺敵，功夫好得很，身邊還有那麼多明衛暗衛，怎麼能狩獵就迷了路呢？這寧王與你周少也算是名義上的表兄吧，你可知其中秘辛？」

「別瞎說！寧王那是何等身分，我姑姑雖是太妃，可無所出，這攀龍之舉萬萬不可，我還是老老實實做我的周家少爺。皇家的事，周家不摻和，迷路就是迷路，不可亂猜。別扯遠了，後來寧王怎麼了？」周少爺一臉謹慎小心。

「那寧王把狗帶回京城，當個寶啊，人都沒那麼好命。這狗是隻母的，還在餵奶呢，寧王尋來兩隻小奶狗給牠餵著，日日牛肉與湯伺候著。斷了奶後，就專心伺候著這條土黃狗。你猜怎麼著，這狗出門坐轎子，還是那種不帶遮擋的小轎，因為牠愛看熱鬧。天冷時就在轎底墊上軟褥子，那狗就趴在褥子上，被兩人抬著在城裡兜著瞧熱鬧，你說逗不逗？」

周少爺聽著直樂，催著。「往下說，往下說。」

「還有兩個小廝專門伺候牠的起居，一個廚子專門伺候牠的吃食，日日清理口齒毛髮，與寧王形影不離，練兵時都帶著。這狗也奇，相當通人性，聽說能聽得懂人話一般。說牠好的人，就對你和和氣氣，要是背地裡說牠不好的人，看到了就對著吼叫。還有啊，聽說睡覺都在寧王居室的側間睡，還專門給鋪了軟褥子做窩。」

周少爺聽得樂到不行。「寧王是將，喜個馬兒獵狗兒什麼的也是正常。」嘴中這麼說著，臉上卻是笑得肉都堆起來了。

「哪裡是獵狗，分明就是土狗，那種市井裡的土黃狗，那狗名字也土，叫大黃。你說，那寧王對條土狗這麼好，會不會冷落了王妃啊？」青色錦袍的公子悄聲問。

「不會吧，寧王與王妃那是佳偶天成，恩愛非常。」另一個清瘦公子道。

「可聽說最近王妃身體抱恙，王妃之父最近又與王丞相走得近，王丞相最近與寧王又不對盤，這個節骨眼上，王妃抱恙，其中有什麼道理？」

「還有寧王，我前陣子看他臉色不好。」

「王妃豔冠天下，出身雖然一般，不過是個五品知府之女，可當初與寧王相識是一曲定情，郎才女貌，一段風流佳話。與寧王恩愛兩年，其父一直沒有升官，去年突然官升兩級，調到京城做了通政司副使。當年，王丞相把通政司副使直接就貶成縣令了，還是外省的，這位置空了兩年，才讓王妃之父坐上，如今他又與王丞相走得近，寧王與王妃關係堪憂啊！」

「王丞相與寧王不對盤，那是因為王丞相聯合一眾言官上摺說寧王玩物喪志，說的就是寧王的愛犬大黃，可寧王是皇上六弟，又是安國將軍，豈可容許……」一眾少爺們議論著。

「閉嘴，你們真是膽肥了！」周少爺低喝道，掃了眾人一眼。「這種話也就在我面前說說。切記，我們身分再高再貴，也貴不過皇上與寧王，我們說寧王的狗說啥都行，可這種朝堂政事少瞎嚼舌根子。這些話到此為止，不可外傳，大家都聽到了。」

不久後，寧王府傳出消息，王妃暴病而亡，寧王幾日不飲不食，憔悴無比。坊間一提起這對陰陽兩隔的苦情人，就唏噓不已。可憐寧王癡情漢，絕代風華，京城第一，如今痛失愛妃，心裡多苦。

想當年，寧王十七年華，路過南和城，知府大人設宴款待，席中小女於簾後獻奏一曲〈江山錦繡〉。一曲末了，席中鴉雀無聲，琴音尤繞樑間。寧王第二日就派人向知府提親，要娶其女為妃，還是正妃。知府不過五品，其女能為寧王正妃，那是飛上了枝頭做鳳凰。

寧王大婚後，把小小五品知府之女寵上了天，待得京城之人一睹王妃風采，才驚嘆天下竟有如此美豔之女，怪不得寧王為之傾心。

從此，寧王與王妃一雙愛侶恩恩愛愛，寧王除了之前的暖房丫頭，沒有側妃，寧王府只得王妃一人儷影。只可惜兩年多的恩愛夫妻沒能誕下一兒半女，更嘆王妃年紀輕輕，一代佳人就這此隕落，真是天妒紅顏。

又過了一日，又有消息出來，王妃之父痛失愛女，跟著去了！

周少爺與一眾少爺還沒從王妃之死的驚愕中返過神來，聞此消息都傻了眼。這是個什麼事？通政司副使的位置是邪門了，兩年前的那位被貶成一個縣令，現今的這位還是寧王岳父，就這麼病死了？

第十一章

王妃是被寧王賜死的。

王妃當日便有了預感，下午就叫人安排自己沐浴更衣，錦衣華服，描眉點妝，又還特意要了一碗燕窩粥，細細品嚐。寧王讓人一一滿足於她。

她看著放在桌上玉杯裡的鶴頂紅。燭燈照耀下，杯中之物竟如火焰一般熱烈，一時間，千言萬語。

道不清啊道不清，王妃豔麗的臉上露出悲悽無奈。嘆只嘆身不由己，本是夏國公主，最美豔的一朵玫瑰，十五歲與寧王相遇，一曲定情，可她知道，那是受到精心安排，一曲江山錦繡被她彈得淒婉憂傷。

大婚時，寧王問故，她心中算計，垂首低語：曲由心生。

果不其然，寧王憐惜動容，纏綿繾綣，百般呵護。寧王對她可謂體貼入微，萬千寵愛在一身，兩年來，肚子沒有半點動靜，天子太后都急了，可寧王仍是沒娶側妃。只有她明白，這兩年，自己一直在偷偷服用避子藥丸。

本想大婚後一杯毒酒要了寧王的命，但她的知府假父親說：不要行此拙劣之事，寧王豈是等閒之輩，身邊更有多重暗衛，天下之毒逃不過他們的鼻子，更是解毒高手，只能伺機而動。

唉，寧王，不愧是絕代風華，智勇非凡，若不是兩國敵對，她與他本是一對神仙眷侶。自去年那次安排刺殺失敗，她便預感到今日不遠了。那次絕好的機會，寧王遠離京城，在故將之鄉輕裝狩獵，只帶兩個護衛，不料這兩人身手如此了得，擋住了眾多高手，寧王死裡逃生，還遇到大黃給他日日餵食，保持體力等到護衛與眾人找著。

遇刺後，寧王就暗派人手潛去夏國。二十天前，她被軟禁。期間他一直沒露面，她知道，他許是不忍，怕一見面就軟了心。

不見也罷，寧王到底是武將，哪能與那些軟骨頭的公子哥般一肚子兒女情長。她贈於皇后的香囊也被查了出來。當今皇上素有胃疾，香囊無毒，但對胃疾之人能使其不癒，加重病情，但到頭來還是功敗垂成，加上周太妃之兄所獻的人參與靈芝，更是將皇上病重的身體給生生補了回來。

王妃坐在桌前，迷醉地看著玉杯中的毒物。

這兩年，真是應該生個一男半女的，這樣一來，自己去了，留下的那個，他會如何處置？殺吧，也是他的血脈，不殺，又是敵國奸細所出。

寧王，這個做了她兩年夫君的男人，最終這麼狠心不見她一面，原以為他會來質問，卻根本不來。唉，名朝人才輩出，夏國難以企及，他是什麼都查明了啊。他只在軟禁她那天露了面，形容憔悴，讓人心疼，眼神無法言說，聲音又悲又恨，只道：「小小夏國，竟派一個女子做此勾當，如此做派丟人現眼！八十年前掠我國土，辱我國民，妳當妳是夏國公主，妳就是我名朝子民！夏國，我此生必滅！」

孽緣啊，孽緣啊！王妃嘆息。

十年前，夏國大巫師臨終時說了八個字：「天下安寧，寧安天下。」弟子急急扶乩，最後道：「夏國立國百年內必滅，滅於名朝的寧王手中。」

那年她才七歲，一年後就被秘密送到了名朝做了柯知府之女，對外只說從小身子弱，一直在莊子裡靜養。

她在名朝一待就是七年，從夏國公主到知府之女到寧王正妃，再到如今事敗，孽緣一場！這七年千方算計，不過是讓寧王生了滅夏念頭！

夏國如今已有八十年，八十年前從名朝掠來的土地，生養了夏國多少代人啊，也生養了她，可再不足二十年，夏國就要滅了，而且是滅在這個與她同床共枕兩年的男人手中。

大巫師所言根本就是一個笑話，如果她不來名朝，寧王會不會滅夏？

不過是作了一場夢，夏國公主是夢中人，知府之女也是夢中人，寧王更是夢中人，與她何干，罷罷罷，醒了吧……

王妃端起玉杯，一飲而盡。

林家添了五頭牛，六匹騾子、本來林小寧是要買馬的，王剛提議道：「小姐，騾子更適用，價格低，力氣又大，地裡的活能幹，貨能拉，泥磚能運。」
林小寧睜大眼。「騾子？就是那個長得很像馬的騾子？」
林家棟一聽笑翻了，點頭道：「是的，是長得很像馬。」
林小寧看到林家棟笑成這般模樣，好笑地問：「那我沒說錯啊，你為何笑成這樣？」
「話沒錯，可妳說出來就是讓人想發笑。」林家棟笑說。
添了十一頭大牲口，又租了二十幾頭牛，拉泥運磚速度快多了。
胡縣令收集了清水縣周邊三百里內所有流民，竟然有近三百人，盡數送來桃村，還叫來周邊所有討活的漢子來桃村修路，一日管三餐，工錢十二文，這下又是幾百人前來。
因為天暖和了，路邊鋪著草就可休息，架上大鍋，又開起了大鍋飯。
三個月後，桃村的荒山開路到了尾聲，路鋪得又寬又直，塊塊青磚拼在一起，漂亮得像一條青龍，向清水縣城鋪展而去。林老爺子把這條道鋪得像官道一樣寬，實在是氣派極了，並排幾輛馬車都沒有問題。
村外十里處，那座山群從中間挖出一條寬大的道，兩邊的山體都挖得斜斜的，還圍上了高高密密的柵欄，柵欄後面是兩排移植過來的大樹，種得深深的，保證了路面的乾淨與安全。
從此後，進縣城可以少走二十多里路了。
路修好了，黃師傅功成身退。

臨走時，鄭老送了他一套瓷茶壺，是那種精細描繪，花樣略顯繁雜的畫法。富貴之氣溢於言表。

黃師傅感激涕零，小心翼翼地抱著堆滿木屑的小木箱子，說要做傳家之寶。

鄭老一直沒有與林家談過自己的身價，林小寧只說，這些村裡的山都給鄭老用，想燒就燒，不想燒就飲酒吃肉打牌，燒出的東西也不賣，如果真要賣，林家一文錢不要，只讓小鄭師傅多帶些徒弟。現在瓷片需求量太大了，小鄭師傅帶著村長的小兒子忙不過來。

說到村長的小兒子，林小寧忍不住要誇一下，這個「馬少發」啊，真是個少年發財的人物。才二十歲，跟著小鄭師傅燒茅坑東西沒多久，就能想到多燒出幾種不同的瓷片出來，可以貼在睡房或廳堂裡。

瓷片易清潔，又乾淨亮堂，在廳堂鋪地板與腰牆可比磚地磚牆要舒服多了。雖然有的富人會在廳堂鋪上大理石塊，可成本太高，當然也有鋪木頭做地板的，但就不如玉白色瓷片看著舒坦。瓷片價格也不算貴，經久耐用，潔白明亮，還有各種花色相間，房子裡一鋪就生動極了、氣派極了，一點也不呆板。

小鄭師傅燒出的睡房與廳堂瓷片一面市，就供不應求，瓷片的花色也多樣化了起來，不同的色彩還有簡單描花什麼的。這種花，小鄭師傅隨手一畫就是，簡單明快，線條生動。

鄭老讓小鄭師傅挑了幾十個機靈手巧的年輕小漢子，收為徒弟。

這些徒弟，有的畫畫不錯，就安排專門描花；有的做茅坑坯厲害，有的燒瓷有天分。慢慢地，小鄭師傅的瓷窯擴張到了十個大窯，量一大，林小寧把最普通的全白瓷片價格降下來，但玉白色與各種帶色的瓷片，還有描花瓷片則漲了一成。

這樣一來，普通人家也願意來買全白瓷片，比木頭地板什麼的要便宜多了。描花的雖然貴些，但只要腰牆上貼一圈就可。

大量的銀子滾滾流到林家手中，現在小鄭師傅與方老師傅的收入都是按抽成算的，都賺了個缽滿盆滿。

這時，村長小兒馬少發又想出新招，說是方老師傅的秘法可以換銀子。村外荒山的土與村裡荒山的土按比例混合，方老師傅又加進各種不同的東西，就能成為牢固的黏合土，貼瓷片好得很，絕不會脫落下來，四棟宅子都是用這樣的黏合土，據城裡來的那些建築工人說，這種黏合土比建城牆的還黏得牢固。

於是這種被林小寧稱之為「水泥」的土也一車一車的賣得極火，通常是買瓷片就會買一車泥，還有修葺房屋的也會來買。

林小寧看到家裡的銀票越來越厚，賞給村長小兒馬少發一百兩，把村長高興得合不攏嘴。

幾座宅子也落成了。

林家的那棟尤其大，占地二十幾畝。這是林小寧心中的夢想，大宅子大宅子，要的就是大！要不是林老爺子不允許，她還想建得更大。前世住著那小鴿子籠受夠了，現在有錢了，就得享受，享受勝過一切！

宅子後院有一座小小的人工湖，城裡專給有錢人蓋房的工人的本事與經驗是日積月累下來，不可輕視，結合了林小寧想要的小橋流水，卻保留當地的建築風格，在湖面上，由青磚鋪成的九曲小道，水就在腳下清清碧碧、悠悠蕩蕩，湖中心是一座大亭，可在其中飲茶看景。

鄭老與方老師傅的宅子也大，盧先生的宅子雖是小了些，但也是精雕細琢。盧夫人心裡美滋滋的，對於那建在正房側邊的乾淨潔白的新茅房，更是歡喜。

四棟宅子離得不遠，方便幾個老頭沒事串門聊天取樂。

當盧先生把父母，方師傅把家眷接來桃村時，桃村的大牌坊也立了起來，上書「桃村」二字。

那是胡大人的墨寶。牌坊後面還建了一座小廣場，可讓村民晚飯後在此聊天玩耍，又可在每旬來此處易物交易。牌坊與廣場是村長從公中撥出銀兩支付人力，林家捐了磚塊所建。

如今桃村今非昔比，人口近七百，如此大村，是名朝第一！

林家棟還有王剛趕著馬車去了清水縣，回來時帶了幾個丫鬟與一個婆子，是從縣城人牙子手上買來的。

林小寧早在開千金紡時，就有買人的想法，可到底沒買成，如今看到一排人站在宅院裡，心裡既興奮又有些七上八下，還有些作賊似的心虛。

林家棟說：「宅子建成了，房間多，不怕再加些人口。小寶得有人帶，小寧與小香大了，也得有人專門伺候，廚房的事務不能再叫小香做了，小香現在是女先生呢。」

還有方師傅、鄭老、盧先生也買了人。

方師傅是想讓自家婆娘享享福，家中人口又多，買了一個燒飯的婦人、一個洗衣的丫頭；鄭老是嫌孫氏做的飯不可口，讓買一個燒飯好吃的就行；盧先生心疼盧夫人多年辛苦伺候公婆，加上家中人口不多，讓買一個又能燒飯又能洗衣的婦人。

林小寧知道方、鄭、盧三家，還有自己家，絕不會苛待這些買回來的人，可怎麼覺得這幫人站在那兒讓人挑去各屋，真是無比不適。

倒是林家棟一臉理所當然，把丫頭分配到各個院子，一個三十歲左右的女人安排在廚房，獨他自己的院裡沒有分配人。

「大哥怎麼不要一個呢？」林小寧笑問。

林家棟有些臉紅。「我不要人伺候，就幾件衣服，丟給誰洗都行。」

桃村的四個宅子裡有了下人了，這是多麼不一般的事啊！村民們產生了敬畏之心，深宅大院、丫鬟婆子，桃村的幾戶人家越來越有做派了。

只是林小寧還是一身舊衣，灰撲撲地混跡在工地上建新磚房。新落戶的近三百人，還有一些人沒房子住呢。

林小寧算計著，三千來畝地，除掉四棟宅子、新村民建的宅地，還有磚窯與瓷窯、魚塘、作坊、學堂的用地，另還得劃出三百畝，留待備用。這樣就只有兩千來畝可做耕地。

林家手中要安置的新村民有近五百人，婦人、孤女可以在作坊幹活，男人可在磚窯與瓷窯工作。荒地開了一大半，現在人手多，再不到一個月就能全部開完。開好的地都已在養，肥料不夠，一直派人從周邊去買，等明年一開春就可以播種了。

近五百人，兩千多畝地，平均一人是四畝多的地，把幼弱者摒除，這些地足夠他們種的了，農閒時還可以在兩間廠裡幹活，不會讓他們日子艱難。

就在這時，林小寧為大哥捐官一事落實了。

官職稱號司通大人，級別正七品，年俸二十兩白銀。

雖然不管事，俸祿連張嬸都不如，可至少是個正七品，與胡大人同級。

這下，桃村像一碗水灑到油鍋裡，炸開了。

林老爺子拉著一家人在院裡對著天跪拜祖宗，老淚縱橫。林家終於是官家了！原以為要等到小寶考科舉才能得個一官半職，卻不料安置這些流民，外加修一條路就讓長孫做了官。司通大人雖然什麼事也不管，是個憑空賜的官名，按了一個七品級別，可那是正七品啊！如此光宗耀祖之事，怎能低調？林老爺子放了一長串鞭炮，大擺流水宴席，請了村人吃了幾日痛快的。

林家棟還愣愣地回不過神。怎麼自己就做上大人了，還是個七品大人？

胡大人與師爺在林家新宅落成時送了一塊紅木牌匾，上書「林府」。這會兒林家棟做官，胡縣令與師爺來桃村送任職書，又帶一塊紅木匾，上書「百年大善」。

林小寧懷疑這是胡大人的惡趣味，自己當初為大哥捐官時，胡大人就說這麼又混又齷齪的事也幹得出來，如今，宅子落成送匾，大哥當官又是送匾，這胡大人除了送匾，能不能送些別的呢？

胡大人越發年輕，氣色紅潤，風雅儒態盡現，山羊鬍子都顯出一絲風流。

胡大人說：「丫頭啊，最近我是不是又長好了？」

「是呢是呢，大人現在真是風流倜儻啊。」林小寧惡趣味地誇著。

胡大人樂得捋著山羊鬍子呵呵笑。

「知音大人，您就不能送些匾以外的東西嗎？」

胡大人笑道：「我一個小小縣令，哪有錢置貴重禮物？兩塊紅木匾就花掉我與董師爺兩人一個月俸祿呢。」

「小小縣令大人喲，我的牙都掉了。」林小寧笑著拉他到一邊。「大人，我還得置地。」

她看中了離桃村牌坊不遠處的荒地，大約有幾百畝的樣子。

這幾百畝地，林小寧有意建成一條商鋪街與集市，現在桃村人口眾多，卻連一個雜貨鋪都沒有，都是縣城裡的人來日日送貨，有時就乾脆拉著馬車或牛車，裝上貨物來桃村賣，實在不便。

商鋪街建成，那些人就可以租個鋪子，有個門面，桃村人生活配套就齊全多了。

胡大人二話不說就應了，說兩天內辦好地契。

臨走時，林小寧又遞去一包三七粉，胡大人小聲說：「丫頭啊，妳這粉我拿去給藥鋪的大夫看過，說是千年的三七粉。妳好大手筆啊，我這老頭可是占著千年大便宜了，這粉別給我了，拿去換錢吧。」

林小寧悄聲道：「什麼千不千年的，三七是我在山上採來的，是我的心法原因。」

胡大人大笑起來，接過藥粉小心放好，又意味深長地看著林小寧說：「丫頭，妳是個好人，我結妳這個忘年之交是真的緣。我不久就得回京城上任了，董師爺是我帶來的，也會一同回京，妳大哥的喜酒我們可就喝不上了。」

林小寧驚呆了。太突然了，怎麼就要走了呢？聽這話，胡大人以前是京官，怎麼來了清水縣這個小地方？不過胡大人這樣的人才回京城是理所當然的，那裡才是胡大人應當待的地方。

她極為不捨道：「我一直就知道大人不是個小小縣令，可沒想到大人以前是在京城任職的，清水縣的下一任縣令，不知道能不能像胡大人這般愛民如子。」

「下一任是個新官，是個年輕小哥，姓蘇。妳大哥如今也是七品官，新任縣令不會也不敢為難你們林家。丫頭，我走前再送一些人來，這幾百畝地不要銀子，算做安置那些流民的基地，回頭我讓里正與妳對一對，把這些人的戶口與宅地契都辦好。」
林小寧眼眶紅了。「大人這一走，不知道何年何月才能再見，大人走前可要通知我，我和爺爺大哥去送您。」
胡大人也紅了眼。「會，我走時提前來通知你們。」

晚上，林小寧抱著望仔閃到空間。
望仔最近實在是貪玩，回家時間越來越晚，林小寧不喊，牠就不回。
林小寧抱著望仔說：「望仔啊，胡大人要去京城了，我心裡可捨不得呢。他是個好人，是我的知音呢。」
望仔心不在焉地聽著。
「望仔，你最近怎麼了，是不是生活得太孤單了？你天天往山上跑，是不是交了新朋友了？」
望仔點頭。
林小寧笑道：「那交了新朋友就帶回來啊，省得你天天跑山上去。」
望仔咧嘴叫著，這是表示高興的意思。
「望仔長大了，都知道交朋友了。你看看這個空間多好，都是你採回來的藥材還有草莓、果子，也都是你愛吃的。你把你的新朋友帶來，可以晚上在這裡玩。」

望仔撒嬌地蹭著林小寧。

林小寧最喜歡望仔撒嬌，親了望仔一口道：「望仔啊，你看我們地裡這麼多寶藥材，怎麼長到千年之後就不長了呢？」

望仔吱吱叫。

林小寧聽不懂，但腦子靈光一閃。「望仔的意思是說，它們只能長到千年，再長就會成精了，但它們成不了精，是嗎？」

望仔點頭。

林小寧發現當望仔吱叫時，她腦子裡就會靈光一閃，那想法必是望仔所要表達的意思。

「真真是我的好望仔啊！」林小寧又道：「這麼有靈氣，望仔能成精嗎？」

望仔搖頭。

林小寧靈光又一閃，道：「這個世界人與物都不能成精，對吧？」

望仔讚許地點點頭。

林小寧看著臭屁的望仔，差點沒笑出聲來，拿出工具把千年的藥材全挖出來，自行播種的新苗再分整齊移栽好。

挖出來的藥材全部都分門別類地放到木屋的後院裡，像堆蘿蔔與白菜似的堆成了一堆。

「這麼多寶藥，一株就是萬兩，我現在是不是富可敵國了？」林小寧偷笑著，抱著望仔出了空間，躺到紫檀木雕花大床上幸福地嘆氣。

林家新宅子建成後買了許多上好家具，沒打炕，正房都是紫檀木大床，得與宅子匹配，是林小寧要求的。要知道前世的紫檀床根本就是古董，市面上完全沒有，可在這兒，雖然也不便宜，但有錢人都置得起。

地板是用山上的木料，清漆刷過後一塊塊拼起。雖然林家燒瓷片賣得好，但林小寧一向只喜歡木地板，冬天暖和，寧願花精力呵護打理。她討厭前世家家戶戶鋪著冰冷的瓷磚，以至於沒用村長小兒想出在房間與廳堂鋪瓷片的主意，可林老爺子與林家棟還有小香的房間，都由他們自己的喜好鋪上玉色瓷片，十分亮堂。

小寶的房間，林小寧堅持鋪上木地板。小寶身體才好不久，用木地板冬天暖和些。

新宅裡的一些簡單的家具與新村民磚房裡的家具還是在李木匠那打的，開春後李木匠的工錢就降了兩成，是村長的功勞，村長說大主顧不降價沒道理。

瓷窯早就上了軌道。

磚窯之前所出的都用來建宅子、磚房、修路，如今都完工了也可以賣了。因為桃村修路有了響亮名氣，加上方老師傅本就聲名在外，周邊村縣都來湧來桃村買磚。

如今的桃村可不比當年，現在路寬好走，平平穩穩，到縣城不過四十里，趕著馬車，半個來時辰就能進縣城。來林家買磚買瓷買泥林家負責送，還是用騾子送！

林家棟把付奶奶接回桃村，挑出一個也很精明的婦人送去千金紡頂付奶奶的空。千金紡的生意一如既往的火爆，棉巾的仿製品始終超越不了千金紡出品，千金紡的棉巾走的是高端路線，富人們才捨得花這個錢買千金紡出品，平民仍是用草木灰月事帶。

如今長得難看的李嬸在鋪子裡做得久了，與周邊城裡的大戶婆子們都認識，兒子所待的莊子管事婆娘對她兒子很照顧，她每月的月錢都省下來，兒子現在是奴籍，不過是十年活契，得攢些錢給兒子娶媳婦。

林小寧想著自己來到桃村後的一切事物，在雕花大床上幸福而感慨地嘆著氣。

沒幾日，貪玩的望仔帶回了牠的新朋友，是一隻紅毛小狐，還有兩隻小銀狼。

紅毛小狐長得極媚，一看就知道是個母的。兩隻小銀狼，王剛、王勇兄弟喜歡得不得了。

林小寧看著紅毛小狐，對望仔說：「哈，我的望仔知道找媳婦了，不過這個媳婦年紀太小了，你可得等一年半載才行。」

望仔竟然認真地點點頭，教林小寧笑得肚子疼。

紅毛小狐取名叫火兒，兩隻銀狼一隻叫大白，一隻叫小白，這是王剛與王勇給牠們取的名。

林府的四個丫鬟和一個婆子，初看到兩隻小銀狼，以為是小白狗，後得知是銀狼，有些驚駭，走著路躲躲閃閃。幾天後，發現牠們並無傷人之意，還可愛極了，和狗兒一樣還會對人討好賣乖，沒事時竟然也會偷偷摸一把，逗逗趣，伺候起牠們的吃食也非常用心。

望仔與火兒基本是在空間吃果子和藥材，火兒喜歡吃靈芝，但牠們胃小，實在吃不了多少，吃家裡的食物就更少了，有時就喝些湯就了事。大白、小白喜歡在在湖裡洗澡。

林小寧在空間睡覺時，身邊就會躺著四隻野生動物，想想就發笑。

林府現在十分熱鬧，望仔每天與火兒還有大、小白，在府裡各個花園草地上玩得不亦樂乎，直到吃飯與睡覺時才會出現。有時望仔也會帶著牠們三個出門上山去玩玩，但玩兩、三個時辰就會大搖大擺地下山回家，那氣勢，好像牠才是司通大人。

林家費了好幾天的工夫，才與里正把新村民的人口全登記好，一一辦理落戶，還有按分到的磚房辦宅地契。

所有的新村民都每戶都分了一間房，單身的就另安排建了一些小的磚房。林小寧的想法是來源現代的大企業給員工宿舍，她就是在那樣的環境裡長大的，非常有感情。每天大家早起，魚貫而出去上班，下班後再魚貫而入，員工們上下班的路上聊聊天，各種親切。後來畢業工作後，就再也找不著了。

最早落戶的九十幾人也搬去新房子，土坯房空下來，林小寧打算修建一下，把家裡的十頭牛、六匹騾子、兩匹馬搬了過去，再養些豬啊雞啊什麼的。

王剛、王勇兄弟則住進了林家新宅，與林家棟一個院子。

王剛功夫高強，王勇雖然差點，但也是高手，加上兩個窯廠的事物都是他們協助打理，日日有瑣碎事情要商議，住在一起方便又能護住林家安全。

地已全部開好了，一塊塊整整齊齊，每日裡散發著淡淡的糞肥味，卻是如此喜人。魚塘也挖好了幾座，可蓄水澆地，又可養魚自吃，吃不完，村人可以買。兩處窯廠與一個作坊也都忙不過來呢。

當最後一批流民落好戶，分好房子後，胡大人派人來通知，說是接到急令，要立即收拾趕往京城，讓林家不要來送了。

林小寧來不及去叫爺爺與大哥，讓王剛馬上備馬，立刻趕去縣衙，看能不能追到胡大人。

鄭老把早就打包好的兩個大木箱搬上馬車，裡面各裝一對大瓶，是送給胡大人與師爺的，都用粗布套住，封得好好，堆滿了木屑，運到京城絕不會破損。

快馬加鞭到了縣衙時，胡大人已收拾得差不多了，回京的大馬車就在門口候著。

林小寧不知為何眼淚就掉了下來，撲上前去哽咽道：「大人，走得這麼急，莫不是出了什麼事？」

胡大人一下子也紅了眼。「沒事沒事，沒出事，丫頭，是有些急事要去處理。都說了讓你們不要來送了，唉，丫頭啊，我的丫頭……」

師爺得知兩個大木箱是鄭老親自精心燒製的瓷瓶，立刻就濕了眼眶，讓人抬到進京的馬車後面。林小寧看到稀稀落落的幾件行李，心一酸。「就這麼點行李，大人……」就說不下去了。

胡大人拍拍林小寧的肩，顫聲道：「丫頭長大了呢，我到京城給丫頭尋一門好親事，這事我一直放在心上的，我知妳是個有主意的，我一定會讓他過來給妳親自相看。到了京城，我給妳寫信……」

林小寧堵得不行，來不及拒絕，忍著淚把胡大人拉到沒人處，把身上揹著的小包袱遞過去，悄聲道：「大人，這株人參是望仔採到的，年分不錯，帶去京城，有個什麼事可以用上。」

胡大人打開包袱一瞥，驚道：「丫頭，這可是……」

「大人，什麼也不要說，這是以防萬一。」

師爺睜著一雙兔子眼，遠遠地啞聲催促著。「老胡，都收拾好了，我們出發吧。」

林小寧不捨地看著胡大人抱著包袱上了馬車。胡大人低著頭，身子一抽一抽的，師爺也顫著身子對林小寧與王剛揮手。

林老爺子與林家棟商議了兩天，打算去北邊把林家祖墳遷來桃村，說是祖墳，也就是林老爺子的爹娘與爺爺奶奶，再往上，林老爺子都不知道埋哪兒了。

先是在山上選好新墳址，又備好上等墓磚與墓碑石，收拾齊整，帶了幾個壯漢及兩輛馬車就出發了。林小寧、王剛、王勇留著看管兩個窯廠。

林老爺子與林家棟走後，林小寧就帶著村長去察看新買的地，規劃商鋪街。

村長現在正式作為林家的管事，開始負責林家各種事務。很顯然，他是深諳此道，各種瑣碎事務在他手中井井有條。

林小寧把想好的規劃畫成平面圖，與王剛、王勇兩兄弟商議修改後，就開始挖地基。

這時，桃村裡出了一個桃色新聞。

新村民中一個年輕小寡婦，容貌秀麗，大了肚子，說肚子裡的種是小鄭師傅的。

這事一出就鬧得人盡皆知，大家臉上掛著興奮神秘的笑容，三三兩兩湊在一起私語低聊。

這事太有意思了，桃村以前也不算小，好歹也有一百多人呢，可建村十年從來沒出過桃色事件，如今一出事就是大肚子。

那小寡婦真能算計，小鄭師傅是什麼人？瓷窯的大師傅，日進斗金，爹爹鄭老又是天下聞名的民間燒瓷大師。

這小寡婦是走了什麼運，竟與小鄭師傅相好上了？雖然沒結婚就行苟且之事，還珠胎暗結，但桃村人是很寬容的，沒有族長族規，不會將小寡婦怎麼樣。只是這小鄭師傅有原配孫氏，兒子都十三歲了，這小寡婦真要進門，只能為妾。桃村建村十年，哪戶人家漢子不是抱著又乾又黑的婆娘日日睡著，就算現如今手上寬鬆了，可也不敢想著納妾回家。家中的婆娘也能賺錢呢，也不比自個兒少呢，誰膽子那麼大。

可小鄭師傅就不同了，住大宅子，家中還有下人，原配孫氏比小鄭師傅只小兩歲，可看起來一點也不年輕，與村裡的那些婆娘沒什麼不同——作坊的張嬸除外。這張嬸也不知道是吃了什麼好的，兩個娃的娘，大兒子都九歲了，竟然還長得像姑娘家一般水靈，只可惜命苦，丈夫幾年不歸，不就是守活寡麼？而這小寡婦才二十，是修路時落戶桃村的流民，林家安排在作坊幹活，長得水汪汪一雙桃花眼，看人能把魂給勾沒了。這小婦人太厲害了，整座桃村就小鄭師傅那兒有縫能鑽，就當真給鑽著了。

如今小鄭師傅把人家漂亮寡婦肚子搞大了，鄭老不同意也得讓人家進門了。

鄭老家中氣氛嚴肅，燒飯婆子一手好菜，到了口中也如同嚼蠟。

孫氏低著頭，委屈地坐在廳堂裡，小鄭師傅沒說話。

「這個不肖子！」鄭老一耳光甩到小鄭師傅臉上。

鄭老氣得發抖，他實在是想把之前的煙槍拿出來抽一通，可寧丫頭把他煙槍拿走了，給他備了好酒好茶，就是不讓他吸菸。

這個不肖子！十幾年前氣得自己離家不歸，現在又鬧出這事出來，自己前世是造了什麼孽啊，竟生出這等沒頭沒腦的兒子出來。就是要納妾，也納個像樣些的，這個寡婦算是什麼東西啊，看她那雙眼睛就不是好東西，可人家肚子大了，那肚子裡是鄭家的骨肉啊……

唉，鄭老長嘆一口氣。

孫氏垂淚，低聲道：「公公，我知道我十幾年前幹了混事，這麼多年跟著豪子也吃了不少苦，兒媳知道錯了，好容易公公不再怪罪，一家人團聚。兒媳雖侍奉公公時日不長，但也是盡心盡力。如今身體垮了，豪子他就……」

鄭老沈著臉道：「那寡婦進門只是妾，妳就是正房原配，是狗兒親娘，就這麼辦吧。」

孫氏面露悲傷，恨恨地看著小鄭師傅一眼。小鄭師傅心虛地低下頭。

鄭家給了小寡婦他爹五十兩銀，三天後，小寡婦就進了鄭家門。

小寡婦進門後就封自己為姨娘，讓家中唯一的下人——燒飯的余婆叫自己黃姨娘，成天晚上與小鄭師傅膩在一起，日日買這又買那。縣城來的馬車鋪子的貨郎，可是喜歡極了黃姨娘，買各種綢緞、首飾一大堆，還給沒顯懷的肚子裡的孩子打了一條極粗的銀項圈。

孫氏的臉色越來越難看。

狗兒實在不待見這個黃姨娘，成日與大牛、二牛、小寶一起在林府待著，能不回就不回。

鄭老也成日去方師傅宅子飲酒打牌聊天，也一樣能不回就不回。偌大的方家宅院，就只有小鄭師傅與黃姨娘，還有孫氏以及余婆子四個人。

雖是暑天，卻冷清無比。

林小寧也只能搖頭。小鄭師傅這是第二春啊，到底是男人，手中有了錢，第一件事就是納妾。這年代的女人地位低下，自己將來可不要嫁納妾的男人。一個男人在兩個女人的床間跑來跑去，夫妻之間那麼隱私的親密之事，竟然成了寵愛的籌碼，實在是笑掉大牙。寵個頭！男人那物就那麼了不得？鄭老家中的這本經啊，怎麼越來越難唸了呢……

狗兒有一天與小香嘀咕了好久，跑來找林小寧。

「姊！」狗兒與小香在門口叫著。

林小寧忙了一天，正在休息一邊等著吃晚飯，一邊掐著日子算，估計再有十天，爺爺與大哥也應該把祖墳給遷回了，得做好準備。

看到小香與狗兒兩人站在門口，一副欲言又止的樣子，便問：「啥事啊？」

小香小聲道：「姊，有事，關上門說吧。」

林小寧看著兩人小心關門，狐疑問道：「啥事啊？神神秘秘的。」

狗兒小聲道：「姊，妳會瞧病是吧？」

「是啊，可你沒病啊。」

「不是我病了，是我娘病了。娘說她身子垮了，所以爹才納了妾。」

林小寧一聽就笑了。「你是讓我給你娘瞧病嗎？」

「嗯，」狗兒點頭。「我娘的身子要好了，我爹就不會偏心那個妾了。」

林小寧想想說：「狗兒，你現在去把你娘與爺爺接來，晚上在這兒吃飯，我有事與你爺爺相商。」

第十二章

鄭老雖然極不待見黃姨娘，但畢竟黃姨娘沒犯到他那兒，立規矩也不是他這個公公給媳婦立的。

而孫氏失寵，哪敢再給小妾立規矩呢，況且她也不知道怎麼立規矩。

鄭老不會幫孫氏，心裡過不去那個坎，但不肖子疼愛黃姨娘，肯給她銀子花，他也懶得去管。原以為不肖子在茅坑窯帶出徒弟，步上正軌後，會來跟自己學手藝，可他燒茅坑燒得不亦樂乎，根本沒有退出的意思，看來這不肖子也就只能燒燒茅坑與瓷片了。他想把手藝傳給狗兒，可狗兒讀書好，深得盧先生的賞識，又對燒瓷不大有興趣，鄭老也就只能琢磨著另找傳人了。

聽到林小寧說起家宅後院之事，鄭老頭道：「妳爺爺怎麼還不回來啊？我們三個老頭子突然少一個，打牌都湊不上數，跟少塊肉似的不舒服。」

「快了，估計再有半月就能回了，鄭老別急。」林小寧笑道：「鄭老啊，狗兒讓我幫他娘呢，我可以幫，只是您也得撐著才行，不然狗兒娘是正室，被一個小妾爬到頭上，不說別的，對狗兒就有影響，還會讓人家笑話。」

鄭老道：「狗兒娘愛怎麼折騰我都看不到，不出人命就行，我就等妳爺爺回來打牌。」

林小寧道：「不用折騰，鄭老。」於是傾身與鄭老耳語。

鄭老笑了，假意咳嗽了一聲，正色道：「寧丫頭啊，不肖子我也不管，他就賺他那些茅坑錢吧，把他的抽成扣掉八成，給狗兒娘幫狗兒留著，只給他兩成就好。」

又對孫氏道：「這八成，五成給狗兒留著，三成做家用，這些年，妳娘家好像也對妳有所貼補，該還的禮節妳看著辦吧。還有，家裡吃食還是要好些，別省那些小錢。」

想了想，又道：「我再給妳交個底，我這些年手中也攢了一些銀子，也是給狗兒的。」

孫氏撲通一聲，跪地大哭起來。「公公，媳婦當年實在是太混了……公公如今這般對待媳婦，媳婦若有半分不孝，遭天打雷劈！」

林小寧給孫氏的方子是附子理中湯。

孫氏是長年虛症，從沒調理過，各種虛加上濕氣重，整個人都脫形了，只能先補中養元，養好了再下好藥。方子裡有些藥材，林小寧的空間有，就拿了出來，不足的讓人去縣城配上。

林老爺子與林家棟很快就回了，比林小寧估摸的日子提前了幾天。

林老爺子與林家棟各守著一輛馬車，車上放著四具氣派的新棺槨，是在當地買好，把屍骨裝進去運來的，還用了石灰撒在屍骨上，雖是天熱，也無異味。

林家這次遷祖墳動靜大，還把林小寧爹娘的墳也重新挖出，換了新的夫妻棺槨葬到一處，接下來就是挖新墳，刻碑文。

按林老爺子依稀記憶，回顧爹娘及爺爺奶奶的一生，平淡到幾句話就完事。可盧、衛兩位先生實在有才，平平庸庸的一生，碑文卻寫得引人入勝，通俗易懂，讓人讀之淚流。林小寧爹娘的碑文更是驚天地泣鬼神，爹爹寫成「好男兒，勇鬥惡熊救親子」；娘親描述成「貞烈女，為情殉身終不悔」。

遷墳之事禮儀繁雜，請來做白事的班子算好日子時辰下葬，一路吹吹打打，林家五口人燒香拜祭。

林老爺子像得了瘋病一般，在墳前一會兒哭一會兒笑，對著爹娘爺奶的墳唸叨著家棟做了官，小寶讀書好，小香做了女先生，小寧更不用說了，家棟的七品官都是小寧給討來的，長得越發貴女之相了。林家現在有錢、有宅子、有窯有地有這有那……

林家棟跪在爹娘的墳前淚流不止，小香拖著小寶輕聲抽泣。林小寧穿來時爹娘就去了，沒見過面，更沒有感情，但被一家人的情緒帶動，又想到自己前世的父母，流了幾滴複雜的眼淚。

林老爺子一直哭笑，後來才被鄭老和方老師傅硬扯回家。

晚上，林老爺子大睡一覺，第二天太陽照屁股了才起，一口氣喝了兩碗粥，啃下四顆大饅頭，打了水洗了澡，換了身新衣，然後慷慨激昂地唱著戲，出門找鄭、方兩個老頭打牌去了。

鄭老與方老師傅因為林家遷墳之事也動了心思，商議著要不要把自家的祖墳也遷來？但鄭老與方老師傅的戶籍沒落在桃村，可要不要落桃村呢？

林老爺子一聽就勸：「當然要落桃村，桃村這麼好的地方，到哪裡去尋？你們兩個老頭快將戶籍遷來，將來我們三人要去了，都埋在這青山上，也在那邊有個伴。祖墳遷來，我們也好服侍祖宗不是？以後還可以看著孫兒孫女們過日子，一點也不孤單。」

一番話說得兩個老頭心動極了，便定下來明年開春就辦，等新的縣令大人上任後，就先把戶籍遷來。

小鄭師傅因為抽頭被鄭老扣了八成，只得兩成交給黃姨娘，黃姨娘十分不高興，對小鄭師傅也不如之前那般柔情密意。

而孫氏，一直服用林小寧的方子，每五天換一次方子，煎藥的水是林小寧特意交代讓余婆子從林家廚房來打的，竟然有了神奇變化，深陷的雙頰鼓起來，之前無神的眼睛亮了，失水的皮膚潤了，泛黃的氣色也漸漸有了些許光澤。

孫氏託人去了她娘家，送去了二十兩銀，邀請娘家人今天秋收後來桃村做客。對此，鄭老全都默許了。

林小寧想早該如此，心結不解不行，死去的已經去了，可活著的得好好活，才對得起這不容易的一生，這點，爺爺做得很棒。

狗兒現在對小香非常好。狗兒本與小香不對盤，可小香在孫氏事件中幫了忙，現在狗兒像個狗腿子似的，沒事就拿話捧小香，把小香捧得格格笑著。

桃牌坊在建的商鋪街，得到了林老爺子與林家棟的全力肯定。林家棟說：「桃村現在太需要一條像樣的鋪子街了，桃村現在七百多人，連間鋪子也沒有，縣城人都知道拉著馬車貨來桃村賣，桃村得有自己的鋪子街才對。」

林家棟說話時很有風範，怎麼看都像個七品大人。

村長那兒有個本子，專門記載著新村民的勞工分配與積分。現在新村民住林家、吃林家、穿林家的，幹活不用給工錢，但也要防一些偷奸耍滑的人，有了積分，哪個人幹的活多，哪個人幹得活少，一目了然。當然，體弱年老者除外。這些積分能影響他們將來佃地的數量，還有佃租以及緩交的租期。不是你想佃多少地就佃給你，佃租也分得細，行情是五成到六成租，但林家最高的只收五成租，也有四成半的租，最低的是四成租；積分越高者，佃租就越少，更可以緩兩年交租。

這個主意是林小寧與村長兩人一起商議出來的，目前已見成效。

只有小鄭師傅最不開心。

黃姨娘怎麼這麼難說話，他的抽成被扣了八成，三成做家用，五成留給狗兒，給黃姨娘花的錢就少了，可也足夠她花了啊！怎麼就脾氣這麼大呢？

再看孫氏，心裡的愧疚就更深了。當初怎麼就被豬油蒙了心，竟覺得孫氏長得不能入目，都不願意看。

可現在面對孫氏越來越順眼的臉時，真是覺得當初自己有些混，沒事學什麼有錢人納小妾啊，搞得家裡烏煙瘴氣。那個黃姨娘的老爹，天天學著自家老爺子，成天喝酒吃肉，還去縣城裡打牌，那是賭錢啊！真是作孽。

自己老爺子辛苦一輩子，沒享到兒女的福，現在好不容易閒下來，輕省一點，黃姨娘老爹就有樣學樣。

對於黃姨娘他爹花著女兒的錢，成天喝酒吃肉賭博，林小寧一點意見也沒有。花吧，儘管花，不過是小鄭師傅抽成中的兩成，小錢。

可不幹活不行，她叫村長處理，村長笑呵呵地說：「早就想處理了，這事好辦，黃老漢本是流民出身，吃穿住都是花林家的，現在不幹活，那就不幹，讓他的姨娘女兒養著便是。磚房宅地折成錢，付銀子來，這事，走哪都是林家有理。」

但黃老漢不答應，叫嚷著：「憑什麼折銀子？村裡人都沒一個要把磚房與宅地折成銀子的。我還是小鄭師傅的老丈人呢，鄭老的親家，這瓷窯都是小鄭師傅與鄭老在鎮著，憑什麼？」

村長譏笑道：「你是小鄭師傅的老丈人？鄭老的親家？那孫氏的爹娘是小鄭師傅的什麼？是鄭老的什麼？你家女兒生得好，小鄭師傅願意花銀子，這事咱們管不著；可林家安置你們，是要幹活的，你現在地裡的活不幹，窯裡的活也不幹，你憑什麼吃住林家的，林家可不是你的親家！」

黃老漢氣呼呼地不理，甩手就走了。

林小寧聽聞黃老漢如此不講理，就想去發飆，村長估計也早就想殺雞儆猴了，勸說：「小寧不用動氣，等縣令大人上任了，我就去衙門，把他家的宅地契給消了。林家安置流民不是白安置的，就是十年前建桃村衙門安置流民時，也都是要幹活的，哪有現在這麼好的條件，有現成的磚房住，現成的衣服鋪蓋與吃食。」

等到林家的鋪子街蓋到一半時，縣城的縣令大人上任了。

里正現在在林家面前什麼也不是，他的婆娘與兩個兒媳，看到林小寧像賊似的心虛；村長一早就不管村務，只管村民勞作的事務。本來里正管著七百多人的村務，是很令人羨慕的一件事，可現下怎麼看起來倒是像村長了，他心裡酸酸地難受，新縣令一上任，就急急來通知，生怕錯過了討好人的機會。

鄭老與方老師傅兩家的戶籍，以及消掉黃老漢的宅契之事辦得不順，新上任的蘇大人連面都沒見著，只傳話來說：「桃村一向是流民落戶之地，你們又不是流民，為何遷來桃村？桃村何處能如此這般吸引人，莫不是風水寶地？還有，已安置的流民宅契消掉，得要等親自看過了桃村再辦。」

林小寧很生氣黃老漢如此恬不知恥，消宅契一事又辦得不順，更氣新上任的蘇大人不為民著想，比起知音胡老頭那是差遠了，心裡堵著氣。

林老爺子與林家棟勸說：「不要與胡大人比，胡大人那是與妳拜過忘年交的，辦林家的事如同辦自己的事，哪能要求新任大人這也般？況且新任大人舟車勞頓，總得給人休息的時間啊，這事是我們太急了，緩一緩再辦，總有個說理的地方吧。」

最後，林老爺子又道：「好歹林家也有個司通大人呢，也是七品官呢。」

四日後，一輛馬車停在了桃村牌坊下。

馬車上跳下一個年輕的公子，四面環視著。

桃村牌坊用的是青磚建成，牌坊石匾上刻「桃村」二字，龍飛鳳舞。下面是一個小廣場，也是青磚鋪地，廣場入口處有一塊石碑，上面刻著桃村村規。

這個村規才刻不久，因為林家買了上好大理石塊建墳，剩下好幾塊，村長不捨得丟棄，放在那兒落灰又太浪費，就拿來刻上村規，竟很像那麼一回事。

廣場周邊種了花草，圈內有十幾張石桌與配套的石凳，可供人休息。

年輕公子走到廣場中心，那裡有個圓形小花壇，上面鋪著白瓷片，裡面有一棵桃樹與花草和低矮灌木。

年輕公子笑了一下，道：「還真是風水寶地。」

再一路看去，讓馬車駛向學堂方向。村民好奇地看著馬車上的年輕公子，趕車的是個中年漢子，年輕公子側坐在馬車外，不進簾內，一直在東張西望。

馬車在學堂前停住，學堂雖是土坯房，兩大間靠著不遠，但周邊用青磚圍了矮圍牆。

年輕公子從大門進去，裡面也同樣是花草樹木，有青磚地、有草地、有沙地，沙地裡還立著一些鐵杠，還有鵝卵石小道。

今天是沐休日，只有一個看門的老漢。老漢正在打理沙地，抬眼看到年輕公子，也沒多問，又低頭繼續。

年輕公子問：「老人家，這裡是學堂？」

「是。」老漢回答。

「老人家，這沙地與鐵杠是做什麼的？」

「給娃娃們爬著玩，掉下來摔到沙地裡，不會傷著。」

「那這個石頭小道呢？」

「光著腳踩著玩的，說是對身體好。」

「有意思。」年輕公子笑道：「老人家，聽說還有女學堂？」

「是，在那邊，就是那個青磚房，也有圍牆的那間。」老漢子說。

女學堂院裡沒有那麼多名堂，就是分了許多間，不同的門口掛著木牌子，寫著：女紅、廚藝、識字、算術等等……

年輕公子又讓馬車在村裡轉了一圈，看到幾座大宅子，一排排青磚房、一口口井、一塊塊田地……

然後，又駛向在建的商鋪街。

林小寧正與村長商議著商鋪外要不要鋪瓷片。

依她的性子，喜歡青磚鋪子，裡面鋪瓷片就行，可村長覺得鋪子外面也貼上瓷片更漂亮。村長固執地說：「讓妳爺爺與大哥也提提想法，最好把王剛、王勇也叫來，看看他們怎麼想。」

正爭論不休，年輕公子走了過來，打量著商鋪街。

林小寧與村長看向年輕公子。村裡人多，也有不少生臉，可這馬車與這身裝扮的公子，非富即貴，怎麼來了桃村了？

平日買磚與瓷片的人家都是管家或下人來的，因為林小寧將千金紡的鋪子從側院開了個小門，用了一間房放了磚、茅坑東西、泥土及各種瓷片的樣品，看樣品訂貨就好，便派了村長大兒子馬少華打理訂貨事宜。

村長上前問：「這位公子，來桃村可是要買磚與瓷片？」

年輕公子搖頭。「我是來找人的。」

「喔，」村長說：「你找哪家啊？我都知道，我叫人帶你去。對了，這位公子是見過世面的，你來幫著看看，這商鋪街是在外牆貼上瓷片好，還是不貼的好？我就覺得貼上瓷片亮，一整條街又白又亮的，多喜人。可她說青磚漂亮，只在鋪子裡面貼上瓷片地板與腰牆就行，公子來說說你怎麼看。」

年輕公子看著身邊的瓷片問：「就這種瓷片？」

村長說：「是啊，就這種瓷片。來來來，公子，你再看看，這間是貼好了地板與腰牆的鋪子。」

村長熱情地把年輕公子拉到一間鋪子裡。「公子你看，這就是鋪好的樣子。你說，要是外牆也鋪上，那鋪子一條街全是這種青白色的，多漂亮氣派，公子你說是不是？」

林小寧看著村長如此堅持與固執，連個外人都拉著不放，不好意思笑道：「我不想在外牆鋪瓷片是因為青磚禁得起舊，瓷片在外牆，風吹雨淋，時日長了就灰了，反而不如青磚有厚重感。」

「厚重感？」年輕公子問。

「哪裡會禁不起舊，妳以為小鄭師傅燒的瓷片是孬的？小鄭師傅說了，十年如新。」村長插著話道。

林小寧更不好意思了，對年輕公子歉意地笑道：「這位公子，這是我們桃村的村長，公子你要找哪戶人家，跟他說，村長都有數呢。」

年輕公子笑道：「找人先不急，人都到了桃村呢，只是姑娘妳剛才說的厚重感是何意？」

林小寧不知道應該如何描述。在現代，看到古舊之物，都以厚重感來表達，可現在是人在當下啊。想了想便道：「就是看到百年不倒的城牆時的感覺，就是厚重感。」

村長哭笑不得。「這是條鋪子街，我的大小姐喔，妳又不是建城牆，還百年不倒，鋪子街隔上幾年就得修葺、翻新，不然怎麼新穎氣派啊？」

林小寧啞口無言。

年輕公子輕笑道：「村長所言極是，鋪子街要隔時翻新，才能吸引客人。姑娘想得太遠了，不過姑娘的厚重感極為有深意，姑娘是讀書人嗎？」

村長道：「看吧，人家見過大世面的公子都說我是對的，就得在外牆貼上瓷片。」

林小寧苦笑。「村長……」

年輕公子又道：「村長，其實這位姑娘所想也未嘗不對，有折衷之法，若是外牆也像內裡一般只貼上腰牆，那風吹日曬的，也好打理，又看著新穎，姑娘與村長也不必糾結了。」

林小寧聽得此言，不禁多看了年輕公子幾眼。這公子，想法是極圓滑，又極有才智特色。

村長因為年輕公子對他的支持，熱情地說：「是啊、是啊，就如公子所說貼上腰牆，這樣打理起來就方便了。公子果真是見過大世面的，一來就給出好法子。你說她想法怪不怪，多簡單的一件事情啊，換成她爺爺大哥來也是與你我的想法一樣，可剛才她就不肯貼瓷片。」

林小寧看到村長拉著陌生人不停地嘮叨，尷尬極了。

年輕公子又道：「姑娘可是讀書之人？剛才姑娘所說厚重感，實在貼切，可是姑娘造出來的詞？」

林小寧看到熱情得冒煙的村長，還有追問到底的年輕公子，十分頭疼，便說：「是造出來的，我曾看到百年不倒的城牆，就覺得那感覺厚重，沈甸甸的，讓人說不出話來。」

年輕公子沈思著。「姑娘造詞別緻生動，可否請教貴姓？」

「林家大小姐，林家司通大人的大妹妹！」村長自豪道。

林小寧快被村長丟人丟死了，無奈地尷尬笑著。年輕公子的眼光越過村長，也笑看著過來。

林小寧道：「不好意思，公子，村長是個熱心人，村民都喜歡他。你找哪戶人家呢？」

村長才意識到人家年輕公子是來找人的，竟然拉著人家不放，也不好意思笑道：「公子找哪家人，我送你去。」

年輕公子微笑著，笑容在上午的陽光底下綻放，他說道：「我找林家司通大人的大妹妹，林家大小姐。」

年輕公子的確是來找林小寧的，他正是新任縣令蘇大人。

上任後，他就聽聞縣衙之人說到桃村林家，說林家大小姐是上任胡大人的忘年之交，還是董師爺作證，燒過香的。

又說起桃村的路是林家修的，胡大人在任時為流民傷神，可這林家全解決了，全落到桃村給負責安置，開出荒地將租給他們種，還開了磚窯與瓷窯，流民們在裡頭幹活。那瓷窯竟然有鄭老——名朝第一燒大師坐鎮，可惜人家只燒不賣。

林家少爺因這事，封了個七品司通大人。

林家大小姐實在是厲害，建了學堂，束脩由村裡公中出，所有村民的娃都能免費進學堂，聽說還有女學堂。現在縣城裡瘋著改建的淨房，就是林家大小姐想出來的，兩個窯廠的師傅也是林家大小姐給請回來的，棉巾作坊更是由她一手創辦。

傳聞還沒清靜，里正便帶鄭老與方老師傅前來說，兩家要遷戶籍到桃村。

蘇大人好奇心頓起，如此一座流民災民之村，會想到修路，想到開窯燒磚燒瓷，竟能把鄭老這聞名天下的大師給請來了，現在還要遷戶到桃村？於是拿話把遷戶與消宅契一事暫壓不辦，將衙門的事務交接清楚後，做了一番安置，就親自前往桃村去會會這個林家大小姐。

一路上看到青磚路又寬又乾淨，心中驚嘆，這林家到底是何等人家？林家大小姐是何樣的人？竟然能把路修得如此漂亮寬敞！

到了桃村外的荒山群處，看到一群群漢子挖泥用牛車運往村裡，牛車四周做了高高的木板遮擋，阻住泥渣掉下來，保證路面乾淨，尤其是山底的一段路，兩側種了樹木，插了柵欄，漢子們光著膀子，身形健碩，臉上充滿著對未來生活的希望。

到了村口又驚覺，村裡建得如此之好，村口有牌坊，還有一塊那麼名貴的石塊刻著村規。學堂院子建得充滿童趣，女學堂的分類清清楚楚，如此重視農家之女者，自古以來第一村啊！還有村裡的磚房、田地、水井……

再看在建的商鋪街，一個十幾歲的小姑娘，身著灰撲撲的舊衣，指手劃腳地與一個中年男子爭論不休。

沒料到小姑娘語出驚人。厚重感，百年不倒的城牆，心裡沈甸甸，他說不出話來……

這姑娘，正是他想會會的林家大小姐！

他入了林府，林家設宴款待，鄭老與方老師傅因為戶籍一事，有些不舒服，鄭老臉上尤其明顯。

蘇大人歉意笑道：「二位老爺子切莫怪罪，實在是本官好奇，想來桃村一探究竟，把二位老爺子的戶籍之事壓住了。今日回去馬上辦，辦好了讓人給二老送來。」

鄭老這才緩過臉色，笑著讓林老爺子拿出好酒，說三個老頭要與蘇大人一醉方休。

林小寧偷笑。鄭老是一個單純至極的人，五十來歲了，卻喜形於色，一點心機也沒有。

村長在一邊也熱情得很。與蘇大人共席，多麼有面子啊！里正都想不到呢。

蘇大人對村長的熱情十分自然，在商鋪街時就已領教過了。

林家棟在席間坐了不久，磚窯裡有事要他去，便匆匆吃了兩口，就和王剛、王勇一起去了。

此時正是日頭當空的正午，林小寧吃飽後有些困頓，交代了席間伺候的丫鬟幾句就回屋休息去了。

而席間，蘇大人問東問西，村長熱情作答，從去年林家買五百畝荒地開始起，說到胡大人硬塞的流民，再說到建學堂，開作坊，又說到兩處荒山群，建磚窯瓷窯、修路等等。

村長說得抑揚頓挫，如同說書一般，聽得蘇大人面泛紅光。方老師傅把他來桃村的經過一說，惹得眾人大笑。鄭老則說起林小寧不嫌棄自己那口血痰之事，蘇大人聽了沈思不語。

三個老頭不停勸酒，蘇大人被灌得暈乎乎，道：「三位老爺子，不可再喝了，蘇某好像喝多了。」

三個老頭才不搭理，這蘇大人，年輕小哥，膚白面俊，說話斯斯文文，沒半點官架子，對他們三個老頭恭敬有加，非得看他酒後出醜不可。於是，林老爺子神神秘秘地拿出一小罈參酒，給蘇大人斟滿一杯，請他品嚐。

蘇大人拿起杯，在鼻端輕嗅。「三位老爺子對蘇某如此厚待，這般寶物也捨得拿出來招待，真是讓蘇某感慨。」

三個老頭聽聞此話，臉上全都顯出得瑟神情。這可是他們三個老頭子專屬的好酒！

但見蘇大人一杯酒下肚，就微瞇上了眼，半晌才道：「蘇某雖見過些世面，可這等甜潤的參酒是第一次品嚐，足見泡酒之參年分之高！但這泡參之酒，雖是醇厚，卻是次了些，可惜了這等好參。」

三個老頭一聽，不高興了。「這酒可是清水縣城最好的酒，要二十兩銀一罈呢。」

蘇大人完全暈乎了，說話都大舌頭，也忘了應酬禮節，竟然笑道：「老爺子，這二十兩銀一罈子酒，是多大一罈啊？」

鄭老比劃著。「這麼大罈。」

蘇大人又笑。「這是大缸子吧，恐能裝這小罈子幾十罈吧？這種酒太次了，老爺子，下回我託人帶些好酒送給三位老爺子。」

三位老頭一聽這話，相互看著，又看著醉醺醺的蘇大人，疑惑道：「這等好酒也次？」

蘇大人含糊不清道：「次了，老爺子，這等年分的上好人參，得要更好的酒泡著才配，才配啊……」

蘇大人臨走時，醉眼看了看午睡起來、精神抖擻的林小寧。「林小姐用次酒泡好參，建桃村、蓋學堂、開荒地、安流民、修山路，卻衣著破舊，著實有趣。」

三天後，鄭方兩家的戶籍與黃老漢消宅地契之事，蘇大人果真就辦好並差人送來桃村。

第十三章

秋天到了，原村民的地裡莊稼都呈現出金黃。

林家商鋪修建好了，縣城裡的鋪子東家紛紛來此洽談租鋪事宜。

商鋪外觀漂亮氣派，一條街過去，左右兩排外腰牆全是貼上了青白相間瓷片，看著都精神。裡面是白亮亮的地板，青白或青紅相間的腰牆，華麗極了。

從此，桃村有了寬闊的商鋪街，雜貨鋪、米糧鋪、布疋鋪、首飾鋪……

各種鋪面陸續開張，商業繁華之象初現。

同時，林家棟與付姑娘成親之事也在準備了。這門親事要好生籌備，這可是林家長孫娶媳，又是七品司通大人娶妻，要精心籌畫。

一直以來，付奶奶對林家棟這個準孫女婿好得沒話說，做一點好吃的都要送到窯廠，還要親眼看著林家棟吃幾口才安心，對於兩家的親事相關事宜，基本上不提任何意見，只說林家看著辦，怎麼辦怎麼好。

林家棟給付家送去不少銀兩，讓付奶奶給付姑娘置辦嫁妝，不想付姑娘因為嫁妝寒酸而心中難過。

付姑娘最近面色含羞，婚期將至，對新生活的期待寫在臉上。

林家棟也頻繁出入商鋪街與縣城，訂做婚禮時的用具一應俱全。

林老爺子是大肆操辦林家棟的婚禮，請了村裡有經驗的婦人籌備酒席，鄭老與方老師傅家的兩個婆子也都過來幫忙，又買了四個下人，一個放到廚房，一個洗衣，兩個姑娘說是放在林家棟院裡伺候著。

林家棟不想付姑娘生嫌隙，不肯要。林老爺子說：「你不要人伺候，難道我林家的孫媳婦也不要人伺候啦？付姑娘是好姑娘，不會生那些不著調的嫌隙的。」

酒席主廚是從縣城請了兩個大廚，菜式豐盛得村民們見所未見、聞所未聞。

自林家棟成親之事安排起來，林老爺子就極其鋪張很是捨得，這是林小寧從上次遷祖墳後再一次看到爺爺勇於花銀子的做派。

林小寧太喜歡爺爺、大哥花銀子了。銀子賺來不就是花的嗎？且不說空間裡那一堆的千年寶藥，只說現在兩處窯廠一個作坊，都是銀錢滾滾而來。

有銀子不斷進帳，林老爺子也慢慢大方，不再扣省那些個小錢。應該花的，也從不含糊。

林小寧穿到這個身體一年多，虛歲十四了，爺爺與大哥，還有小香、小寶，對她千般好萬般好，根本無法形容。她從最初冷靜的旁觀者，變成了現在與他們息息相關的血親之人。這是一種情感上的變化，她有時會生出奇怪的想法，或者說是幻覺，覺得前世與現世本就是一體的、相續的，根本沒有換成另一個人生，只是從上一世的人生斷截處，自然地就接續了下來。

付姑娘進門前三日，王剛、王勇兄弟搬到林老爺子的院裡。

成婚第二日，林老爺子笑咪咪地坐在廳堂，喝著付姑娘遞來的茶水。付姑娘送上了給林老爺子做的衣裳與鞋子，林小寧、小香、小寶也各有一套，實在是讓林老爺子心情大好。

封過紅包後，林老爺子得意地在院裡逛著，看到望仔、火兒、大白、小白，還與牠們玩了一陣子。

大白、小白個頭長大不少，望仔與火兒喜歡坐在牠們背上嬉戲。看到林老爺子，打滾討好、又舔又蹭，把林老爺子樂得帶著牠們幾個與鄭、方兩個老頭一起去山上採野菜去了，說是小寶愛吃。

方老師傅帶出林家棟、王剛、王勇還有其他幾個得意徒弟出來後，早就不在磚窯待了，三個老頭子沒事就打打牌，聊聊天。

三個老頭現在是桃村鼎鼎有名的閒老爺子。

黃老漢因為宅地契被林家收回，不得不與女兒商議著，與村長討價還價，最後花了二十兩銀子買下，又跑去縣城找蘇大人再辦回宅地契。縣衙不嫌麻煩地辦了，蘇大還對村長里正道：「下回如有偷奸耍滑者，都可消掉宅地契，還給林家。」

村長得到蘇大人如此客氣待見，自豪極了，回村就宣揚說：「蘇大人是清官，清官是心繫百姓的，但這個百姓得是好的忠的，奸滑鑽空子的，蘇大人絕不手軟。」

黃姨娘這次買房子又給黃老漢二十兩銀子，手中見緊，越發不快，又因為肚裡大了，脾氣古怪，對小鄭師傅與余婆子動輒打罵。余婆子鄙視不已，見著黃姨娘要打人就躲，看著要摔東西也躲，反正不關己事，當家主母都不管，她才懶得管呢，摔爛的東西也不去收。

黃姨娘喊她多次，她只道：「黃姨娘，我只管廚房的事務，不管妳屋裡的事。」

氣得黃姨娘當天晚上與小鄭師傅吵了半天，第二日小鄭師傅去買回一個丫鬟放在她屋裡伺候才算作罷。

鄭老每日與另外兩個老頭打牌聊天上山玩耍，哪管自家院裡雞飛狗跳。林老爺子時時能打上一、兩隻小獵物，就吩咐廚房做了，三人一起吃得歡快。

孫氏現在每天只管卯足了勁兒伺候鄭老，精心打點鄭老的飲食，還跟余婆子學燉湯，對小鄭師傅只做好本分，對黃姨娘院裡的事充耳不聞。

余婆子與孫氏常常泡在廚房，琢磨著燉湯，扯扯家常。黃姨娘院裡的那個新買來的丫鬟叫春香，進了黃姨娘屋裡後，常被使喚著來廚房要這個要那個吃，余婆子愛搭不理，倒是孫氏說：「她要吃什麼，報個單子來，不然，一會兒要吃這，一會兒要吃那，食材不全，到時又說我苛待於她。」

黃姨娘報出一長串單子，孫氏皺著眉，還是咬著牙去商鋪街買了回來。余婆子嘀嘀咕咕地說：「一個姨娘而已，還要正室出去採買食材，走哪都說不過去。」

孫氏聽了不言語。

鄭老知道後，與兩個老頭去了一回縣城，帶回三個丫鬟，一個放在孫氏屋裡，一個年紀大的放在自己屋裡，另一個放在廚房給余婆子打下手。

孫氏對鄭老道：「媳婦不用人伺候，把我屋裡的那個放在狗兒屋裡伺候吧。」

鄭老擺擺手。「不用，狗兒是男娃，如今都有十三了，要什麼丫鬟伺候，別學壞了。」

黃姨娘看孫氏也有了丫鬟，覺得自己落了一等，又找著小鄭師傅鬧騰。小鄭師傅這次沒那麼溫柔可心，正色道：「難道妳一個姨娘有丫鬟，孫氏這個正妻還不能有丫鬟嗎？妳就消停些吧。」

晚上，黃姨娘的屋子裡又充滿了爭吵聲。

余婆子嘆道：「這黃姨娘啊，平日裡吃這吃那沒胃口，總是說身子弱，可吵起架來怎麼精神那麼足呢？」

孫氏有了丫鬟伺候後，清閒了下來，每日只管燉一盅湯給鄭老喝，親手燉，親自看火。余婆子也因為有了人打下手，輕鬆了些，常與孫氏說叨一些村裡的細碎事務，最後不知怎的，就說到了棉巾作坊，而孫氏竟然動了心思，想要去作坊上工，省得成天待在家裡聽著黃姨娘的聒噪。

付冠月已是林家的孫媳，作坊的事務林小寧放下不管，全權交於她手上，她現在要管帳本，要管人員收支、算計盈利，每月三回與張嬸對帳、清算，就不再日日去作坊了。

張嬸一個人打理作坊還真是有些忙不過來，孫氏找了張嬸幾回，透露自己想來作坊上工的意思，張嬸心下願意，讓孫氏找鄭老說說，鄭老同意就行。

孫氏怯怯地對鄭老說出心中想法，鄭老竟然真的同意了。

鄭老說：「我如今就指著與那兩個老頭一起打打牌、聊聊天，過過輕省日子，偶爾燒一窯瓷器，只要家裡不出丟人現眼的事，妳愛怎麼辦都行，以後都不用來與我商量了。」

張嬸作主，孫氏就進了作坊。

對於張嬸的魄力，林小寧很是讚許。當初就覺得張嬸是個熱情、有號召力的人，尤其是在女人堆裡，張嬸把自己的優勢發揮得淋漓盡致。

作坊婦人眾多，是口舌之地，可張嬸把作坊打理得有條不紊，口舌之爭止於作坊門口，進來後就是幹活的，拉拉家常可以，但不可背後道人長短。當然出了作坊門後，張嬸就不管了。這些管理經驗雖是由林小寧傳達，但張嬸執行得非常漂亮。

林家棟自成親後，越發成熟穩重有男人味。但看到王剛、王勇兄弟與大哥一起商議事務時，林小寧突然意識到，王家兩兄弟還沒成親呢。

林老爺子也意識到了，對王剛兄弟說：「看中哪家姑娘，就派張嬸去提。」

沒想到王剛回答：「林老爺子，我知道林家對我兄弟倆好，可我們兄弟暫時不考慮成親之事。」

「到了年紀就要成親生子啊，傳宗接代是男兒本分，怎麼能到了這個年紀還不成親呢？又不是沒有銀子成親，也不是找不著好姑娘家。」林老爺子道。

王勇道：「林老爺子，我們兄弟的親事真的不用考慮。」
林老爺子看著林小寧仍坐在屋裡，說道：「丫頭妳迴避一下，我有事與他們單獨說。」
林小寧應了一聲便出去，又躡走躡腳地走到窗下偷聽。
沒法子，是這個身體太八卦了，不是她八卦。林小寧自嘲地想。
屋裡，林老爺子悄聲問：「剛子我問你，你不想成親，是不是看上我家寧丫頭了？」
林小寧大驚，暗道：爺爺可不要這樣亂點鴛鴦譜啊，她和王剛之間可是極純潔的。
只聽得王剛聲音傳來——「林老爺子，我絕沒起這心思。」
林老爺子又道：「你平素裡與寧丫頭走得近，兩人有感情也正常，你若是願意，我讓張嬸與丫頭說去。」
王剛的聲音有些急。「林老爺子，這事不是這樣的，小姐是奇女子，我欽佩不已，但不敢生出這等輕狂念頭。實話對您說吧，我早已成親，妻子是勇子的姊姊，我與勇子不是親兄弟，只因勇子家中出事，我們把她放在一個庵裡避著，等上兩年，勇子的家事了了，我與她就可團聚。」
林小寧聽到這裡，心道：王剛、王勇出身不凡，一早就看出來了，又有功夫在身，董師爺曾說他們兄弟可以信任，才敢安排王剛獨自賣藥材。但到今日他們才道出些許曲折，雖只是點到為止，卻是信任了我們林家。
林老爺子的聲音又傳來——「剛子、勇子，你們也不是外人，如今這些話說出來，我也知道你們也沒把林家當外人，你們兩兄弟的親事我就不操心了。但勇子家中出事，應該辦的還是得去辦，不能讓你們困在這兒走不動。當初你們倆來時，我就看出你們不是普通流民。你們的事我不問，什麼時候要出村只管說，馬車盤纏都會給你們備好……」

秋收過後，蘇大人又來桃村了。依然是馬車、便服，加一個隨從。到了林府門口，搬下三個罈子，說是送給三個老爺子的好酒，讓三個老爺子晚上備上佳餚，來品嚐好酒。

林小寧被拉入席中，蘇大人道：「林小姐得嚐嚐我帶來的酒，妳就知道妳泡的酒有多次了。」

林小寧在林家身分特殊，林老爺子從不要求她做千金小姐狀，喝酒也是許的，只是她酒量不好，更嚐不出好壞。

卻是三個老頭，嚐了酒後，竟然呆住了。

方師傅道：「我一生第一次品嚐上等好酒就是林老頭的參酒，那酒當時一喝就像神仙一般。可現在一嚐這酒，才知道蘇大人當初說的不假。參是好參，喝了就有精神，可酒，完全不能相比。」

鄭老道：「蘇大人的酒是好酒，天下無敵，可惜沒參。」

林老爺子道：「若是用這酒泡參，那是什麼滋味？」

三個老頭一下子眼就亮了起來，鄭老道：「林老頭，快把參撈出來，放到這個罈裡去！」

三個老頭入了林老的院子。

王勇喝過一杯酒後，離席不見了。

蘇大人眼睛閃亮地看著林小寧道：「林小姐，妳覺得此酒味道如何？」

林小寧搖頭。「蘇大人，我不會品酒。」

王剛道：「這酒，是魏家當年的神仙酒。」

蘇大人驚問：「你怎知這酒是神仙酒？」

王剛道：「以前曾喝過。魏家釀酒世家，當初以神仙酒聞名天下，只是如今魏家已流放兩年，神仙酒再難覓得蹤跡。蘇大人好大手筆，竟然尋得三罈。」

蘇大人自豪道：「當年神仙酒名揚天下時，家父買了一百罈，存在窖中。上回得三位老爺子厚待，竟拿出那等極品參酒給我品嚐，我又怎能藏私？託人從家中捎來三罈酒，給三個老爺子嚐嚐。只可惜魏家舉家流放苦寒之地，神仙酒算是絕跡了。」

王剛道：「魏家是受了冤屈。」

蘇大人嘆息。

林小寧好奇地問：「魏家是受何冤屈呢？一個釀酒世家，遠離政事，怎麼就被舉家流放呢？」

蘇大人道：「聽說與獻酒有關，好像說兩年前獻酒，結果是酸的，正巧皇上當時身體極差，王丞相就判了個不敬之罪，舉家流放了。」

王剛黯然說道：「是酒被人換了，因為魏家不肯交出家傳酒方，被奸人所陷害。」

蘇大人問：「你從何得知？」

王剛道：「聽人說的，傳聞或不可信，喝酒吧。」

蘇大人又轉問林小寧。「林小姐，妳且再嚐嚐此酒。妳看，此酒乾後，餘液在白瓷杯上爬著，爬到高處就跌落下來。」

林小寧有些傻眼。她對酒無半點研究，但蘇大人說得如此生動，竟把酒形容成這樣，忍不住一杯酒飲盡，果然看到少許餘液彎彎曲曲地在白瓷杯壁向上爬著，爬到高處就跌落下來，一時間心動不止。酒也能這般靈氣，怪不得中華酒文化傳承幾千年。

蘇大人輕輕說道：「林小姐，可有妳所說的厚重之感？」

蘇大人是極為感性之人，林小寧暗忖，點頭。「蘇大人才識過人，一個詞用在不同環境，有不同感受。小女子受教了。」

蘇大人微微一笑。「非也，林小姐才華橫溢，厚重感一詞，我那日回去思前想後，實在令人拍案。我與司通大人同級，妳不要這般客氣生分，當我是妳大哥同僚即可。」

林家棟聽得此話，笑道：「我這司通大人是不管事的那種。」

蘇大人道：「林大人過謙了，管事與不管事都是七品。」

三個老頭拿著一柄長杓，在褐色的大酒罈裡撈著，當那株巨大的人參浮出酒面時，三個老頭壓著心頭的驚悸，面面相覷。林老爺子咳嗽一聲，三人慌慌張張地把參放進神仙酒罈裡，又把酒罈收好，說要存一存，泡一泡才有參味，才好喝。

三人低頭商量了一番，然後分出一小罈舊參酒，有點心虛地出了房間。

入席後，三個老頭道：「蘇大人如此慷慨，送給我們三老頭神仙酒，這小罈參酒，雖然酒次了些，可參卻是上好的，請蘇大人帶回老家，給蘇老爺子品嚐。」

蘇大人聽了，眼睛彎彎一笑。「那我今日可是賺到了，三位老爺子的參酒可是寶參啊。酒雖然不如神仙酒，但也是好酒，三位老爺子才是真正慷慨，蘇某真是受之有愧。」

三個老頭把酒罈遞給蘇大人的隨從，道：「來來來，蘇大人，我們幾個再來個一醉方休。」

蘇大人笑道：「三位老爺子可放過我吧，我與林兄同級，年紀也相差無幾，就當我是小輩，存一些好心，讓我能清清爽爽地回衙門，上回我可是醉得不輕啊。」

三個老頭哪裡肯依，林家棟也豪放勸酒，再一次把蘇大人灌得醉醺醺地回去。

但林小寧發現，王剛自說完魏家之事後，也不見了。

林小寧心中疑惑，第二日便找到王剛、王勇兩兄弟，說道：「王剛、王勇，你看我們桃村現在有作坊、有磚窯、有瓷窯，有山有地，什麼都有。爺爺與鄭老方老都有好酒，你說我們開個酒坊如何？」

王剛、王勇一聽，面色微微變化。

林小寧道：「開個酒坊，以後我們桃村就有好酒喝了，雖不是神仙酒，可喝了勝過神仙不是？你看，我爺爺他們三個老頭子是不是勝似神仙？」

林小寧盯著兩人的表情，又道：「如果能釀出像魏家那樣的好酒來，那該多好……」

王剛與王勇面色有些發白。

「你們可是怕我們真釀出好酒來，也會有大難？」

王剛、王勇點頭。

林小寧笑了。「按王剛的說法，魏家是不肯交出方子，惹得人眼紅，才被陷害。可若是我們釀酒根本沒有秘方，方子天下人皆知，那還有難嗎？」

王勇道：「那如何釀得好酒？自古以來，好酒都有不傳秘方。」

林小寧悄聲道：「好王剛，好王勇，你們信我嗎？」

王剛、王勇道：「信，小姐。」

林小寧輕聲說：「你們可記得我曾說過，或有機緣，必助你們兄弟達成願望。你們是不是魏家人？」

「小姐！」王剛王勇面色慘白。

林小寧繼續說：「如果是，那這就是好機緣，如果魏家把方子交出去，可否能免流放之苦？」

王剛、王勇沈思不語。

林小寧急了又問：「能不能啊？倒是給句話啊！」

王勇想了半天終於道：「小姐既猜出我們身分，我們也不隱瞞，我便是魏家之子，王剛是我姊夫。我並不會釀酒，因我出生起就體弱多病，送去寺廟習武練身。去年家中突遭變故，家中所有人全部流放，連出嫁的姊姊都不放過。王剛帶著姊姊逃了出來，上山尋到我，我們把她安置在一個庵裡，便下山去尋家人，看看有無機會可以救出，卻遭遇一個易過容的不明身分的人追殺。此人武功相當高強，我與王剛兩人對上也頗為吃力。

「我們好不容易脫身，就去找家父故友胡大人，希望能想出個法子。胡大人貶官在清水縣，得聞魏家之事，也一直在尋我們下落，讓我改名為王勇，是王剛之弟，不是魏家人。然後又把我們倆安排到小姐這兒。胡大人說，先在桃村待著，等日後他回京，一定想辦法為我魏家申冤。所以小姐，酒坊萬不可開，怕會引來禍害。」

「王勇，我是說如果你魏家把酒方交出去呢，會不會免全家受流放之苦？」

「小姐，我魏家的酒方在會釀酒的人心裡，沒有紙方，多少代都沒外傳過。如果讓我魏家把這釀酒的法子交出去，這等賣祖之事絕不能做。」

林小寧無奈地說：「我說話你們聽不明白嗎？我是問如果交出方子，魏家能不能免難？」

王剛接話：「如今胡大人已回京復職，如果交出方子，再從中周旋，或可撤罪。」

林小寧又問：「那會釀酒之人可是在庵中？」

王剛王勇對視一眼，點點頭。

林小寧道：「當初師爺曾說你們兩兄弟可以信任，我猜你們與師爺或胡大人有所淵源。胡大人把你們落戶桃村，是何用意？不就是為了保你們平安嗎？如今你們就信我一回。方子是死的，人是活的，如果為了一個方子，就使魏家人都受流放之苦，沒了根基，又如何面對祖宗？況且釀酒之人才是關鍵。我雖不懂釀酒，但我卻知道，釀酒不僅看方法，還要看環境、看地理位置、看材料、看水質、看人。方法雖重要，後面幾樣更重要，不知道這話帶給釀酒師傅聽，她會不會認同？」

林小寧說完拿起桌上的小罈。「王剛，你把這罈帶去給會釀酒的人看看，再考慮要不要交出方子。」

王剛與王勇開罈一看，只見清水，沒有味道，疑惑地問：「小姐？」

林小寧笑道：「去，找個會釀好酒的師傅，只管把這罈帶去給她瞧，她來不來隨她。」說著，又遞去一張銀票。

王剛收了銀票，看了看王勇，突然笑了。「小姐，還是午飯後出發？」

「這回想何時出發就何時出發，人帶不帶得回隨你，去時記得帶上罈子，我與王勇等你。」林小寧歡快地回答。

王剛吃過午飯後便策馬出發。

午飯時，林小寧覺得身體不適，回屋休息，一覺醒來，腹中微痛，突然驚覺月事來了。她馬上叫來丫鬟。「梅子，去嫂子那兒要一些棉巾來。」

過了一會兒，付冠月帶著梅子來了，手裡拿著一條乾淨棉布包裹，進了屋後，就關上門問：「小寧，妳癸水來了？」

林小寧點頭，付冠月麻利地安排梅子去拿乾淨衣褲，把包裹放到床頭邊。「肚子痛不痛？」

「有一點，不厲害，沒事。」

「梅子，去熬一碗薑湯來。」付冠月說完便退到側室。

林小寧換好衣褲，付冠月才進來坐在床邊。「小寧啊，這是喜事，我真替妳高興。」

「這是什麼喜事啊？」

「怎麼不是喜事？說明妳現在是大姑娘家了，不是丫頭了，以後可別老讓人叫妳丫頭，難聽死了。」

「嫂子，我就喜歡人家叫我丫頭，聽著可親呢，不然叫我什麼？林小姐？笑死人了，除了王剛、王勇叫我小姐能聽著順耳些，其他人叫我小姐，都聽著彆扭得很。見過我這樣的小姐嗎？成天拋頭露面的，哪像嫂子妳啊，生就一副大家閨秀的樣子，還是七品夫人。」

付冠月被林小寧打趣，紅了臉道：「妳哥他人好，我都一輩子知足了，有沒有錢，是不是官都沒關係，嫁給他我真是前世修來的……」

林小寧笑著湊到付冠月耳邊。「嫂子啊，我大哥怎麼好啊？」

付冠月看到林小寧的鬼臉，紅著臉嗔道：「妳這丫頭，好好休息，今天晚上罰妳喝一大碗雞湯，還是不撇油的。」

「別，嫂子，幫小的把油給撇了吧，小的以後再也不敢了。」林小寧笑道。

付冠月笑著把林小寧按到床上。「再休息會兒，記得穿暖些，夜裡涼，被子要蓋好。晚飯時我再來叫妳，最近小寶功課可緊，我得去關照下，不陪妳了。」

林小寧說：「嫂子，功課什麼的妳也別逼得太緊，小寶還小呢，不像狗兒與大牛、二牛。」

第二日，付冠月去了縣城買了一些上好的面脂，還有一些絲綢，帶回來給林小寧。桃村的商鋪街主要還是生活日用品，這種比較奢侈的貨品不齊全。

付冠月把買來的東西放在林小寧房間的桌上。

林小寧愛用面脂，以前就沒斷過，但對於絲綢卻是極不愛的，只愛棉布，粗細都愛。

付冠月卻不管，給林小寧量了身，說如今她是大姑娘了，要親手做一套漂亮的綢衣給她穿。

王剛一去十天沒返。

蘇大人又來了，前兩次來桃村，只是第一回逛了一圈，兩次都被三個老頭拉著喝得暈乎乎的。

這回他學聰明了，午飯過後才來，與林家棟、林小寧談論著兩處窯廠的管理事宜。林家棟帶著他去參觀了磚窯。磚窯現在有十二個窯了，方師傅帶出的徒弟一人掌管著一處窯，小方師傅則做技術總管。

蘇大人看得新奇不已，又轉去瓷窯裡看。

鄭老這陣子沒燒窯，只有馬少發帶著一群人在燒瓷片，小鄭師傅則掌管著泥坯與火候。幾十個徒弟描花的描花，做茅坑坯的做坯，還有做瓷片坯的。瓷片是用了鐵模子壓，保證了瓷片大小整齊，又輕省。

早在磚窯建成時，方師傅就用鐵模子壓磚，瓷窯一開，就學到了這招。

瓷窯的作坊很有些文化氛圍。鄭老的作坊是獨立的，林小寧陪著蘇大人在鄭老的作坊裡面轉著看著，各式描花用的顏料、筆、釉……鄭老的工作椅鋪了軟被與軟墊子，處處都有著他驚天手藝的神秘氣息。

蘇大人屏息觀看著，好像不小心會破壞了鄭老的工作坊用瓷品靈氣蘊養出來的風水。

林小寧偷笑著看蘇大人小心翼翼地在作坊間走動著。

出了作坊，蘇大人好像輕鬆了一般，呼了口氣說：「林小姐，蘇某想修建一下衙門住處的淨房。」

林小寧道：「蘇大人只管找人力即可，材料送你一套最好的，瓷片也用最好的。」

蘇大人笑道：「林家闊綽，林小姐一出手就是最好的。」

林小寧道：「蘇大人難道不闊綽，神仙酒一送就是三罈。」

蘇大人又笑。「妳爺爺還送我一罈參酒呢，林小姐。」

林小寧含笑問道：「蘇大人年俸多少？」

蘇大人笑答：「林小姐，蘇某年俸一百二十兩銀。」

「那蘇大人這腰上這帶銙值多少銀？」

「二百兩。」

林小寧不語，站在陽光底下輕輕笑著。

蘇大人也輕輕展顏。「林小姐，蘇某是江南蘇家人，家境尚可。」

林小寧看著蘇大人的笑容，心情很好。這樣的笑容，誰看了都會有好心情，真是與青山綠水相映成輝。

第十四章

孫氏娘家人來了。

孫氏爹娘與她三個兄長大包小包地下了馬車，手中還有活雞、活鴨、活魚等。

孫老爹是個圓滑的，見了鄭老的面，彷彿當年他們上門鬧事根本沒發生過一般，上前去就叫：「親家喲，可算是又見著您了，看您現在長得可是好著呢，看著多年輕又福態，就是我們村那個地主老爺，也沒您長得好啊！」

孫氏娘親和道：「是啊是啊，親家公，怎麼長得這麼年輕體健喔？知道親家公健朗得很，我們就舒心了。親家公這麼多年一直忙著，現如今總算是輕省下來了。我家玲子可有好好伺候？玲子手笨，廚藝不精，這回到了這兒啊，我做幾頓好吃的，包你吃了長命百歲，我都帶食材來了，晚上就做。」

鄭老被孫氏爹娘噼哩啪啦地被說傻了，只得說道：「親家，這個、這個……不用妳動手的，妳就休息吧，余婆做飯滿好吃的。」

孫氏馬上接話：「娘，余婆是我們家專門做飯的，公公喜歡吃她做的飯。」

孫氏娘道：「欸，親家公，您那是吃玲子的菜把口給吃糙了，什麼都好吃，您吃吃我做的再說吧。我現在就去準備一下，老頭子，你陪著親家公聊聊，玲子帶我去廚房。」

孫氏娘反客為主地安排好，就進了廚房，殺雞、殺鴨、殺魚，身手麻利得很，余婆子主動打下手，幫著洗洗涮涮。

孫氏把爹娘與三個哥哥的屋子安排好，叫丫鬟拿出新棉被，鋪上新褥子，把巾子、帕子、盆子都放好，很滿意地掃視了一眼就去廚房幫忙了。

鄭家廚房熱氣騰騰，真是讓人眼睛發熱的感覺！

鄭家人丁不旺，三代只有四口人，黃姨娘進門後，鄭老成天不見影，與狗兒只在林家吃喝，晚上回來後，喝喝孫氏燉的湯就算表示收到了她的孝心。

孫氏去了作坊上工後，也是早出晚歸，有事沒事都在作坊泡著，每天只是惦著給鄭老燉一盅湯。家裡的事務少，丫鬟平日時做好家務，或者到後院裡聊聊天，扯扯閒，院裡總是靜悄悄的，除了余婆子還會與孫氏飯前飯後聊聊，真是一點生氣也沒有。

孫氏入了廚房，孫氏娘親笑呵呵地悄聲道：「玲啊，妳最近吃了啥好的？可是長得太好了，有太太的樣子了。豪子對妳不錯吧，過去的事了了就了了，好不容易有了今天這樣的日子，可得好好過。」

孫氏看著娘家人，又開心又有些委屈，把娘親拉到一邊悄聲道：「公公現在也不計較那事了，我現在只管把公公服侍好就成。如今這日子能過得這樣好，是我的福分。狗兒也出息，讀書好著呢，只是豪子他……納了一個小妾，不過沒事，娘親，公公雖不明示，卻是站在我這邊的。」

孫氏娘到底是年紀大，八卦事情見多聽多，加上黃姨娘一事早就從帶信的人口中得知了，馬上說道：「玲子，可不要置氣，如今豪子他不比以往，有妳公公坐鎮，他自己又能掙大把銀子了。男人嘛，有了銀子想納妾也是正常，但妳是正室不是？豪子性子溫，對妳一向好，要不妳能長得像換了個人兒似的，我還差點沒認出來呢。」

孫氏點頭。「豪子對我不差，我現在就是做好本分，伺候好公公就成。狗兒眼見著就大了，將來靠著狗兒，我也好過得很。」

母女倆細細聊著，把這陣子鄭家來桃村後的一切，聊得清清楚楚，然後把洗淨的肉菜快手切好，放在盤中，把湯煲上，然後對余婆交代隔時來看下火，就一同去了他們的房間收拾一路風塵。

孫氏娘親之前聽到帶信的人口中說過鄭家氣派，進門時，府門雖然大氣，但低調，沒感覺出來什麼。但進了後院，被驚人的豪華震驚了。

孫氏偷偷捏著自家娘親的手，示意不要在丫鬟面前出醜，一路行到客房。

洗了熱水臉，換上乾淨衣裳，孫氏娘親打量著客房的家具擺設，欣喜地說：「玲啊，妳現在可是當家主母了，這家大業大的，銀子可要看緊了，別給一些不乾不淨的人貪了去。」

孫氏道：「娘，如今豪子賺的銀子八成歸我，三成是拿來做家用的，五成給狗兒存著。我在作坊上工也有月銀，都沒花，這次您回去時帶上些。」

孫氏娘親樂得很。「好好好，我的好閨女啊，現在知道心疼娘家了。早些年就知道來娘家討食，十里八村的也沒看到哪家嫁出去的閨女，還要月月給娘家討食的。」
孫氏紅了臉。「娘……」
孫氏娘親笑道：「不說了，不說了。」
孫氏娘親與孫老爹休息了一陣後，又入了廚房忙碌著。孫氏娘親是見人熟，與余婆子聊得很是歡快。
正做著菜，春香來了，說黃姨娘餓了，但胃口不好，想吃些燕窩粥。
余婆子不理，孫氏娘親也不理。春香有些不知所措，又說了一遍。
孫氏嘆了口氣。「晚飯做好了就給她燉，今天晚上有雞湯，一會兒妳先給端一碗去吧。」
孫氏娘親一聽就黑了臉。「雞湯是給親家公燉的，她黃姨娘餓了？親家公還餓了呢！豪子也餓了呢！我家玲子也餓了呢！她一個小妾，排後面吧，等我們吃飽了再說！」
春香從來沒被人這樣喝斥過，轉身就跑回黃姨娘的院子。
孫氏嘆氣。「娘，別這樣了，黃姨娘是雙身子的人，那是豪子的骨肉，還是得好生對待，不然說出去難聽。」
孫氏娘親道：「妳這是換性子了，怎麼成這樣了，任一個妾爬到妳頭上？」
余婆子一聽，大為贊同地湊過來。「老夫人說得對，夫人就是性子太好，任一個妾室在後院無法無天，我都看不下去了。我余婆也是伺候過大戶人家的，沒哪家主母像夫人這樣的好性子。」

孫氏道：「我只是看在豪子的骨血分上。」

晚餐是孫氏娘親掌廚，菜式做得很漂亮，鄭老吃得停不下筷子。

黃姨娘又差春香來廚房說不想吃燕窩粥了，想吃酸酸辣辣的菜。

余婆子正在廚房休息著，聽這話就來氣，把春香一頓罵。春香委屈地到堂屋對小鄭師傅道：「老爺，黃姨娘胃口差得很，想吃些酸酸辣辣的。」

孫氏問道：「剛不是說要吃燕窩粥嗎？」

春香說：「姨娘說覺得胃裡難受，不想吃燕窩粥了，想吃酸酸辣辣的。」

小鄭師傅臉色有些難看，鄭老彷彿沒聽到似的說：「來，親家，喝酒。親家母手藝真是不錯，比余婆做得都有滋味。」

孫氏娘親樂道：「可不是呢，親家公愛吃，我以後每天做。」

鄭老不知道是真心還是假意，竟然說：「親家母，妳把妳會做的菜式教下余婆吧，還真是好吃。妳就不必親自做了，妳可是親家母呢，哪能總讓妳下廚。」

眾人都不理春香，春香討了個沒趣，走了。

過了一會兒又來說道：「老爺，黃姨娘暈過去了。」

鄭老不耐煩放下筷子。「暈了去找村長給瞧啊，跑這兒來做什麼？想把病氣過給我這老頭子嗎？我多久才在家裡吃頓飯，就這麼不肯讓我省心？」

小鄭師傅尷尬著臉，起身要隨著春香去看看。
鄭老銜著小鄭師傅喝道：「坐下，吃飯。」
第二日，孫氏在家陪著爹娘與兄長，鄭老出去打牌，留下話說這幾日都不回了，在林老頭家住著，省得那黃姨娘把病氣過給他。
孫氏娘親一聽就樂。「玲子，親家公是個明理的，這是給咱們讓地，管教那黃姨娘呢。玲子妳就睜著眼，看看妳娘的本事吧！」
鄭老在林家待了五天。
余婆子很八卦地每天來找林家燒飯的辛婆子。她們是一起被買來的，在人牙子那兒有了交情。
林小寧對於古代人的稱呼有些不敢苟同，不過四十歲就被人叫成婆，二十七八、三十歲就是大嬸，想到自己前世可是三十年華，兩者相較實在是汗顏不止。
每日，余婆與辛婆忙完後就會湊在一起，聊著鄭家發生的一切事情。桃村的娛樂如此之少，大家都忙著掙錢，好不容易出一些八卦，不被人口口相傳才是怪事。
鄭家的情況都被她們兩個婆子嚼爛了嚼透了，才吐出來給林家人聽，聽得三個老頭直樂。林小寧、付冠月、小香、狗兒也聽得津津有味。
第一日，黃姨娘要吃個什麼東西，要鹹的，廚房煮了甜的去；要吃酸的，廚房煮成辣的去。黃姨娘氣道：「這是與我肚子裡的孩子過不去呢，給這樣的吃食，豬都不吃！」

孫氏娘親與余婆道：「不知道妳想要吃什麼，妳嘴挑，我們只會做豬食，哪能伺候得起妳黃姨娘，妳自己單獨開伙吧。」

黃姨娘氣哼哼道：「我明兒個就買個煮飯婆子，專門伺候我的吃食。」然後就很神氣地挺著肚子回屋去了。

晚上，黃姨娘拉著小鄭師傅死纏爛打，非要再買個煮飯的婆子，還要像縣城裡大戶人家一樣，在她的院子裡建一個小廚房，專門伺候她的吃食。小鄭師傅不耐煩道：「銀子在妳手上，妳自己看著辦就是了。」

可黃姨娘說沒銀子，小鄭師傅問銀子去了哪裡，自己那兩成幾乎全都給了黃姨娘，再怎麼花也花不完啊？可黃姨娘就是拿不出銀子，這單獨開伙的事就作罷了。

說到這，辛婆子壓低了聲音。「那黃姨娘的銀子大部分都給黃老漢了，這黃老漢在縣城打牌輸好多銀子呢，加上黃姨娘又愛買首飾綢緞什麼的，哪裡能有銀子剩下來啊？」

第二日，黃姨娘要吃食，可鄭家廚房不做她的吃食了。

余婆子笑說：「姨娘不是今兒個就買煮飯的婆子來專門伺候吃食嗎？我可只會做豬食！」

孫氏娘親說：「黃姨娘可是金貴之人，余婆子伺候不起，豬食能給黃姨娘吃嗎？萬一有個什麼閃失，誰敢承擔？以後食材什麼的，也由黃姨娘自己負擔，黃姨娘手上有豪子的兩成呢，只得一個人花，玲子雖有三成，可要管全家吃食，以後不提供黃姨娘的食材。」

黃姨娘氣得跳腳，指著孫氏的鼻子大罵孫氏苛待她。孫氏娘親那個潑辣啊，上前一個巴掌甩到黃姨娘臉上，喝道：「妳當妳是什麼？一個妾居然有膽子罵正妻，亂了章法，壞了規矩！」

黃姨娘沒飯吃，坐在房間就嚶嚶哭著，差春香去瓷窯找小鄭師傅。可自黃姨娘進門不久就一直鬧騰，鬧得太過，小鄭師傅早就反感了，根本不理春香。

失了寵的黃姨娘肚子餓，只好把春香的飯給吃了幾口。

下午時，孫氏娘親帶著孫氏與余婆子到了黃姨娘住處。

孫氏娘親道：「黃姨娘啊，今天來給妳說下大戶人家的規矩。」然後朝余婆子使了個眼色。

余婆子清清喉嚨說：「我代老夫人說下規矩，姨娘可要聽仔細了。大戶人家裡納妾，除非是身分尊貴之人，像妳這樣的寡婦進門為妾，是要簽賣身契給主母的。妳肚子的孩子不管是男是女，出生後只能管主母叫娘，管妳得叫姨娘。若是主母願意，可以把妳的孩子帶到自己身邊養，這樣也算是名義上的嫡出。若是放在妳的院裡養，就是庶出，不得繼承半點家產。」

黃姨娘一聽就睜大眼睛叫道：「什麼？我肚子的孩子不能管我叫娘，還不能繼承半點家產？」

「正是。」余婆子道。

孫氏娘親笑咪咪上前。「來，把這賣身契按上手印，從此後妳才算是鄭家正經的姨娘了。」

黃姨娘還沒回過神來，就被孫氏娘親與余婆子強拉著手，在賣身契上按下了手印。黃姨娘大哭大鬧著親自跑去窯裡找小鄭師傅。

小鄭師傅被她煩得要死，縱然是當年孫氏所做之事太過，可與孫氏到底是近二十年的夫妻情分，以前又一直靠著孫氏娘家人貼補才把日子過下去，加上這些規矩聽方師傅與林老爺子家裡的婆子們說，真是那麼一回事，只道：「丈母娘一點沒說錯。妳一個妾竟然敢罵正室，太不像話，回去休息，不要折騰肚子裡的孩子，若是孩子掉了，就等著我寫休書吧！」

黃姨娘哭哭啼啼地回了家。

孫氏娘親又帶著孫氏與余婆子來找她。

孫氏娘親依舊是笑咪咪的。「黃姨娘啊，身子要緊啊，妳現在好吃好喝可不就是因為肚子裡的娃嗎？妳這娃要是掉了，妳就只是鄭家的一名丫鬟了，就與春香沒兩樣了。那日子能過得這麼逍遙自在嗎？妳是個聰明識相的，好生想想我的話吧。妳若是安生，我家玲子肯定不會虧待妳，將來妳肚子的娃生出來後，也是鄭家的後代。鄭家是什麼人家？親家公可是民間燒瓷大師，那名氣響亮著呢，怎麼會虧待他的孫兒？豪子性子又好，對自己的娃能不疼嗎？妳小心過日子，還是有得福享。可妳若是不識相，那我有一百個法子等著伺候妳，將來娃子一生下來就抱走，看都不准妳看。自己好好想清楚，晚上廚房送什麼就吃什麼，不准再折騰胡鬧。」

余婆子像說戲一般，把事情說得繪聲繪色，聽得狗兒大喜。

狗兒太討厭那個黃姨娘了，娘親與爺爺的糾結事他不管，可娘親對自己一直是疼愛有加，以前家裡窮時，從來都是從口中省下吃食，不讓他餓著肚子。現在娘親與爺爺都好了，偏又插進來一個黃姨娘，如今姥姥可是為自己與娘親出了一口惡氣，真痛快！

余婆子見狗兒與小香這些小的走了後，又低聲道：「昨天晚上小鄭師傅是在孫夫人房間睡的。」

林小寧與付冠月一聽就抿嘴笑。三個老頭裝著沒聽見，去一邊打牌了。

第三日，黃姨娘消停了。到底她是個聰明人，果然廚房送什麼來就吃什麼，不挑食不折騰，只是晚上時，聽春香說黃姨娘小聲哭了一會兒。

這幾日，小鄭師傅都是在孫氏那兒睡的，睬都沒睬黃姨娘。

第四日，孫氏出面對黃姨娘說，每頓允她點兩個自己想吃的菜。黃姨娘不吭聲，過後卻差春香來點了一道辣酸菜，一盤紅燒雞。孫氏讓廚房備好，又加了兩碟大家吃的菜式，讓春香送了過去。

第五日，黃姨娘沒哭，點了燕窩粥吃。這幾日，小鄭師傅根本沒進過她的院子，黃姨娘著春香喊來黃老漢，在屋裡聊了一會兒。

辛婆子對付冠月說：「黃姨娘把自己被強行簽了賣身契一事說給她爹聽，黃老漢叫黃姨娘莫要鬧，把肚子的娃娃好好生下來才是，不然小鄭師傅現在都不進她院子了，要是日後不給她銀子，那他怎麼過日子啊？然後又問黃姨娘要錢。黃姨娘被她爹纏得沒法子，小聲地罵了她爹一通，拿出一錠銀子交給她爹。」

黃姨娘不知，孫氏娘親在讓她簽賣身契前，就找到了黃老漢，孫氏又給了五十兩銀，寫下了賣身契，其實是黃老漢把黃姨娘賣掉的。

第五日晚上，鄭老回了家，與孫氏爹娘一頓痛快吃喝。晚上，小鄭師傅還是在孫氏的屋裡睡的。

王剛終於回桃村了，帶回來一個年輕女子，長得很是端莊清秀。

王家兩兄弟與女子在王剛的房間裡說了一會兒話，一下有哭聲，一下有嘀咕聲。

半個時辰後，兩人來找林小寧。

年輕女子說：「林小姐，我叫魏清淩，妳叫我清淩就行。」

「妳以後就叫我小寧吧，清淩姊。」林小寧笑著。

魏清淩關上門，悄聲問：「林小姐，妳送來的一罈水太奇了，如此清甜，入口便甘。是哪裡的水？我八歲起就開始獨立釀酒，從沒見過這般好水。聽得王剛說，妳說釀酒不僅僅是看方子，還有環境、地理位置、人、材料、水質，這些道理我到了庵裡一年才悟出來，林小姐不是釀酒之人，從何悟得？」

林小寧說：「清淩姊，妳還是叫我小寧吧，聽著舒服。釀酒我雖不會，但這個道理是看鄭老燒瓷悟出來的。鄭老曾說，這兒泥好、環境好、地理位置好。桃村不是小盆地嗎？就如同斂了靈氣一般，他說他燒瓷特別有手感。

「還有，鄭老一直感嘆沒帶出能傳承的徒弟，他說，法子是人都會，可要領會其中精神，還是要看燒瓷的人。這個人，得把自己對瓷器的感情，揉到泥裡、釉裡、畫裡去，這瓷品才靈動。

「我也曾看過一些關於酒的遊記，說是一個作坊，酒可有名呢，開了許多酒窖，可只有一個窖出好酒。後來東家就把這個酒窖重重保護起來，用這個窖的酒做母酒。這說明什麼？一個地方，開多個窖還分了好歹呢，況且是不同的地方不同的人釀酒。還有一個也是關於酒的事情，也是一個酒坊，專釀女兒紅。清淩姊應該知道，這女兒紅要深埋地下十八年才成，可他家的不僅僅埋十八年，釀酒之人更是沒成親的女子，所有男子與成親的女子皆不可進入酒坊。他家的女兒紅讓人驚嘆不已，賣到天價也難求。」

林小寧看著魏清淩變幻的臉色又說：「清淩姊，妳說，一個沒成親的妙齡女子來釀酒，怎麼能像老師傅那樣掌握得好呢？可人家就是釀出了天價女兒紅，什麼原因，清淩姊應該知道。」

魏清淩讓王家兄弟退出房間，悄聲說：「沒成親的妙齡女子是處女，極純潔乾淨的身體，這樣的人來釀女兒紅，那酒都能嚐出女兒體香與幽幽情愫，實在是妙不可言。今日聽妳這一說，我全想明白了，過幾日，讓王剛進京找胡大人，交出方子，看能否免魏家之難。還有小寧，這水……」

林小寧展顏而笑。「清淩姊放心，水雖然珍貴，但我能保證提供，還可以用來澆灌釀酒所用的稻穀，但水的來源我目前不便告訴妳。」

「小寧只要能提供這種水給我，我就能釀出絕好的酒，水的來源我不問，這樣的水，世間少有，少一個人知道是好事。」

「清淩姊，那奸人得了妳家的神仙酒方子，魏家就非得釀神仙酒不可嗎？不能釀『清泉酒』嗎？清淩姊一釀出清泉酒就獻給皇上，光明於天下，奸人若再想打魏家的主意，也都沒法子了。」

魏清淩聽了輕咬嘴唇，目光閃動，表情實難形容。

林家知道王剛帶回了一個釀酒師傅，是個女子，還是王剛的媳婦。付冠月熱情地派人把王剛的房間收拾得煥然一新，床上用品全換成大紅的，又掛上了輕紗帳，還點了一對紅燭，又備了一小壺酒、兩個酒盅放在桌上，最後還指派了一個丫鬟來專門伺候王剛夫妻。

晚上吃飯時，魏清淩一嚐，面色就驚，晚餐過後，對林小寧說：「王剛與我弟是個傻愣子，日日吃這般好水煮的飯食，竟然不知。」

林小寧道：「清淩姊，妳以為人人能有妳那樣的舌頭啊？妳是釀酒師傅，他們只是武夫，能比嗎？我家裡人也都吃不出來呢，只覺得自家的水好喝些。」

魏清淩感嘆道：「這樣的水拿來日常使用，實可惜。」

過了幾日，王剛便備馬上京，王勇也想跟著去，但被魏清淩攔了下來，說：「你到底是魏家人，還是待在這兒安全些，等到我們家的事順利辦好了，你再出村。」

王勇真名叫魏清凡，是魏家的嫡子，聽到姊姊這樣說，便老老實實回去磚窯幹活。

魏清淩要求搭的小釀酒作坊建成後，就開始了每日的忙碌。

蘇大人又來了，馬車上，大包小包地堆成了山。

看到新建的小酒坊，聞香笑道：「唉，我怎麼這麼愛來桃村呢？這又開酒坊了，以後是不是有好酒喝呢？」

三個老頭子一看到蘇大人這年輕俊美的清水縣令就開心。「是啊，開春就有好酒喝了呢。」

蘇大人叫隨從搬貨，臉上泛光。「到時，三位老爺子品好酒時，可要記得叫我一起喝。」

「當然當然！」三個老頭看到蘇大人隨從搬著貨，樂顛顛地問：「蘇大人，這是？」

蘇大人笑道：「三位老爺子，上回你們送的那罈參酒，我差人帶給家中老爺子了。老爺子帶話來說，酒是次了，可參真真切切是上等寶參，喝了精神大好，年輕好幾歲，走路都有勁了。三位老爺子，我家老爺子身體一向不大好，這參酒一罈下去，竟然病根都除了！蘇某當初雖然品了參酒，卻還是眼拙了啊，只道是上品寶參，沒看出來是世間至寶！蘇某在此謝謝三位老爺子慷慨相贈。這些東西是我家老爺子特意準備的一些江南特產與絲綢錦緞，都是女子婦人愛用的，是送給三位老爺子的家眷使用的。」

三個老頭齊齊走向馬車，鄭老頭掀開一疋絲綢的包布，細細摸著，實在是上好的絲綢，絲滑無比，花色還是清水縣這個小地方沒見過的。

蘇大人道：「三位老爺子，這些花色是明年京城裡才要時興的，現在市面上還沒出呢，老爺子說給三位老爺子家眷新鮮新鮮。」

其他的東西還有大量乾貨，及一些胭脂水粉之類，都是極精緻的瓶瓶罐罐。三個老頭笑喊著付冠月，讓她叫孫氏與方老師傅婆娘把這些東西分了。

蘇大人看著三老頭一點也不扭捏的做派，笑著說出去走走，晚飯時來與老爺子們喝酒，然後，出了大門就沒人影了。

林小寧自秋收後，讓村長拿著去年的羊毛提供合約去收購羊毛。村長帶著幾個漢子、兩輛騾車，去了近一個月才回村，只載回來兩車羊毛。

村長道：「今年羊毛積累下來的不止兩車，可沒法子，今年市面上早早就出了羊毛製品，這些人簽了合約，卻還是私下把羊毛提價賣給別家了。」

林小寧反應並不激烈。這毛衣毛褲什麼的，就算給其他百姓來一條生財之道吧。現在棉巾作坊與磚廠瓷廠，已足夠養得活這些桃村的村民了。

兩車羊毛便丟給了村長婆娘打理，讓她照著去年那樣安排人先紡線、染色。

釀酒的五穀是魏清淩親自去清水縣挑的最上品，林小寧每日晚上把酒坊的幾個大缸灌滿空間水。

現在她取空間水的速度越來越快，棉巾作坊的二十口大缸灌滿也不過就十分鐘，更不要說酒坊這幾口了。

蘇大人來桃村時，林小寧正爬著自家地邊的荒山群。

林小寧對於這片荒山群後面是何景色一直充滿好奇，她家目前只有三千畝地，但種的地不過兩千畝出頭，舊村民那邊的地只買了二百多畝，用了一些地建了鋪子街，剩下等村裡人更多了，再建鋪子。

林小寧一直唸著現代書中寫到古代富戶都以良田千頃來描述，聽著就氣派舒服。良田千頃，多大的地主啊！

可即便河對岸這片荒地都買下來，也不過三千多畝，離著千頃還差著遠呢。

她一直好奇荒山群那邊有沒有地，如果有就再買下來。

林小寧喝了一年多的空間水，身輕如燕，臉不紅氣不喘，褲腳上沾滿了紅土，像隻小獸一樣向上走著。

荒山群上的樹木稀稀疏疏，還長得瘦弱，林小寧站在高處，回身望向桃村，這一望就大喜過望。

自家的地全都開好了，正定期施肥養護著，有魚塘，還有四棟大宅子，兩處窯廠，以及給新村民建的新磚房。那條彎彎的小河，高處一眼望去，自家的地很像一條魚的形狀，像魚活過來一般，喜孜孜地繼續向上登山。

當她終於登到山頂時，林小寧懷著期盼的心情，壓住微微的氣喘，定睛一望，呆住了。

荒山群的這邊一直不知道是什麼，也從沒人來看過，桃村人尤其懶惰，可能與缺少歸屬感有關，之前連口井都不願意打，寧願十年如一日汲著河裡的水，河對岸這片地都很少來，除了要挖泥打土坯之外，更莫說登荒山來看看後面的風景了。

林小寧深吸了一口氣，再吐出來時，心中充滿了喜悅與興奮，還有一些奇怪的情緒。前世有個學建築的朋友曾說過一句話，大意是：在宏大的建築或神奇景象面前，人類會自然地產生敬畏心理。

荒山群這邊依然是荒地，雜草叢生，從山頂向下望去，一片灰撲撲，沒有一絲人煙。

但稱奇的是，這片地也是一條魚的形狀！

這樣看來，從桃村中間的彎曲小河到荒山群為一條魚，荒山群這邊是另一條魚，兩條魚若合在一起，竟頗似一個八卦圖！只是這邊這條魚要大一些，不止三千畝地。

林小寧懷著難以言喻的心情下了山。她要回家去找爺爺，得把這片地也買下來。

下山是用跑的，泥塵揚起撲得滿身都是。從荒山跳到地面上時，她差點撞上一個淡青色的人影。她驚了一下，正睛一看是蘇大人。

「我的天啊，蘇大人，你出場能不能別讓我心跳啊？」林小寧驚道。

蘇大人一聽這話，愣了一下笑著反問：「林小姐，妳看到我會心跳嗎？」

林小寧聽著話不對勁，拍著身上的土道：「不是看到大人心跳，是被大人嚇得心跳。這是兩回事好不好，與大人的家境和年俸一樣。」

她拍起的泥塵飛起來，蘇大人立在飛起的塵裡不躲不閃，笑道：「林小姐還記得我的家境與年俸呢。」

林小寧避開話題笑說：「蘇大人請避開些，可別讓這些灰落到你身上，三個老爺子鐵定要怪我待客不周了。」

蘇大人仍是不躲不閃。「林小姐如此身分，尚且不懼這些泥塵，我一個七品芝麻小官，又何懼之有？」

「我的大人，你可是江南蘇家之人，我才知道江南蘇家有名極了。我林小寧不過就是一個村姑，說得好聽些就是地主家的孫女兒，能與你相比嗎？你看你錦衣華服，我布衣布衫，不能比的。」林小寧苦笑不得。

「林小姐也可以錦衣華服啊，為何總是布衣著身呢？」

「大人，我這人閒不住的性子，除了磚窯現在不去了，成天在地裡、瓷窯裡逛著，都是土啊泥啊什麼的，再好的衣也灰了，這般對待它們可惜啊。這不是銀子的事，衣裳也有自己的氣場，穿上身後就活了，活的衣裳，要好生待它，才與主人的氣場相應。所以衣裳，有的人穿著好看，換個人穿就不是那味了。」

蘇大人聽得入迷。「林小姐出口之言，必是驚世駭俗。這般言論我聞所未聞，卻又的確如妳所說，實在教蘇某嘆服。」

林小寧笑道：「大人別打趣我了，這趟來桃村有何貴幹？」

「我來，一是來送我家老爺子的謝禮給三位老爺子，二是專程來找妳。林小姐，我一個朋友很想要一件鄭老的瓷品，可鄭老燒出的瓷器都在妳手中放著，不知道林小姐能不能割愛，讓出一、二件給我朋友。」

林小寧看著蘇大人，懷疑地笑著。「是蘇大人你自己想要，還是你的朋友想要呢？」

蘇大人不好意思地笑著。「林小姐冰雪聰明，實在佩服不已，不知林小姐可否能滿足我的心願？」

林小寧笑了。「我不聰明。我若是聰明，就只管賣你朋友了，現在知道是你想要，我怎麼好開價？」

蘇大人忍不住又笑。「林小姐要開價只管開便是。」

「蘇大人家境好，我要是不開價，豈不是對不起蘇大人的家境？不過大人，我也有一事相求，不知大人你能否滿足我的願望？」林小寧詭異笑道。

「何事呢？但請林小姐道來。」

「大人，我剛才去了這荒山群上看了看。不知大人是否知道，這山群後面也是一大片荒地？」

「我不大清楚，得去縣城看了土地簿子才知道。怎麼，林小姐又想置地？」蘇大人再次展顏。

「是的。」林小寧的臉笑得像花兒一樣。

「林小姐想買這片荒山群後邊的地？」

「是的。」

「我也上去看看吧。」

「蘇大人，這山上泥土多又高，不好走，可費時呢，你就別上了。這片地我剛才瞧了一眼，大概比我家這三千畝要大一些。大人可知，我曾與上任胡大人達成口頭協定，這清水縣城周邊三百里地的流民、乞丐，都可由林家來安置，但要賣給林家足夠的地，安置流民的宅地則由衙門出，不收林家銀子。」

「知道，林小姐，現下流民很少，全被城裡的富戶莊子要去了。今年春後，寧王舉兵邊境，但因為出征太急，折損不少。之後便廣征新兵，大量流民應徵，能吃飽飯又是自由身，如能立個軍功，日後日子也好過不是？」

「那我就不操心那些流民的事了。大人，這山後的地就請你回頭看看土地簿子，算好面積吧。」

「林小姐，鄭老的瓷品呢？」

「賣你一套鄭老的餐具。大人，現在回我家陪三位老爺子喝酒去吧。」林小寧笑道。

回家後，林小寧關上門，進空間洗了個澡。

空間裡分出一些地用來種植普通草藥，現在草藥已有幾十種。

林小寧突然發現萬事的因緣真是說不清也道不明，她中醫科班出身，到了這兒一年多，發達靠的不是醫術，而是望仔找到的那塊玉。後來又是望仔幫著採到各種寶藥種在空間，才有了今日的桃村、林家大地主以及大哥的司通大人。

她的醫術在這兒也沒太多用武之地，古代人體質與現代人不同。那些流民，饑餓與環境陰濕骯髒所造成的病症，三兩副藥就見好，不像現代藥材人工種植降了藥性，製藥時為求效率，過程中又降了功效。

而且現代的人從小吃的全都是養殖食物，極易患虛寒之症。這在古代就是指富貴病，得長期調養。她手上的病人就是小寶、胡大人、鄭老，還有孫氏，可也是一下藥就見好，使得她完全沒有耗費精力才治癒的成就感，真是令人扼腕。

好像她的醫術就只是為了治癒小寶，結交胡大人，拉攏了鄭老的心，除此之外，她真是一無是處。

這一想，竟然生出了幾分自嘲。一無是處就一無是處好了，她有爺爺疼愛，有大哥嫂嫂關心，有小香與小寶聽話，還有漂亮臉蛋，一無是處怕什麼！

她這個老姑娘現在已徹底地淪落成一個丫頭了！林小寧愉快地笑著。

她滿足地閃出空間，換了身乾淨衣服，才注意到桌上又多了許多小瓶瓶罐罐。

付冠月上回親手給林小寧做的衣裳，林小寧只穿一次就壓箱底了，依然是每天布衣布褲，付冠月也嘆息，不再強求。這回蘇大人送來許多上好面脂與水粉卻是林小寧歡喜用的，便拿來許多放到她房間。

林小寧打開其中一盒，味道真好，搽了一些在臉上。秋天乾燥，這面脂一搽上去，效果比在清水縣城買的最貴的還要好，皮膚立刻就潤了。

林小寧翻看著其他瓶罐，有一盒極淡的胭脂，忍不住點了一些抹在唇上，對著銅鏡照看一下，覺得這張臉的確生得漂亮，加上生活富足沒有壓力，氣色又好，眉間平和，比起一年多以前剛穿來的模樣，真是脫胎換骨，點了唇後更是驚豔。

但想了想，她還是用帕子擦了去。點妝也要衣著相配，自己這身衣，點上唇，讓人笑掉大牙。

第十五章

三個老頭與蘇大人、林家棟、魏清凡以及蘇大人隨從等幾個男人，倒出神仙參酒，高聲笑語，飲酒吃肉喝湯，歡快無比。

林小寧、付冠月、魏清淩、小香小寶等人坐小半桌，面前擺的是比較下飯的菜式，小香親自下廚做了滷豬肚，引得人唾液不斷分泌。

望仔與火兒還有大、小白現身了。蘇大人是第一次看到牠們四個，驚奇無比。前幾次來都是吃中飯，而牠們四個現在是不到晚飯不露面的。

望仔與火兒在席間轉來跳去討吃的，三個老頭很自然地挾起幾根滷豬肚絲餵給牠們倆，牠們倆用手捧著就啃吃起來，看得蘇大人又驚又樂。

又看著大、小白，個頭雖不是很大，但狼相已顯，一咧嘴就露出白森森的牙。心中有些膽怯，但看到連席間伺候的丫鬟都不懼怕，也就不言語了。大、小白不似望仔與火兒這麼淘氣，很穩重地在牆邊吃著自己碗裡的食物。

蘇大人的隨從好奇地看著大、小白，問道：「林老爺子，這兩隻可是銀狼？不傷人呢，還這麼乖順。」

林老爺子笑道：「是銀狼，我家老宅後山那片青山群啊，獸可多呢，」又指著望仔。

「這兩傢伙是牠從後山上帶回來的夥伴，當初帶回來時很小，小狗一般，與人親近時間長了，現在長大了也不傷人，可以看看家。不過牠們懶得很，還不如狗看家管用。」

蘇大人聽得一樂，隨從笑道：「老爺子，這麼親人的狼我第一次看到，看牠們銀毛長得真漂亮，能摸摸嗎？」

林老爺子笑道：「想摸就摸，不礙事，牠們不會傷人的。」

蘇大人上前想摸，卻是大驚失色，回過頭問道：「三位老爺子，牠們……牠們裝吃食的碗……是鄭老的手筆！」

林老爺子點頭。「那兩只碗有點瑕疵，被寧丫頭給拿來做了牠們的飯碗。」

林小寧笑了。「反正我沒看出來哪兒有瑕疵，燒出來也費不少功夫呢，鄭老要摔，我沒讓，拿來給大、小白用，好歹也給家裡省兩個碗錢不是？」

鄭老嗔道：「小寧這個臭丫頭，淨知道壞我名聲。」

蘇大人滿臉痛惜之色，坐回席間，有些發傻地一直望著大、小白。

回程時，蘇大人對林小寧道：「林小姐，那兩隻銀狼的飯碗……」

林小寧笑著悄聲說：「蘇大人聰明一世糊塗一時啊，你惦著大、小白的兩只碗做什麼？鄭老都嫌我壞了他名聲呢。大人想要鄭老的瓷品，何必從我這兒買，把鄭老哄好，一兩銀子不用花，瓷品就到手了。大人回去把那片地面積算好，我後天進城去付銀子。」

蘇大人聽了道：「不花銀子要鄭老的瓷品，實在過意不去。那可是鄭老的手筆。」

這個正直又有錢的蘇大人……林小寧道：「蘇大人，你不是才送了一堆上好的絲綢給我們嗎？」

「送來的東西是我家老爺子置辦的謝禮，因為上回的參酒除了我家老爺子的病根。」

「蘇大人，這參酒送你，是因為你當初送了三罈神仙酒給三個老爺子，那罈參酒也是三個老爺子送你家老爺子的。」

「所以我家老爺子才置了這些謝禮來啊！」

林小寧苦笑。「蘇大人，你若是這麼愛花銀子，那就收你五千兩吧，我賣你一對瓶子如何？」

「林小姐此話當真？五千兩賣給我一對瓶子？」

「當然當真，蘇大人，鄭老可是民間燒瓷大師，一對瓶子五千兩，是因為你人好，與那三位老爺子都有交情，我才開這個價。」

「林小姐誤會了，五千兩一對太低了，我可不能貪人便宜，尤其是鄭老爺子的便宜。」

「蘇大人你腦子是怎麼長的，有人要買東西覺得便宜的嗎？那你說一對瓶子應該開多少價？」

「鄭老的瓷品一向是千金難求，一對瓶子至少要賣到一萬兩，當然林小姐願意五千兩賣給我，我也是高興的。」

「我不高興了，我就收你一萬兩，蘇大人回去可要記得把地的面積算好。我後天進城去付銀子。」林小寧笑著。

「林小姐，不用等後天了，明天就可去衙門，我把地契準備好，妳帶上瓶子來，我在衙門候著。」蘇大人也笑著。

第二天，林小寧帶著裝了一對瓷瓶的大木箱子，進了清水縣城的清水衙門。回來時，帶回了荒山群那邊四千三百六十畝地契。

林小寧拿出蘇大人交給她的一萬兩銀票遞給鄭老，鄭重地說：「鄭老，這是蘇大人買您的一對瓶子的銀票，您給狗兒留著吧。我知道您的瓷品值錢，卻不知道能值這麼多銀子，還都收在手上不捨得賣，光說置辦嫁妝都向您這兒要了多少瓶子與餐具，我真是個傻的。」

鄭老罵道：「蘇大人要瓶子說一聲便是，妳這丫頭，占人便宜，貪人家這麼多銀子，快給人退回去。我老頭現在燒瓷又不為掙錢，要掙錢，那不肖子燒的茅坑也掙得不少，足夠花了。我現在燒的也少，你們兩家的孫子、孫女的賀禮與嫁妝也燒得差不多了，明年我再燒幾窯給狗兒留著就行，還賣什麼？丫頭妳只管讓我再好好活上二十年，我就是想帶出個好徒弟出來才甘心。」

「鄭老您最少能活三十年，這點鄭老相信我的話就是。不過這銀票蘇大人都付了，我沒多收他錢，本來要五千兩，他卻非要付一萬兩，江南蘇家有錢，您還是收著吧。」

「不行，退回去。蘇大人這年輕小哥我是很喜歡的，昨天人家送來那麼多東西，那是人家有情有意，送他一對瓶子有什麼？丫頭給它退回去。」

林小寧不得不帶著一萬兩銀票，又進城找蘇大人去了。

蘇大人聽著鄭老非得把錢退還給他，不依了，說一手交錢，一手交貨的，怎麼能退錢呢？是鄭老嫌錢少了嗎？那就再補一萬兩。

林小寧有些崩潰。明明是想買塊地，這個蘇大人非要買瓷品，可鄭老非得又要把銀票退回去，這蘇大人不肯不說，又要加一萬兩，這到底是個什麼事兒嘛？

林小寧撫額嘆道：「蘇大人啊，你就先把銀子收著吧，有什麼問題你直接去找鄭老，我不管了。我只是為了買塊地而已，折騰出這些個事出來。真是的，買塊地與你買鄭老的瓷器是兩回事，兩回事！」

蘇大人看著林小寧的樣子發笑。「嗯，林小姐，是兩回事。」

「那蘇大人把銀票收好，後面的事你和鄭老商量去吧。」

「那可不行，瓶子妳都賣我了，又生這麼多事端。」

林小寧覺得自己蠢極了，蘇大人迂腐極了，道：「蘇大人，瓶子只送不賣，不然鄭老要怪我的！」

「不收銀子怎麼行，我江南蘇家怎能做這樣的事？」

「蘇大人，」林小寧頓時就火了，「你怎麼油鹽不進呢，不是有句話叫長者賜不可辭嗎？你口口聲聲對鄭老尊重，對三個老爺子有心，可你事事算計，不敢占半分便宜，可是沒那器量去占？因為占了，就是收了人家對你的好，那就是情分，蘇大人是不想要這些情分對不？」

蘇大人聽得愣了。「林小姐怎麼這般說？我全無此意，我只是不想鄭老辛苦沒有回報。」

「蘇大人，你可知道，我給鄭老建宅子，他老人家一句拒絕也沒有；他燒瓷，我看哪樣都喜，抱著就回家藏著，他老人家也是一句意見都沒有。他現在沒事燒出來的東西就是留給我家與方家還有狗兒的，根本不賣。你送來的禮物，三個老爺子客氣過沒有？這是什麼，就是情分，你這般客氣推辭，難道是鄭老攀不上你江南蘇家？」

蘇大人呆呆聽著，然後笑了。「我終於知道林小姐為何能與通政司使胡大人成為忘年之交了。之前實在是讓我驚奇，現在想來，其實是太正常不過了。那胡大人是什麼人，敢作敢當，有情有義，林小姐同是有情有義之人，大方坦蕩，怪不得胡大人與林小姐一見如故。林小姐的性子真是讓蘇某嘆服，這銀票我收下了，妳給鄭老說，我謝謝他的情義，我一定記在心裡。」

「通政司使胡大人……蘇大人說的是胡縣令胡大人？」

「是的，胡大人原是京城通政司副使，因事而貶到清水縣做了縣令，今年春後新任副使因病而亡，京城又召胡大人回京復職，不久又升為通政司使。」

「通政司使是幾品官啊？」

「正三品。」

「那副使又是幾品？」
「正四品。」
「蘇大人，你是說胡大人因事從正四品貶到七品縣令，然後又復職，復職不久後又升為正三品？」
「正是，林小姐。」
「從正四品貶到七品，這個貶法，真是……笑掉人大牙了。」
蘇大人笑著。
「然後又從七品復職正四品，再升到正三品，又是笑掉人大牙了。」
蘇大人還是笑。「是啊，朝堂上升升降降，一夜成王侯，一夜成庶民。」
「蘇大人，這裡面肯定有一些不為人知的事情。」
「其中事件我哪能知道？但我覺得胡大人自己知道他來清水縣不多久就能回京的，他老人家相當有謀略，做事嚴謹，布局周密，真真了不起。」
「老人家？」林小寧笑出聲來。「不過胡老頭的確長得像個老頭，雖然他一點也不老。」
蘇大人道：「胡大人是大清官，老人家是對他的尊稱，他老人家當然不老，我來清水縣上任前就聽說他回京後，年輕得家人都認不出他了。」
「我的知音這麼厲害，我一直說他絕對不是一個小小的縣令，卻不知道他是這麼大的官。」

「胡大人是當年的狀元，以胡大人狀元之才，可以做個四品京官，但胡大人不屑官場上的污濁之事，從七品地方官做起。他做官是天才，到一個地方三年就治理得百姓安寧富庶，再換一個地方，又是治理得富庶安寧，憑著真本事，兩任就從七品做到了正四品，升官之快令人咋舌，我朝所有年輕為官者無不以胡大人為榜樣。但後來胡大人突然被貶一事，許多為官者都非常好奇，卻不明真相。」

林小寧聽得峰迴路轉，激動又開心。「蘇大人，那胡大人現在在京城可還好嗎？」

「這個我就不知了，我人可是在清水縣呢，這些事都是老家來人時與我談及的。我家因為有生意在京城，對京城之事知曉得多，但我可不是胡大人，據說胡大人在清水縣，對京城的朝堂政事卻瞭若指掌，還不是有人給他報信，是他猜算出來的，真真了不起啊。他老人家有許多交好同僚，都在京城任要職，照顧他的家眷，所以當初胡大人來清水縣時，做這個清水縣令是偷得浮生半日閒，自在得很。」

「真了不起，居然是個狀元出身！我與他結忘年交時，可是一點也不清楚他的底細，這個胡老頭，藏得可真是深。蘇大人，有他的前車之鑑，你就在清水縣也偷得浮生半日閒吧！清水縣可是風水寶地，蘇大人待上一、兩年，保管也會讓家人認不出來。」林小寧笑道。

「林小姐，怕是桃村才是風水寶地吧，聽人說是胡大人的知音忘年交給他治好了多年的頑疾，又給他服了靈丹妙藥，才長成那樣年輕風流。林小姐，靈丹妙藥可是送給我家老爺子的參酒？」蘇大人笑問。

林小寧笑而不語。

深秋了，王剛進京城一去不返，蘇大人卻又來了桃村。

蘇大人這回來，帶來了一車絲棉，說是蘇老爺子送給三個老爺子家眷做冬襖的。絲棉輕薄柔軟，裡面配上羊毛衣褲，很是保暖又輕鬆。

付冠月拿了十套薄的及十套加厚的羊毛衣褲，讓蘇大人帶回老家。

看到羊毛衣褲，蘇大人一番感慨。「林小姐的法子真是聰明，江南一帶的市面上都有賣了，生意可好呢。」

付冠月笑道：「蘇大人，給您家老爺子說謝謝他有心了，我們都念著他的好呢，這一車絲棉能讓今年的冬天過得暖暖和和的。」

蘇大人笑著接話。「少夫人，我一定把話帶到。我這趟來，還有件公事要找林小姐。」

「公事？」林小寧疑惑地問。

蘇大人拿出一封信。「林小姐，這是胡大人的信，這信是私事，是讓我捎來的。還有一件公事，這公事也是胡大人批下來的，說是請林小姐看完信後再談公事。」

付冠月一聽就馬上叫人續熱茶，留了個丫鬟在側室待吩咐，便退下了。

林小寧聽到是胡大人的信，很是高興，上前拆開看，邊看面色邊發白。

胡大人在信中寫著他與董師爺在回京的路上很是凶險，驚了馬，車翻了，鄭老送的兩對瓶子，摔壞了一只，收拾過後還發現，木箱上還有枚鏢，若不是箱子擋著，這幾枚鏢就應該在他們身上。

馬車夫是京城之友派來，功夫高強，之後就地找了鏢局兩個高手一起護送，才安全進京。

一個多月以前，上朝的路上又被一枚毒鏢傷身，幸得林小寧之前所贈人參切片含服，又有大夫解毒，休息了幾日已無大礙。

胡大人書道：「丫頭贈參救命之情義，永記在心。王剛已到京城，魏家之事不日就可解決，若不是因為毒鏢之傷誤了一些時日，王剛本可以早些回去報信。有一事要丫頭協助，有一些傷兵已喪失了勞動力，有家能歸的都發了安置的費用，讓他們回家，還有一些無家可去的，想交給丫頭安排個來錢的又輕省的活計做，大約在三百來人左右。將由禮部尚書之子和王剛帶回清水縣，再由蘇縣令交接給丫頭，丫頭務必提前做好準備，因為天涼了，那些人都身有殘疾，有的傷未癒，房屋很重要。

「關於這三百多人的安置，蘇大人那兒有公文，這是公事。這些人的安置費用，朝廷已撥一千兩銀，平均約一人三兩，會由蘇大人交給丫頭。這十年來，邊境不寧，近幾年尤甚，朝廷年年徵兵打仗，邊境百姓流離失所，甚是可憐。今年，朝廷耗費大量銀子要建邊境防禦，又要安置邊境百姓，國庫吃緊，所以丫頭不要嫌少，反正妳也不缺那幾兩銀子。

「這些人交給丫頭，妳自然能給他們找到好出路，能為妳掙到錢，如果妳想不出法子，就得養著他們。」

又道：「丫頭，因為三百傷殘兵的安置，妳大哥家棟的官職已升為正六品安通大人，年俸祿漲了十兩，可滿意否？」

末了又提到：「我給丫頭說了一門親事，正是禮部尚書之子，年方十七，這次送人過去清水縣，妳好好相看相看。」

最後就是問三個老頭的好，問林家棟與付冠月好。

林小寧看完信，臉色就發紅，罵道：「這個臭老頭兒，不安好心眼，淨給我找這些麻煩事做！當初一人一畝地讓我給蓋屋子，現在一個人三兩銀子，還大言不慚說我也不缺這幾兩銀子，我大哥當官時就只送塊匾，小氣得要命，這個臭老頭子……」

蘇大人看著林小寧罵罵咧咧，驚訝得合不攏嘴，老半天道：「林小姐，妳罵得可是胡大人……」

「罵的就是他。臭老頭子，跟他認識起就沒好事，一點好事也沒有。現在又讓我安置這些傷殘兵，這是兵，不是女人，女人沒有勞動力尚且能做些女紅。可傷殘兵是男人，男人喪失勞動力能做什麼，能賺什麼錢？三百多人，一人三兩銀，交給我安置，我一個小小老百姓，小小的地主，我非得幫朝廷想這種法子？我憑什麼！」

蘇大人關切問道：「林小姐可是因為安置他們銀錢方面吃緊？若是這樣，我這兒有，林小姐切莫這樣說胡大人。胡大人是大清官，一心為民，讓林小姐安置他們一是因為胡大人信任林小姐，二是桃村這地方好。」

林小寧看了看蘇大人。「我是氣胡老頭不給我商量就直接安排下來，還都是朝廷應該做的事，交給我林家做。這與銀子沒關係，是兩回事，我家缺這點銀子嗎？」

蘇大人聽到「兩回事」就笑了。「林小姐當然是不缺這點銀子的。」

「蘇大人，江南蘇家很有錢是吧？」

「蘇某家境尚可。」蘇大人被林小寧突然一問，有些尷尬。

「那胡大人怎麼不讓你家來安置這些傷兵？」

「林小姐，胡大人的安排，我怎敢妄加猜測？」

「蘇大人，把我家老宅後面的那座青山撥給我吧，我只要離我家老宅最近的那座山頭。」

蘇大人笑道：「這個我要上報朝廷才行，我可不是胡大人。」

「那還等什麼？蘇大人，快馬加鞭報給朝廷啊！我要那座山頭，朝廷撥下來的一千兩銀子我不要，只要那座山頭，一千兩給退回去，三百多傷兵我保管能養得好好的。」

「林小姐放心，我回縣城就辦此事，這兒還有兩份文書要交給妳。」

「不就是三百傷兵的安置嗎？我知道就是了。」

「林小姐，可否請妳大哥來一趟？這裡是兩份文書，一份文書是關於退役兵與傷殘兵的安置，不日便到清水縣，屆時我會前來與妳辦理人口交接，還要一一登記。另一份是妳大哥的加官文書，林大人現在已是正六品安通大人了。」

蘇大人說完，溫水般的笑容綻放在臉上。

林家棟就這樣糊裡糊塗地又升官了，做上了正六品安通大人。

直到蘇大人恭賀了一番離去，林老爺子都還沒反應過來。升官這麼容易？就這麼升到六品了，比蘇大人還高兩級？

林家棟傻愣愣地說：「怎麼這官做著做著就升了？司通大人還沒做多久呢，又成安通大人了。」

付冠月興奮得臉紅紅的，悄悄對林小寧說：「小寧啊，這可是真的？家棟現在真的是六品官了？文書我能看看嗎？我想讓我奶奶也看看。」

林小寧把文書塞給付冠月。「嫂子，叫妳奶奶過來，一會兒爺爺肯定要與她商量辦酒宴的事情，夠忙得呢。」

付冠月忙著點頭，又道：「爺爺，這文書與上回的文書，是不是得供起來？」

林老爺子回神道：「對對對，要供起來，瞧我老頭兒腦袋都糊塗了，竟沒想到這一茬。」

魏清淩得知魏家之事不日便了，眼淚一下子就掉下來。

魏清凡想去流放之地接家人，算著日子，京城送信過來也要半個月。這時，魏家的撤罪書應該在送往流放之地的路上，卻被魏清淩攔住，說道：「現在不知道魏家撤罪的具體情況，還是等王剛回來再說。」

林小寧私下找到魏清淩問：「清淩姊，妳家撤罪後，妳有何打算呢？」

魏清淩道：「我是王剛的媳婦，自然是王剛在哪我就在哪，我家的事等王剛回來再說吧，王剛與胡大人一直在一起，應該有所安排。」

「清淩姊，我希望妳不要走，難道這樣的水、這樣漂亮的桃村不能留下妳嗎？」

魏清淩笑道：「我萬萬捨不得這樣的好水，清泉酒還沒釀成呢，我哪會走？這桃村一花一草我都喜歡，妳就放心吧，我不僅不走，王剛也不會走。」

林小寧眼睛放光。「清淩姊，讓你們家人也一起來桃村吧，再建個大宅子，還給妳與王剛建個小宅子，都在桃村這個風水寶地安居。這兒多好，好山好水好風光，魏家以後再釀酒，有這樣的水，什麼好酒釀不出來啊？清淩姊，孟母三遷，擇鄰而居，魏家釀酒世家，難道不能擇地擇水而居嗎？釀酒世家自然是要釀酒的，在哪釀酒有什麼關係？能釀出好酒，才能對得起祖上傳承。清淩姊，妳可知道我把山那邊的地也買了下來，有四千多畝，等開出來後，可以大量種植上等五穀，用好水種。」

魏清淩眼波閃道：「如此甚好，我就想著他們回來後，讓他們來桃村嚐嚐妳的水，這可是百年不遇的好水。小寧，這段時日，我發現這水不僅甘甜，更是寶水啊！上回我不小心劃破了手指，沾了這水，立刻就好，連疤都沒留。我日日吃這水做的飯菜，一天忙下來，竟然一點倦怠也沒有，反而耳聰目明，一身精力。王剛與清凡吃了一年多這樣的寶水，我說怎麼看著他們長得這麼壯實，尤其是清凡，現在長得像鐵塔一樣。這水是能治病的，光為這水，我魏家也不得不來桃村釀酒。只是，用這水種植五穀，實在是太糟蹋了，心疼得很。」

「清淩姊，不礙事，我們摻著好水先種植一些，再留種用普通水種植，看看效果如何？」林小寧得意地笑道。

第十六章

桃村再次轟動，司通大人升官了，升成正六品安通大人，比蘇大人的官還高兩級！

桃村人一生都沒見過這樣級別的官大人，可現在這個六品安通大人與他們住在一個村，喝一樣的水，吃一樣的米，想都不敢想。

林家棟升官的酒宴沒請太多人，畢竟馬上面臨著建房安置傷兵一事，這是公事，不可耽誤。最後只請了鄭老、方老與張嬸三家，加上村長，還有盧先生、衛先生以及一些村裡相熟的人來吃一頓，當然還有蘇大人。

宴席是林家自家備的，付奶奶、付冠月、辛婆子，加上了鄭、方兩家的廚房婆子來相幫，足足忙了一天才備好。酒是夠喝的，蘇大人赴宴時帶了十罈清水縣城最貴的酒。

魏清淩拿出兩罈新酒，雖然時間少、酒味淡，卻十分爽口，婦人尤其愛喝，連小香、小寶，還有二牛也喝了不少。大牛卻嫌這酒味道淡，要喝漢子們喝的酒，說這樣才像個漢子，把大家逗樂了。

村長與林小寧監工，選了一塊地，加建了一排房子，因為考慮來的傷兵都是單身漢，所以都是小屋，像現代的單身公寓那樣，一房一廳加小前院。每六十戶一排，配一個公共大茅坑，共建了六排，中間有一口井。每排離得很近，便於他們平日時往來交流。

現在桃村七百多人，有一半壯勞力，兩處窯也分出大量勞力出來建房，不消半月多，就全部建出雛形。當建築工事完全結束，收拾乾淨後，禮部尚書之子與王剛帶著三百多人到了清水縣。

王剛沒停歇，立刻就回桃村，留下禮部尚書之子與蘇大人登記三百多名傷兵，稍後再送往桃村。

王剛離開之前酒坊才建，如今回村時，聞到熟悉的酒坊氣味，風塵滿身地跳下馬，衝到酒坊就大喊：「清淩，魏家撤罪了，撤罪了！」

魏清淩雖已提前知曉，但聽到確實消息後，還是大哭出來。

王剛勸慰著，待魏清淩平息下來後，就直接回屋休息了。

王剛又去磚窯，老遠衝著魏清凡叫著：「清凡，魏家撤罪了！」

魏清凡聽到王剛那一嗓子，如同聽到天籟，跑過來翻身上馬，坐到王剛身後道：「回家，我收拾下，明天就和我姊去接家人。」

林小寧聽到消息也急急跑回家，王剛只來得及喝杯熱茶，就開始說起京城的事情。

據王剛說，胡大人這次遇害是死裡逃生，傷勢遠沒有信中說得那般輕鬆。當時，他正在胡大人府中，胡大人出門沒多遠就中毒鏢，幸好被身邊的同僚及時送到最近的醫館，然後派人來胡府通知。他與胡夫人立即趕到醫館，當時胡大人雖已得大夫救治，但此毒太狠，一直暈迷不醒，面如金紙，大夫嘆息地搖頭說不行了。胡夫人這時卻停住哭泣，突然回府，不久又返回醫館，掏出一截參，大夫急急切片讓胡大人含服，胡大人終於緩過勁，這時皇上派出的解毒高手前來，胡大人這才從虎口脫險，無生命之虞。

王剛的一席話說得眾人出了一身冷汗。

王剛又說：「這回魏家人撤罪沒交方子，因為胡大人回京後就開始暗查獻酸酒之事，把偷換神仙酒的奸人捉住。這奸人是京城一個酒坊的東家，承認他眼紅魏家因神仙酒而得皇上恩寵，請人偷換了酒，但胡大人說魏家之事，原因絕不是明面上這麼簡單，讓魏家之後行事還是要諸多小心，過了這陣風頭再說。」

歇了一口氣，王剛又道：「還有那三百多人，我與沈公子帶回來了，應該稍後就到，都是受傷或身殘之人，小姐可有做好安排？還有晚上的吃食，也得安排了，太多人了，得做大鍋飯。」

林小寧道：「屋子已建好，被褥也都備好了，只是磚屋才建成，沒曬兩天，怕有潮氣。」

王剛道：「顧不了許多了，這些漢子雖然還有帶著傷的，但在兵營裡摸爬滾打多年，都是硬漢子，一路過來，傷勢加重，吭都不吭，教人佩服。」

「那就馬上在每間屋裡燒一燒炕吧，可驅驅潮氣。」林小寧說完，付奶奶就出去安排了。

付冠月讓丫鬟去鋪子街買了肉食與米糧送來，一群婦人們則把林家的大鍋搬出，做飯熬湯，林小寧讓兩個漢子把林家廚房的水抬了幾桶拿來做湯。

蘇大人在晚飯前帶著一幫兵來到了桃村，與禮部尚書之子像兩隻翩翩青鶴立在其中，甚是引人注目。

林家棟與村長蘇大人、禮部尚書之子與傷兵、退役兵們來到新屋前。

屋前，十幾個大鍋熱呼呼地燒著，兩鍋肉湯咕嚕嚕地滾著鮮香，菜香、米飯香也撲面而來，衣著整潔乾淨的婦人們臉上掛著熱情的笑容，正在炊地忙碌著。

這些兵井然有序地入了磚房。建時考慮時間因素，沒用木床，都是炕，這樣冬天燒炕暖和。房子散發著磚泥的新鮮氣味，又夾雜著燒炕的溫暖氣味。

他們摸著炕上的新被褥，都不吭聲。

林家棟把禮部尚書之子沈公子安排在自己院裡，付冠月做了細緻的打理，新絲棉被、新床褥，又安排了一個丫鬟伺候著。

晚飯時，林小寧嫌鬧，讓人把飯送到房間吃。

林家前廳中，蘇大人、沈公子及林家棟相互寒暄著，入了席間，林老爺子叫來鄭、方兩個老頭，故技重演，倒出參酒。

這次席間坐的全是男人，女眷另開一席，蘇大人看到參酒便道：「沈兄，你可知這是什麼酒？」

「什麼酒？」

「你看胡大人這次回京變化大不？」

「大得很呢，人都長好看了，聽我娘說胡大人年輕時就是個老頭樣，二十年前中狀元時，為何沒做駙馬，就是長得不好看，後來是榜眼做了駙馬，這也是我朝頭一遭榜眼做駙馬。」

蘇大人神秘笑著。「沈兄，你可知胡大人是吃什麼才長得這麼好的？」

沈公子興奮地問：「蘇兄是說胡大人是喝了這個酒？」

蘇大人點頭。「正是。沈兄，你知道這酒有多珍貴，酒是名揚天下的魏家神仙酒，裡面泡著世間難尋的寶參。我不知道參的年頭，但我老爺子喝過一小罈，老病根都除了，人見著年輕又有精神。今天這三位老爺子拿這等寶物出來招待你。我也跟著沾光，你可是貴人。」

沈公子非常有禮地起身，對三位老爺子道：「多謝三位老爺子如此盛情款待，我來之前，胡大人就對我說，到了桃村後就會知道是風水寶地。現在我算是明白了，桃村不僅是風水寶地，還有三位老爺子坐鎮，真可謂人傑地靈。」一番漂亮的馬屁拍得三個老爺子笑得眼睛都瞇起來了，樂呵呵地喝酒、勸酒。

沈公子酒量比蘇大人還差，三、五杯下去就迷迷糊糊，看到聞著酒味跑來的大白道：「老爺子，林家的酒好喝，連狗都長得這麼威風。這皮毛太漂亮了，比寧王的大黃還漂亮。」

蘇大人大舌頭地笑道：「沈公子，這不是狗，這是銀狼。」

沈公子大悟。「這隻狗叫銀狼啊?真威風的名字。」

林家棟看著這兩個身分尊貴的公子如此醉態，有些尷尬，三個老頭卻是高興得直笑。

林小寧一覺醒來，天已濛濛放光，起來洗漱。廚房裡的婆子丫鬟們正在忙碌著準備早飯，看到林小寧晃到廚房，辛婆子問道：「大小姐餓了是吧，我做了小米粥，給妳端一碗吧。」

林小寧一聽小米粥，肚子咕咕叫起來，說：「好，我就在廚房吃。」

辛婆子樂呵呵地盛了一碗，林小寧坐到一邊的桌上，就著酸菜吃了起來。

辛婆子看林小寧吃得歡快，又從蒸籠裡挾了兩個包子過來。林小寧聞到肉餡香，趁熱吃得心滿意足，打了個嗝說道：「辛婆，妳的小米粥與肉包子真香，吃得可舒服呢。」然後神清氣爽地到後院去晨跑。

林小寧最愛去的地方就是湖邊，她喜歡圍著小湖邊跑一圈，然後在亭子裡坐一會兒，再跑一圈，就順著後院跑回自己的院子。

林小寧跑到湖邊，卻看到湖中心亭子裡坐著一個青白色的人影，應該是沈公子，於是便停住腳，往回跑了。

沈公子坐在亭子裡。昨夜酒醉已醒，頭不痛，卻備感精神。早早起來，逛著逛著就到了湖邊，便讓丫鬟給泡了一壺茶送來，在深秋的清晨，品著熱茶，看著水面，覽著園內青翠依然，真是滋味美。

看到林小寧一路跑來，到了湖邊就又折身回了，忍不住微笑。胡大人來前對他道，這個丫頭天縱之才，腦袋奇思妙想，無人能及。此番帶著退役傷兵來桃村，也正可相看相看，昨日裡倒也看到幾眼，生得確是不錯，只是有些邋遢，便失了興趣。哪有大姑娘家這般衣著，就是林家的丫鬟也穿得比她體面。只是這桃村風景如此甚好，不禁想著多住上一陣子，看看這邋遢丫頭如何用腦袋瓜裡的奇思妙想來安置這些傷兵。

林小寧換了一件紫色碎花外套，去了傷兵的屋子。

傷兵們正在吃早飯，是粥與饅頭，配了酸菜，付奶奶帶著一幫婦人忙得不可開交，孫氏娘親也在裡面。

林小寧是真的頭大，這幫傷兵缺胳膊少腿的，能幹些什麼呢？便問：「傷兵們的頭頭是哪個？」

付奶奶指著一個長得很黑、拐腿的中年漢子道：「好像是他，應該是領頭的。」

林小寧走到那黑漢子面前問：「你是他們的長官對吧？」

黑漢子道：「現在不是了，妳是林家大小姐是吧？叫我張年吧。」

林小寧看著張年的表情，還有粗樹枝做柺杖，撐柺杖的手又粗又糙，心中泛起酸楚。這些人，在兵營裡摸爬滾打，環境艱苦，餐風露宿，到頭來，身體殘缺卻無人奉養，都是年輕漢子，最老的也不過三十來歲的樣子，卻是這樣辛酸下場。這是能落到自己這兒，還能好好安置，就算想不出什麼活兒讓他們做，也能養得了他們。可那些歸家的兵呢？他們拿著安置費就再也沒有了將來的生活保障，如今這幾個月米糧的價格已上漲了兩文錢，說明邊境的戰爭一直沒斷過。

林小寧輕聲說道：「張年，我去你屋裡聊聊。」

林小寧與張年聊了一個多時辰才出來。

出來後，請付奶奶與孫氏娘親去作坊那兒拿來大量空間水煮過的棉紗布，再安排幾個老婦給傷兵們重新包紮。

又吩咐這三百多人的飯菜要煮得精緻些，頓頓要有肉，而後準備了大量的藥材交給付奶奶與孫氏娘親，包紮傷口時搗碎敷上，再安排人煮大鍋的溫補藥給他們服用。

林小寧安排與親自做這些事情時，是極有誠意的。她突然明白了胡知音為何讓她來安置這些人。胡知音啊胡知音，真是把她的秉性摸得一清二楚，就是一文錢不撥給她，她也會踏踏實實把這些人安置妥當。

林小寧馬不停蹄地叫來村長，說要建一個食堂。現在單身漢多了，新村民中也有許多單身漢，這麼多人得建個大食堂。又再找到孫氏，問問她娘親與爹爹願意不願意把這個食堂做起來。

孫氏娘親這樣的人精，聽到林小寧大致說明了食堂的主要功能與作用，立刻看到了其中商機，問道：「這個食堂是不光有大鍋飯菜供應那些漢子們吃食，還可以做小炒？那些單身漢吃膩了大鍋飯，也可以點個小炒來嚐嚐，而且一些村民如果家裡來客，或者哪天不願意做飯，或者有什麼事誤了做飯，就可以來這兒吃，又便宜又吃得飽是不？就是薄利多銷的，不似酒樓那般花樣眾多。」

「正是正是，老夫人是一下子看到食堂的精髓了，與老夫人這樣聰明智慧的人談事真是開心。」林小寧由衷地讚美著。「食堂就是居家飯菜，乾淨、便宜又吃得飽。您看，食堂每天至少要解決三百多傷兵的飯菜，再加上新村民中的單身漢子，估計要四百多人，哪怕一個人一頓只賺幾文錢，那一頓下來，也不少錢呢。」

孫氏娘親開心地說：「小寧啊，這食堂我做，可要怎麼與妳家算分成呢？」

「老夫人，食堂所掙的銀錢我一文不要，我負責把食堂建好，您以後只管好好打理這個食堂，我只想解決他們吃飯的問題，傷兵們每日的飯食我照價付您。您要是能把這食堂給做起來，感謝您還來不及呢。」林小寧笑著。

孫氏娘親聽了樂呵呵地說：「放心，以我的手藝還做不下這個食堂？那才是笑話。」

沈公子第二天晚上吃飯時，看到望仔、火兒，大、小白出現後，傻眼道：「這不是狗，是銀狼！」

三個老頭子一聽就哈哈大笑。

沈公子彷彿真的喜歡上了桃村，住在林家，一點走的意思也沒有，與林家棟竟然十分要好，兩個人每天一起去磚窯、瓷窯，還有田裡，沈公子與蘇大人是同一類人，溫文爾雅，遇上林家棟這樣獵戶出身的漢子，就是互補起來。有時應沈公子相求，林家棟會帶著他上山，打一、兩隻獵物回來，現做現吃。

魏家人於立冬十天後的一個晚上來到了桃村。

王剛提前到了一天，給林家報了信，林老爺子讓小香搬到林小寧的院子，把小香的院子騰空，留給魏家人使用。

魏家來到桃村，村民們得知這是神仙酒的東家，都不再好奇打聽了。神仙酒嘛，喝了就像神仙一樣，好酒唄，能釀這種酒的東家，也是了不起的。

魏家進京面聖謝恩時，已主動交出了神仙酒方給朝廷的御酒坊。這個決定是聽到了魏清淩所說，方子重要，但人與環境還有水更重要，於是先交了神仙酒方，清泉酒釀好後再獻方子給皇上，得龍顏開懷，討個賞，光明於天下，奸人就無可乘之機了。

魏老爺一嚐到水，眉頭就皺著，然後又舒展，又皺起，如此反覆，最後慨然神傷道：「有這樣的水，天下酒皆為神仙酒，我魏家又何苦遭此一難？」語畢，又展顏大笑。「這等水，何止能出神仙酒——」

「還能出清泉酒。」魏清淩笑著接話。「爹爹請嚐女兒所釀的清泉酒。」

魏老爺舀起一勺酒，還是新酒，酒味淡，魏老爺先是嗅著，瞇著眼，一臉陶醉，酒一入口卻呆住。

這便是外行人瞧熱鬧，內行人看門道。這酒上回林家棟升官時，拿出兩罈子給婦人及孩子們喝，只道爽口清甜。如今又過了這些時日，酒味比之前要更好一些，酒感就出來了。

魏老爺不停讓酒液在舌間流動著，一點點感受，最後紅著眼睛說道：「清凌啊，我們對得起祖宗，神仙酒只是想像，清泉酒卻是返璞歸真。已是神仙了，何必再強調神仙二字，如此境地，人間獨有！」

沒有任何疑問，魏家人就打算在桃村安居了。

魏老爺是個小心謹慎的人，當晚就與林小寧商談關於水的事情，希望林家源源不斷提供優質水，魏家所釀的清泉酒用魏家名頭，但三成利交給林家。

林小寧二話不說就答應，還要建個大宅子給魏家。魏老爺委婉拒絕，說只要提供地就好，銀子他們有。這回撤罪把宅子、酒坊、小莊子都還回來了，賣掉可得不少銀兩，魏家自己蓋便是。

林小寧說：「那就依魏老爺，我提供地，不過再加上磚吧，反正我這磚窯的磚多得是。蓋宅子的話，得去縣城找那種專門做大宅子的工人與繪圖師傅。以前我們幾家宅子找的那個師傅可以叫來讓您看看，行的話就馬上動工，能趕在過年時住新宅子也是一件喜事。」

魏老爺顯然很喜歡林家的宅子，尤其是那淨房裡的茅坑，開心說道：「建妳家這宅子的師傅？那太好了，可否明天就叫繪圖師傅來，我與他好好合計合計這個宅子。」

「魏老爺，那王剛與清淩的宅子我來建吧！」林小寧笑著提醒。

魏老爺子又笑。「林小姐心真細，我都忘記清淩與剛子是另立門戶了，不過我想女兒女婿都住在魏家，不知道剛子意下如何？」

王剛便笑。「聽岳父大人的。」

魏家人口多，入住後，魏老爺與三個老頭也是相談甚歡，但仍是買了幾個下人，並在小香的院裡暫時搭了一個廚房，不肯影響林府日常起居，很是講規矩。

林老爺子在幾棟宅子不遠處劃了三十畝地給魏家建宅，魏老爺與繪圖師傅合計來合計去，把圖紙給定下來了。

魏家的事一安置好，林小寧就開始著手三百多傷兵的安置。

桃村人都在忙碌著，唯有沈公子一人悠閒。

林小寧對他極為感冒，心想這胡老頭是怎麼想的，這種只知道玩耍的紈袴子弟，竟然也想著說給她，除了頂著一個禮部尚書之子的稱號，也不知道成天忙些什麼，廢人一個，哪一點能配得上她？好在這親事胡大人只是在信中與她說了，家裡人並不知道，不然又是個亂點鴛鴦譜。

看那沈公子，對自己也是極為不屑，太好了，省得像牛皮糖似的，甩都甩不掉。

三百多傷兵因為這陣子的輕閒與休養，伙食滋味好，又頓頓有肉有湯，吃得膘肥體壯，個個都長好了，傷口因為空間水煮的棉紗布重新包紮過，又敷了空間草藥，還喝了溫補的湯藥，全部都好了。

這時再看三百二十六人，再不像之前那樣令人心酸。傷者都傷勢痊癒了，一些手腳殘缺的，雖然行動不便，但也與常人沒太多差別。他們的生活習慣給桃村的村民們帶來了新的氣象，他們走的姿態、說話的方式，全都體現著與莊戶人家不同的地方，很有兵家的氣質，倒是吸引了不少村民的視線。

尤其張年是胸口重創，傷到了肺部，本以為治好後也是個藥罐子，做不了重活，可如今竟然與常人無異，這麼神奇的結果讓他非常吃驚。

林小寧上回與他在屋裡聊了那一個多時辰，正是聊著關於傷兵們的特長一事。張年當時並無覺得不妥，想著這幫人無家無靠，如今到了桃村這兒，必須要掙一些錢才行，可現在一看，覺得真是不妥了。

雖然他年過三十，兵營待了十年，想找個地方好好過下半輩子，若是能娶個寡婦成家那就更好不過了，可其他年輕的兵可不這麼想，大部分四肢沒有殘缺的兵傷勢一好，就開始成天想回軍營，儘管孫氏娘親好滋味的飯菜讓他們極為不捨。

張年把這些情況對沈公子說明，這些兵都是功夫不錯，有戰場的經驗，又有繼續為朝廷效力的想法，加上傷勢已癒，四肢健全，何不讓他們再回兵營呢？他們可比新徵兵強太多了。

沈公子原本是想看看林家大丫頭，那個老是穿舊布衣的邋遢丫頭怎麼來安置這些傷兵。看她這陣子把傷兵們養得妥妥當當，傷也治好了，心下稱奇。

這些兵的傷不是四肢殘缺就是傷著內腑的重創，重傷者治好了也是要靠藥長期養著，這些大麻煩丟給林家這種清白百姓，本來他真覺得胡大人的安排有些過分。

直到張年找他一談，他突然明白胡大人有多重考慮。胡大人到底是天才，這個稱號不是白得的，這個三品官，那是實實在在做得出彩！如果將來所有的傷兵們，只要四肢完好，放到桃村一調養就全好了，這就是源源不斷的兵力啊！

話說這個邋遢的丫頭到底是用了什麼藥？這麼神？嗯，當然這丫頭也不算邋遢，只是老是布衣舊衣，灰撲撲的，眼瞅著就覺得邋遢，又不是沒銀子買些好衣。

沈公子對張年道：「這是好事，說明我朝男子個個好漢，忠肝義膽！你把想要回兵營的人統計好，做好安排與準備，我不日就回京，帶著他們一起回去。」

想要回軍營的人有一百一十二個，林小寧為他們號脈，察看身體是否有其他隱疾，確定無恙後，用空間水加了一些人參鬚在裡面，煮水給他們喝，連喝三天，每次也請沈公子來喝一碗，說是強身健體水。

沈公子暗地裡對林小寧的神奇醫術服了，那樣重創的傷兵都給治好了，還有什麼比這個更奇，讓他喝什麼就喝什麼，能強身健體誰不樂意啊？

三天三碗水下去，竟然精神又好許多，在桃村待的這陣子，身體是越來越好了，回去後，一定羨煞好友！

——未完，待續，請看文創風204《醫仙地主婆》2

文創風 203-207

醫仙地主婆

全套五冊

小確幸也能有大精彩，
品嚐種田新滋味／月色如華

穿越做地主 努力向錢看

據說她的命格貴不可言，
但現代女穿越來到大名朝，現代技能難施展，
只好立志坐擁良田向錢看，究竟會怎麼貴起來？

穿越來到完全沒聽過的大名朝，中醫林小寧成了農村小姑娘！
上有老獵戶爺爺和大哥，下有年幼的妹妹小香和傻弟弟小寶，
一家人窮得快揭不開鍋，但既來之，她也只能硬著頭皮跟新家人過下去，
反正既然這一世變成鄉下姑娘，她不求名也不求權，
乾脆「轉行」靠土地吃飯，先來建設這默默無名的小村落，
再靠著隨身空間種出百年人參、千年靈芝，
一邊治病救人，一邊買地生產，日子也能過得有滋味……

文創風
203

醫仙地主婆 1

國家圖書館出版品預行編目資料

醫仙地主婆 / 月色如華著. --
初版. -- 臺北市 : 狗屋, 民103.07
冊 ; 公分. --（文創風）
ISBN 978-986-328-322-5（第1冊：平裝）. --

857.7　　103011247

著作者	月色如華
編輯	張蕙芸
校對	林俐君　李文宜
發行所	狗屋出版社有限公司
地址	台北市104中山區龍江路71巷15號1樓
電話	02-2776-5889～0
發行字號	局版台業字845號
法律顧問	蕭雄淋律師
總經銷	知遠文化事業有限公司
電話	02-2664-8800
初版	103年7月
國際書碼	ISBN-13　978-986-328-322-5
原著書名	《贵女种田记》，由起點女生網（www.qdmm.com）授權出版

定價250元

狗屋劃撥帳號：19001626

網址：love.doghouse.com.tw　E-mail：love@doghouse.com.tw